CW00735117

MÉLODIES DU CŒUR

Annie Proulx est née en 1935 dans le Connecticut. Pour son premier roman, *Cartes postales* (1992), elle reçoit le PEN/Faulkner Award et, l'année suivante, avec *Nœuds et dénouements* (Cahiers rouges, 2005), elle obtient le prestigieux prix Pulitzer et le National Book Award. Suivront *Les Crimes de l'accordéon* (Grasset, 2004), *Un as dans la manche* (Grasset, 2005) et la nouvelle *Brokeback Mountain* (Grasset, 2006), qui a inspiré le célèbre film d'Ang Lee et pour laquelle elle reçoit un second prix Pulitzer. Considérée comme l'un des plus grands écrivains américains, Annie Proulx vit aujourd'hui dans le Wyoming.

Paru dans Le Livre de Poche :

C'EST TRÈS BIEN COMME ÇA

LES CRIMES DE L'ACCORDÉON

NOUVELLES HISTOIRES DU WYOMING

LES PIEDS DANS LA BOUE

ANNIE PROUXL

Mélodies du cœur

NOUVELLES TRADUITES DE L'ANGLAIS (ÉTATS-UNIS)
PAR HÉLÈNE DUBOIS-BRIGAND

GRASSET

Titre original :

HEART SONGS
Publié par Scribner.

ISBN : 978-2-253-16214-8 – 1re publication LGF

La chasse au cerf

Le visage de Hawkheel était aussi finement ridé que du lin séché à même l'herbe et son dos maigre, voûté comme une branche ployant sous la neige. Aujourd'hui encore il passait la plupart de son temps dans les champs et les rivières. Pourtant il était plus heureux que le garçon à demi sauvage qui jadis remontait en courant, essoufflé, la route forestière boueuse, brisant les branches au passage pour étouffer le grondement du car scolaire qui s'éloignait. A cette époque il détestait les livres et n'aimait rien ni personne à l'exception des bois.

Devenu insomniaque avec l'âge, il passait désormais la moitié de ses nuits à lire, son regard glissant sur les mots patinés comme une rivière sur des pierres polies. Des livres sur les oies sauvages, sur des modèles de nymphes pour les truites de rivière ou encore sur des hordes de loups se déployant sur la neige. Il feuilletait les catalogues, marquant d'une étoile rouge les quelques ouvrages qu'il avait les moyens de s'offrir et d'une croix noire semblable à une pierre tombale minuscule les œuvres rares, inaccessibles – *Le Guide des mouches flottantes* de Halford, *Haw-Ho-Noo* de Lanman, *Histoire naturelle des canards sauvages* de Phillips, aux planches en couleur si réalistes que les oiseaux paraissaient avoir été comprimés comme des fleurs entre les pages.

Son mobile home était installé sur la rive nord de la rivière Feather dans l'ombre de la montagne Antler. Une étroite parcelle de terrain : c'était tout ce qui restait de son ancienne propriété qu'il avait cédée, morceau par morceau, après le départ de Josepha. Pour finir, il s'était retrouvé dans ce logis précaire, avec quatre hectares marécageux de fonds de rivière et les chèques de l'aide sociale.

Malgré tout il pensait que c'était là le meilleur moment de sa vie. C'était comme s'il naviguait en eaux calmes après plus d'un demi-siècle passé dans les rapides. Il était heureux d'abandonner la lutte et de se laisser flotter sur le reste du parcours.

Dans le comté de Chopping, il y avait des endroits qu'il était seul à connaître et qu'il visitait comme les stations de la Croix ; avec ordre, révérence, dans l'attente d'un dénouement. A la fin du mois de mai, il traquait les truites en remontant les torrents étroits réchauffés par le soleil. Sa canne à pêche s'insinuait avec habileté à travers les aulnes et il foulait au pied les fougères dont les tiges brisées exhalaient une odeur fugitive et amère. En octobre, les brumes l'enveloppaient lorsqu'il traversait les prairies détrempées de boutons d'or pour surprendre les grouses. Et dans le silence opaque de novembre, Hawkheel devenait chasseur de cerfs sur le contrefort de la montagne Antler, adossé contre un bouleau, le métal bleuté de sa carabine orné de filaments de glace.

La chasse au cerf marquait la fin et le couronnement de l'année : le coup de fusil irrévocable, le silence ténu et vibrant qui lui succédait, l'animal couché et immobile, le ciel marbré qui filtrait des flocons de neige plus fins que la poussière, et le sentiment de conclure un cycle alors que le sang refroidi se répandait sur les feuilles mortes.

Bill Stong cherchait tout le temps des histoires. Il y avait toujours eu des étincelles et des flambées de haine entre Hawkheel et lui. Jamais totalement étouffées, elles couvaient faiblement jusqu'à ce qu'un vent de discorde ranime à nouveau les petites flammes.

A l'école, Hawkheel avait été surnommé l'Homme des bois, car c'était un garçon maussade et rebelle qui passait son temps à rôder dans la campagne. Stong était quant à lui prétentieux et enclin à la méchanceté. Il chassait en compagnie de son père et de ses frères et tua son premier cerf à l'âge de onze ans. Comment l'aurait-il raté, pensait amèrement Hawkheel élevé par sa mère, quand, assis sur une branche d'un grand pin au-dessus de la piste, Stong avait entendu son père lui murmurer au moment opportun : « Vas-y ! Tire maintenant ! »

Le père de Stong, fermier à ses heures, tenait aussi un magasin de produits agricoles et recevait un salaire d'appoint pour maintenir l'ordre en ville. Il s'interposait dans les bagarres du bal du samedi soir, abattait les chiens qui attaquaient les moutons et ramenait dans le droit chemin les écoliers qui séchaient les cours. Un matin, Hawkheel s'était retrouvé nez à nez avec son visage épais et tavelé tandis qu'il glissait au bas des rochers vers une mare à truites.

— T'as encore l'intention de rater la classe aujourd'hui ? Eh bien, puisque ton paternel n'est plus là pour s'en charger, c'est moi qui vais te donner une leçon que tu n'oublieras pas de sitôt.

Il avait corrigé Hawkheel avec une verge en frêne et l'avait ramené à l'école.

— Et ne t'avise pas de recommencer, mon gars, ou tu auras encore affaire à moi.

De retour dans la salle de classe, le regard de Bill Stong l'avertit qu'il avait été dénoncé. « Je lui réglerai son compte » avait dit Hawkheel à sa sœur Urna à l'heure du déjeuner. « Je trouverai bien un prétexte. Ça lui tombera dessus avant qu'il ait eu le temps de comprendre ce qui lui arrive. » La guerre était déclarée et cette haine s'imprima en filigrane dans la trame de leur vie.

Fin octobre, le dimanche précédant le quinzième anniversaire de Stong, sa mère – ménagère négligente et je-m'en-foutiste – provoqua un accident qui décima toute la famille.

Dans le comté de Shopping, les fermiers avaient pour habitude de tremper le blé de semence dans de la strychnine pour tuer les corbeaux criards, friands de grains en germination. L'un des Stong, on ne sut jamais lequel, avait mélangé la solution mortelle dans une grande poêle à frire. Le grain fut semé et l'ustensile souillé posé à même le sol de la remise, sous les plaques en fonte noircies. Elle demeura à cet endroit jusqu'à l'abattage du cochon en automne.

Ce jour-là, il faisait froid et le vent soufflait, l'air turbulent dispersant les dernières chaleurs d'été dans le ciel. La mère de Stong s'empara de la poêle sale et la garnit d'un rôti de porc suffisamment gros pour nourrir toute la famille réunie pour le repas dominical. Aucun des membres n'en réchappa à l'exception de Bill Stong qui s'adonnait honteusement à ses premiers ébats sexuels dans le grenier à foin de Willard Iron. C'est ainsi que l'équation du sexe et de la mort avait entaché toute son adolescence.

En vieillissant, Stong laissa la ferme péricliter. Il passait tout son temps au magasin à écouter en secret les conversations téléphoniques des clients, mettant à nu leur vie privée par ses commérages acérés. Il se rendait seul aux bals du week-end, non pas pour danser mais pour regarder les femmes virevolter devant lui, leurs aisselles trempées de sueur, leurs jupes collées à leurs jambes moites. La nuit, il arpentait la ville à l'affût de fenêtres aux stores relevés. Il participait sans y être invité aux dîners et aux parties de cartes organisées par la paroisse, racontait d'un air complice des histoires grivoises et souillait la réputation des absents par des sous-entendus malveillants. Souvent sa langue tranchante comme un rasoir s'aiguisait sur les défauts et les faiblesses de ses parents défunts comme s'il venait juste de se disputer avec eux, plein de rancœur, et à d'autres moments il les traitait de saints avec des sanglots dans la voix.

Stong jouait aussi régulièrement de sales tours à Hawkheel. Depuis qu'il était devenu fermier, ce dernier retrouvait une ou deux fois par an sa boîte aux lettres arrachée, de l'eau dans le réservoir de son tracteur ou ses vaches sur l'autoroute, échappées par la barrière ouverte. Il connaissait le coupable.

Il avait pourtant continué à acheter du grain au magasin jusqu'au jour où Stong lui avait parlé de Josepha. Ses yeux brillaient comme ceux d'un chat vorace qui a appris à faire frire des souris dans du beurre.

— Parbleu, en ville tout le monde sait qu'elle couche à droite à gauche. Y a que toi qui n'es pas au courant, avait-il susurré.

Il dévorait Hawkheel des yeux, savourant jusqu'à la lie sa triste mine.

Il faisait froid dans le magasin et les fenêtres étaient recouvertes de poussière. Hawkheel avait senti la poudre fine s'insinuer entre ses doigts et dans sa bouche sèche. Ils s'étaient dévisagés puis Stong s'était enfui précipitamment par le passage plein de courants d'air qui menait jusqu'à sa maison.

— Il va lui arriver des bricoles, avait dit Hawkheel à Urna. J'ai bien envie de le ficeler à un arbre et de le livrer en pâture aux chiens. Tu peux me croire, il ne perd rien pour attendre, mais j'attends de voir jusqu'où il est capable d'aller.

Stong n'épargnait personne. Le magasin avait commencé à battre de l'aile et quelques-uns, dont Hawkheel, crachaient sur son passage quand ils le voyaient dans son pick-up noir quitter la ville, tournant fébrilement sa grosse tête de droite à gauche pour ne pas perdre une miette du spectacle de la rue avant de s'enfoncer dans la forêt.

Pendant longtemps, Urna s'était pourtant montrée indulgente avec Stong. La mort de ses parents l'avait aigri, disait-elle, comme s'il était un bol de lait qui aurait tourné par temps d'orage. Mais quand Stong avertit le garde-chasse qu'il y avait une biche dans sa cave, elle téléphona à Hawkheel en lui criant dans les oreilles :

— Leverd, tu connais la dernière de Stong ? Il m'a dénoncée. Pourtant, le gibier, il crache pas dessus lui non plus. Mais enfin, c'est quoi ce type ?

Hawkheel avait bien une petite idée, mais il l'avait gardée pour lui.

Quelques années après le départ de Josepha, Hawkheel s'était pris de passion pour la lecture. Ce jour-là il était allé à la vente aux enchères des biens de la défunte Mosely. Il espérait que les fusils de chasse seraient présentés en premier pour qu'il puisse s'extirper de la foule et s'en aller. Mais cela traînait en longueur alors que des centaines de napperons et d'édredons de la vieille dame étaient distribués l'un après l'autre aux estivants. Hawkheel s'était alors mis à fouiller dans les cartons entassés sur la véranda à l'arrière de la maison, loin de toute agitation. Un livre intitulé *Les Nouvelles Aventures du braconnier borgne* avait retenu son attention et il s'était immergé dedans comme une alouette plongeant dans l'eau pour happer des moustiques, tout en écoutant d'une oreille distraite le brouhaha de la vente. Puis il s'était assis sur la balancelle cassée installée sur la véranda et avait lu jusqu'à ce que le commissaire-priseur, traînant comme une locomotive la foule avide, apparaisse en criant « Cinq dollars pour ces cartons de livres ».

Dans son mobile home, entouré par ces ouvrages et les centaines d'autres qu'il avait accumulés au fil des années, Hawkheel goûtait sa solitude.

En vieillissant, Stong avait aussi fini par se retrouver de plus en plus seul, ses clients se limitant à une poignée de fermiers fauchés qui continuaient à s'approvisionner chez lui par habitude et aussi parce que Stong attendait qu'ils aient encaissé l'argent gagné sur la vente du lait. Non content d'écouter au téléphone, Stong interrompait désormais les conversations en criant : « Raccrochez, j'ai une urgence. »

— Tu parles, dit Urna à Hawkheel, il est complètement toqué. La seule urgence, c'est lui. Tu verras, un jour on le retrouvera sur le plancher de sa cuisine, raide comme un clou.

— Quand j'en aurai fini avec lui, répondit Hawkheel, il sera raide, ça tu peux me croire.

Stong aurait en effet très bien pu s'effondrer sur le lino froid de la cuisine avec un bruit dur et retentissant. Mais quand il atteignit la soixantaine, ses cheveux prirent une jolie teinte blanc platine et son visage s'amincit, dévoilant des formes agréables. C'était également l'époque où les citadins venaient à la campagne pour retaper de vieilles fermes, acheter des terrains ou transformer des raffineries de sucre en résidences pour vacanciers.

— Bill, on te dirait tout droit sorti d'un poème de Rupert Frost ! s'exclama la femme qui avait acheté la ferme de Potter et planté des milliers de bouleaux malingres sur une excellente pâture.

Les gens de la ville buvaient ses paroles, attribuaient une valeur morale à ses divagations mensongères, et l'encourageaient à parler tout en jouant aux fermiers avertis – ils achetaient des blocs de sel pour les cerfs, des graines de tournesol pour les geais et de la pâtée pour les poulets dont ils devaient se débarrasser à l'automne.

Stong décida d'exhiber ses maigres trésors pour profiter de cette popularité inespérée. C'était la première fois qu'on l'admirait ainsi et il débordait de reconnaissance. Attentif aux goûts et aux désirs des estivants, il garnit son magasin de pots en conserve, de livres, d'outils et autres affaires familiales jusque-là entassées dans sa maison. Il disposa les possessions de ses aïeux sur les étagères à côté des gants de travail et du baume pour les pis des vaches. Il accrocha aux fenêtres poussiéreuses de vieux harnais, des cannes en bois et de la porcelaine ébréchée.

En automne, il faisait des provisions de munitions pour les hommes qui revenaient passer une semaine dans le comté pour la chasse au cerf. La pancarte suspendue à la fenêtre indiquait FUSILS – ALIMENTS POUR ANIMAUX – VIN – ANTIQUITÉS. Cela ne constituait qu'une petite partie de ce qu'il proposait, car toutes les affaires et souvenirs familiaux étaient empilés en vrac sur les étagères comme s'il avait passé un râteau au travers de leurs vies pour en exhiber les vestiges.

— Il paraît, lui dit Urna, qu'il a tout ramassé, des bouilloires aux toiles d'araignées, et collé un prix dessus. Tu sais qu'il vend tous les livres anciens de son grand-père ? Il les a mis pêle-mêle dans la grange, pour le régal des souris.

— Tiens, tiens.

— J'imagine que tu vas aller jeter un coup d'œil ?

— Ça se pourrait bien.

La maison de Stong était bâtie sur un promontoire à un kilomètre à vol d'oiseau du mobile home de Hawkheel. Pour ce dernier, chaque virage de la route était comme un tour de vrille dans le passé. Ainsi, s'il ne gardait aucun souvenir des trajets de l'âge adulte, il se revoyait avec une netteté saisissante, assis sur le siège passager poussiéreux aux côtés de son père qui, au volant de leur vieille Ford, roulait sur un tapis de feuilles mouillées. Par la fenêtre ouverte il entendait, très loin en contrebas, la rivière chuintante gonflée par la pluie qui charriait de gros galets. Son père conduisait avec brusquerie, les lèvres animées par la conversation qu'il entretenait à voix basse avec des lutins invisibles. Hawkheel avait la main posée sur la poignée de la porte au cas où le vieil homme s'approcherait du précipice et qu'il devrait sauter. C'était l'un des derniers souvenirs qui lui restait de son père.

La propriété des Stong, Hawkheel s'en apercevait maintenant, était délabrée. Les agents immobiliers s'en empareraient bientôt. Dans le prolongement de la maison à bardeau affaissée, se trouvaient une extension en forme de L et la grange. Le magasin était toujours situé dans cette extension mais Hawkheel prit l'ancien raccourci par l'arrière, au travers des orties. Par la fenêtre du magasin, il aperçut le visage pâle de Stong dodelinant au-dessus d'un tas de documents.

La grange baignait dans une lumière brune tamisée, traversée comme de la soie indienne par des éclats dorés. Une vague odeur de pommes flottait dans l'air. De l'autre côté du mur, un coq battait des ailes. Hawkheel regarda autour de lui et vit, derrière les sacs de grains, des centaines de livres, certains dans des boîtes, d'autres entassés sur les étagères et sur les rebords des fenêtres. Il repéra en premier un exemplaire en parfait état du *Guide du pêcheur américain* de Thad Norris, datant de 1865. Dans le catalogue de prix qu'il conservait chez lui, il était évalué à 85 $. Stong en demandait un dollar.

Hawkheel se dirigea vers les boîtes. Il s'empara du joli petit livre de Juge Nutting sur les grouses intitulé *Récit d'une journée ordinaire.* Dans un carton de magazines souillés de taches, il dénicha une copie rare de *Mouches flottantes* de Halford publiée en 1886. Sur la jaquette, Stong avait inscrit le prix : 1,50 $.

— Bon Dieu, je le tiens maintenant.

Il cacha les livres de valeur en les mélangeant à des ouvrages sans intérêt sur la culture des pommes de terre et la topographie, puis transporta la pile dans le magasin. Stong, assis au comptoir, était penché sur sa calculette. Hawkheel remarqua qu'il s'était mis à porter la salopette et avait noué un bandana autour de son cou épais. Il jeta un coup d'œil autour de lui pour voir s'il n'y aurait pas un chapeau de paille accroché à un clou.

— Content de te voir, Leverd, lança Stong d'une voix doucereuse.

Il pérorait et plaisantait comme si Hawkheel avait été l'un des estivants. Il lui fit un clin d'œil et l'avertit :

— Dépense pas tout ton chèque de l'aide sociale dans les livres, Leverd. J'te conseille d'en garder un peu pour prendre du bon temps. T'as vu les nouveaux fusils Ruger ?

Stong, adouci et épanoui, bonifié par l'admiration.

Les livres avaient appartenu au grand-père de Stong, héros de la rivière dont le nom avait autrefois figuré dans les journaux de Boston pour avoir pêché une énorme truite. Le poisson empaillé était toujours accroché dans le magasin près d'un agrandissement du vieil homme au visage incliné et aux yeux laiteux derrière la courbure du verre.

— Bill, tu prends combien pour une histoire sur ton grand-père ? demandaient les estivants qui encombraient le magasin le samedi. Et Stong répondait invariablement « Le juste prix », faisant passer sa cupidité pour une vertu campagnarde.

Ainsi, à la moindre sollicitation, Stong s'empressait de raconter des anecdotes à propos de son ancêtre :

— Le vieil imbécile était tellement gâteux qu'il est mort en avalant un appât empoisonné pour corbeaux.

Hawkheel, qui débarquait de la grange recouvert de poussière, constatait une fois de plus que Stong était un fieffé menteur. Les touristes se pressaient autour de lui telle une meute de chiens aux babines retroussées, prêts à se jeter sur les cœurs et les entrailles encore fumants de lapins morts.

Les chasseurs qui venaient en automne étaient les meilleurs clients de Stong. Ils rouvraient leurs résidences d'été après avoir laissé femmes et enfants à la maison, brûlaient le bois qu'ils avaient acheté au mois d'août à Bucky Pincoke et laissaient traîner la bouteille de bourbon sur la table de la cuisine à côté du paquet de cartes.

— Alors on vit à la dure ? lançait Stong d'un ton jovial à M. Rose, resplendissant avec ses nouvelles bretelles rouges *L.L. Bean*.

Les chasseurs achetaient les couteaux et les munitions de Stong et repartaient avec des pièges rouillés, des bottes de cheval usées et des tisonniers tordus ramassés dans les caisses portant l'étiquette « Articles de collection ». Ils fourraient dans les poches de leurs habits de chasse des bouteilles de mauvais vin espagnol qui avait viré à l'orange pour être restées trop longtemps au soleil. Stong les submergeait d'un flot de mensonges.

— Oui, racontait-il, c'est pour ça que la montagne s'appelle Antler. Non pas parce qu'on y trouve du gros gibier, puisque de toute manière il n'y en a pas – clin d'œil discret à Hawkheel, debout dans l'encadrement de la porte, portant les livres rares comme si c'étaient des briques brûlantes –, mais à cause de ce couple appelé Antler, Jane et Anton Antler, qui habitaient là il y a quelques années. Un peu simplets sur les bords, comme cela arrive parfois dans certaines vieilles familles de la région.

Regard sournois de Stong. Faisait-il allusion au père de Hawkheel, transporté à l'hôpital psychiatrique, le menton trempé de salive et les mains tremblantes, prenant les manches de fourches pour des vipères ?

— Oui, ils avaient une petite cabane là-haut. Ils se nourrissaient de ratons-laveurs et de racines. Puis la vieille Jane a eu un bébé. Leur seul enfant. Ils l'admiraient, rien n'était trop beau pour lui, mais il n'a pas survécu à leurs soins. Il n'avait que quelques mois quand il est mort.

Stong, tel un ténor ombrageux, se retourna et rangea la monnaie dans le tiroir-caisse. Les chasseurs frottaient leurs mains aux paumes lisses sur le comptoir et imploraient Hawkheel pour qu'il leur raconte la suite. Hawkheel lui-même ignorait la fin de l'histoire.

— Eh bien, messieurs, ils ne pouvaient pas supporter que le bébé soit couché sur le sol, alors ils l'ont mis dans une jarre contenant 22 litres d'alcool pur. C'est mon grand-père – il avait l'habitude de se tenir ici même, derrière le comptoir – qui la leur a vendue. A cette époque, on trouvait encore ces grands récipients. Maintenant c'est terminé. Ils ont placé la jarre avec le bébé dedans sur une souche en face de leur cabane, comme on mettrait un canard en plâtre au milieu de la pelouse.

Il fit une pause pour ménager son effet, puis il ajouta :

— La souche est toujours là.

Ils lui demandèrent de leur dessiner un plan au dos de sacs en papier puis s'en allèrent dans la montagne Antler pour contempler la souche, comme si l'empreinte de la jarre y avait été gravée par un feu sacré. Stong, avec un rire rappelant le bruit d'une écrémeuse déglinguée, confia à Hawkheel que tout le bois provenant de cette souche d'érable abattu était empilé dans sa remise. Pour chaque mensonge entendu, Hawkheel prenait trois livres supplémentaires.

Pendant tout l'hiver, Hawkheel continua à puiser dans la mine de livres, plaçant les ouvrages intéressants au bas de la pile la plus haute pour que personne d'autre ne les trouve. Prudent, il n'en achetait que quelques-uns par semaine.

— Eh bien, tu vas devenir mon meilleur client, Leverd. Stong feuilletait les pages étroites, reliées à la main, du *Guide pratique de la pêche à la mouche flottante* de John Beever, dont Hawkheel pensait qu'il valait 200 $ sur le marché des collectionneurs mais pour lequel Stong demandait seulement 50 cents. Hawkheel craignit que Stong ne remarquât la qualité du papier, l'édition numérotée, et qu'il s'aperçoive inconsciemment de sa rareté et de sa valeur. Il essaya de créer une diversion.

— Bill ! Tu sais que la semaine dernière j'ai vu un cerf énorme. Je n'en avais pas aperçu d'aussi gros depuis des années. Il grattait les feuilles avec son sabot à environ 30 mètres de « mon secteur ».

Dans le comté de Chopping, cette expression désignait un terrain de chasse privé. C'était un pays peu giboyeux et les chasses intéressantes se transmettaient de père en fils. Celle de Hawkheel, située dans la montagne Antler, abritait régulièrement un énorme cerf, habituellement le plus gros de Feather River. La chasse de Stong, un bois de pins facile d'accès, n'avait aucune valeur. Elle était envahie le week-end par des chasseurs des Etats voisins. Ils tuaient les cerfs et laissaient derrière eux des canettes de bière pendant que Stong travaillait au magasin. Les chasseurs fanfarons, ignorant qu'ils avaient usurpé sa chasse, apportaient ensuite leur butin à Stong qui le pesait, souriant et approbateur. En cinq ans, Stong n'avait même pas réussi à tuer une petite biche.

— Ta chasse dans la montagne, Leverd ? demanda Stong en laissant retomber la couverture du livre. C'était pas sur le versant sud ?

— Non, dans le bois de hêtres sur le contrefort. C'est trop à pic pour les gens de la vallée et je me paye du bon temps là-haut. Un grand cerf. A vue de nez, il devait peser dans les 80 kilos.

Stong encaissa la monnaie et se mit à débiter un mensonge interminable sur une horde de cerfs blancs qui vivait autrefois dans les marais. Mais son regard se porta à nouveau sur le livre que Hawkheel tenait entre les mains.

Quelques semaines plus tard les longues et belles journées de pêche démarrèrent. Hawkheel décida d'explorer la région montagneuse au nord-est du comté à la recherche de rivières inconnues. A la fin de l'été, il fut récompensé.

A la sortie d'un défilé aux bords escarpés, une cascade dégringolait avec une gerbe d'écume dans une grande mare à truites, comme du champagne débordant d'un verre à vin. Le reflet des nuages et des frondaisons tournoyait lentement à la surface de l'eau. La rosée, semblable à des œufs d'insectes cristallins, brillait sur la mousse intacte en bordure de la rivière. Le martin-pêcheur poussa un cri strident et se mit à battre des ailes tandis que Hawkheel taquinait une grosse truite arc-en-ciel dans la mare peu profonde. Après quelques semaines, il fut persuadé que depuis les Indiens St. Francis, personne d'autre que lui n'était venu en cet endroit.

Alors que le mois d'août touchait à sa fin, Hawkheel prit possession des lieux. Il disposait tout autour de la mare des pierres et des branches quand il ne pouvait s'y rendre pendant plusieurs jours, et vérifiait ensuite qu'elles n'avaient pas été déplacées par un intrus. Mais il les retrouvait toujours à leur place, sauf si une grosse averse les avait emportées et entassées pêle-mêle.

Un après-midi, le vent souffla trop fort pour pêcher en contrebas du bassin. Hawkheel retira ses chaussures et ses chaussettes et escalada prudemment la falaise pour atteindre la dalle rocheuse qui s'élevait à pic au-dessus de la cascade. Il plaça ses orteils nus et pâles dans les fissures du granit, et se hissa le long de la paroi rugueuse. Le vent redressait ses cheveux et il pensa qu'il devait ressembler au martin-pêcheur.

Au-dessus de la mare, il voyait les truites qui nageaient en se laissant porter par le courant. Il n'avait jamais vu le paysage sous cet angle. C'était comme s'il le voyait pour la première fois. Il aperçut un épicéa mort et l'entrée du nid d'un martin-pêcheur jusqu'alors dissimulée. Il y avait également un flotteur en plastique rouge délavé strié de rayures blanches, qui oscillait au bout d'une ligne invisible enroulée autour d'une branche cassée. Ce n'étaient pas les Indiens qui l'avaient laissé derrière eux.

— Il n'existe donc pas un seul endroit où on puisse être en paix ? s'écria Hawkheel en se mettant à courir sur le rocher.

Mais emporté par son élan, il tomba brutalement et entendit son genou craquer. Il maudit les truites, l'épicéa, le rocher, l'intrus qui avait violé son domaine et rentra péniblement chez lui en s'appuyant sur un bâton fourchu.

Urna lui apporta des repas chauds jusqu'à ce qu'il puisse à nouveau se déplacer et prendre soin de lui-même. Son mobile home était encombré de livres et de meubles et d'être ainsi à l'étroit lui ôtait toute énergie. Il prit l'habitude de cuisiner seulement tous les trois ou quatre jours. Il préparait de grandes marmites de ragoûts de venaison ou de soupes de pois qu'il consommait jusqu'à épuisement, à moins qu'ils ne se soient gâtés entre-temps.

Lorsqu'il examina son visage dans le miroir, il s'aperçut qu'il avait pris un coup de vieux. Il fixa son reflet et dit : « Tu as pris tes médicaments et ton pull ? » Il pensa alors à sa mère qui avait passé des années assise dans le fauteuil à bascule, sa grosse canne laquée couleur fauve agrippée à son bras, et il se plongea dans la lecture et ne s'arrêta qu'une fois dégoûté par ses livres favoris, les yeux brûlants. Les fortes pluies automnales tambourinaient sur le toit et dénudaient les arbres. Ce n'est que la veille de l'ouverture de la chasse au cerf qu'il eut assez de force pour aller s'approvisionner en livres chez Stong.

Il parcourut les piles familières avec morosité, attentif à ne pas peser sur sa jambe convalescente. Il espérait dénicher un livre de valeur parmi les amoncellements de rapports agricoles rédigés en petits caractères d'imprimerie et les ouvrages de géographie tachés d'encre.

Il saisit un album épais à la couverture sombre qu'il avait déjà aperçu une douzaine de fois. Sur la jaquette en cuir démodée, étaient gravés un éventail de plumes dorées de même que l'inscription « album de famille » en caractères gothiques tarabiscotés. A l'intérieur, des photographies, des clichés, des coupures de journaux jaunies et désagrégées, des cartes postales, des insignes. Sur les clichés, on pouvait voir toute la famille de Stong, au teint laiteux, éblouie par le soleil, les enfants aux gros genoux portant des canards en bois à roulettes de même qu'un chien noir et blanc dont Hawkheel gardait un vague souvenir.

Le regard attiré par une silhouette familière, il examina avec plus d'attention l'un des clichés. Un garçon robuste, debout sur une esplanade rocheuse, souriait, la tête tournée vers le ciel. Il pointait sa canne à pêche vers les branches supérieures d'un épicéa dans les aiguilles sombres duquel un flotteur était inextricablement coincé. En contrebas, une gerbe d'eau écumeuse dévalait dans un bassin rempli d'eau noire.

— Salopard ! s'écria Hawkheel en refermant l'album sur la photographie de Stong, Bill

Stong encore enfant, violant l'espace secret de Hawkheel.

Il plaqua l'album sous sa chemise tout contre la peau de son dos. Il avait la taille d'un catalogue Sear et Hawkheel se raidit instinctivement. Puis il saisit au hasard un livre poussiéreux intitulé *Le Guide du petit débrouillard* et se dirigea vers la maison du traître :

— Ça fait une paye que je ne t'ai pas vu, Leverd. On m'a dit que tu étais souffrant.

— Je me suis fait mal au genou, répondit Hawkheel en posant le livre sur le comptoir.

— A notre âge, c'est chose courante, répliqua Stong. Depuis le mois d'avril dernier, ma hanche me fait souffrir de temps à autre. Tiens, voilà quelque chose qui te remettra d'aplomb.

Il prit sous le comptoir une bouteille trapue d'origine étrangère.

— C'est un cadeau de M. Rose, pour me remercier d'avoir surveillé sa maison l'hiver dernier. Du calvados : tu n'en as probablement jamais goûté d'aussi fort. C'est trop fort pour moi, Leverd. J'ai des vertiges rien qu'à sentir le bouchon.

Il en versa un peu dans un verre en carton et le poussa vers Hawkheel.

Le calvados dégageait un parfum de pommes et d'automne. Une colonne de feu lui brûla la gorge avec un arrière-goût amer de tabac froid.

— Je suppose que tu es prêt pour l'ouverture

de la chasse, Leverd ? Où vas-tu chasser le cerf cette année ?

— Comme d'habitude. Dans mon secteur, dans la montagne Antler.

— Tu y es allé récemment ?

— Non, pas depuis le printemps dernier.

Hawkheel sentait les plumes gravées sur l'album s'imprimer dans son dos.

— Eh bien, tu sais Leverd, dit Stong d'une voix triste, il n'y a plus de cerfs là-haut. Y a des gens qui y ont acheté un terrain cet été. Ils croient que c'est bientôt la fin du monde, alors ils ont construit un abri en ciment et l'ont rempli d'une tonne d'abricots secs et de haricots. Ils se sont acheté des armes de gros calibre pour être sûrs qu'on viendra pas les déranger. D'ailleurs, ils ont décimé la moitié des arbres pour tester leurs mitrailleuses. Ça m'étonne que tu n'aies rien entendu. Il n'y a plus aucun cerf à 16 kilomètres à la ronde autour de la montagne Antler. Il faudrait peut-être que tu essaies un autre endroit. Il paraît qu'il y a beaucoup de gibier à Slab City.

Hawkheel savait quand Stong mentait, mais il se demandait où il voulait en venir. Hawkheel avait envie de rentrer chez lui et d'examiner de plus près la photographie où l'on voyait Stong profaner son endroit secret. Mais Stong lui versa un autre verre et Hawkheel le but d'un trait.

— Où s'est-il procuré cette bouteille, ton ami aux goûts si raffinés ? demanda-t-il les doigts parcourus de décharges électriques, comme impatients de jouer du piano.

— En France, répondit Stong d'une voix affectée. Il y va tous les ans pour parler de bouquins dans une université quelconque.

Ses yeux au regard acéré brillaient de méchanceté.

— Il est bibliothécaire.

Avec son index épais, Stong ouvrit *Le Guide du petit débrouillard.* Une étiquette bordée de rouge que Hawkheel n'avait pas vue indiquait 55 $.

— D'après lui, je me suis fait avoir, Leverd.

— Ça a dû te faire un choc, répondit Hawkheel en pensant qu'il n'aimait ni le goût du calvados ni le bibliothécaire Rose. Il laissa le livre au prix prohibitif sur le comptoir et regagna le camion en clopinant. L'album de photos entre ses omoplates lui donnait une dignité empesée. Dans le rétroviseur arrière, il aperçut Stong qui l'observait.

Les nuages, pareils à des algues grises emprisonnées par la glace, obstruaient le ciel et des bourrasques de vent faisaient claquer la porte du mobile home. Une fois à l'intérieur, Hawkheel enleva l'album placé sous sa chemise et le posa sur la table. Il prépara un feu et réchauffa le reste de la soupe aux pois.

— Bibliothécaire, dit-il en s'étranglant de rire. Après le repas, il fut pris de nausées. Il se coucha de bonne heure en pensant que la soupe avait peut-être tourné.

Le matin, Hawkheel se réveilla les entrailles palpitantes, en proie à des convulsions douloureuses et impérieuses, un mauvais goût dans la bouche. En revenant de la salle de bains, il se retint au bord de la table qu'il vit se gondoler dans ses mains. Résigné, il retourna au lit. Des bruits lui parvenaient semblables à du pop-corn qui aurait éclaté à quelque distance de là. Il pensa au bois noueux dans le poêle mais il se rappela soudain que c'était le premier jour de la chasse au cerf.

— Bon Dieu ! cria-t-il. Je suis resté cloué au lit pendant six semaines et voilà que ça recommence.

Un bruit le réveilla en fin d'après-midi. Il avait tellement soif qu'il but l'eau tiède à même la théière. Un autre coup de feu retentit et il jeta un coup d'œil par la fenêtre vers le contrefort de la montagne Antler. Il crut voir des éclats de lumière percer la masse informe d'un gris terne des arbres et des broussailles. Il se dirigea d'un pas traînant vers l'armoire à fusil pour prendre son .30-.30, s'agrippant aux dos des chaises pour ne pas perdre l'équilibre. Il posa le barillet sur la boîte à pain et regarda par la lunette, scrutant la pente pour repérer sa chasse. C'est alors qu'il aperçut une lueur orange.

Deux des chasseurs étaient agenouillés près de la masse incurvée, couleur d'écorce, d'un cerf mort, tué dans son secteur. Il distinguait le bandana enroulé autour du cou du plus grand, le miroitement fugitif d'un couteau, comme le reflet d'une chute d'eau. Il les observa traîner l'animal vers la route forestière, jusqu'à ce que le soir tombe et que les vestes orange deviennent noires sous le couvert des arbres.

— Tu m'as fait boire cette saloperie de calvados pour que je tombe malade, hein ? cria Hawkheel.

Il resta près du poêle, emmitouflé dans une vieille couverture indienne de couleur rouge, hébété comme s'il avait fixé trop longtemps une ampoule allumée. Urna lui rendit visite après le souper. Sa voix métallique résonnait dans sa tête.

— Tu es sans doute au courant.

— Oui. J'ai entendu les coups de fusil, et j'ai aperçu Stong avec la lunette du fusil. Combien pesait l'animal ?

— 104 kilos une fois dépecé, paraît-il. Vivant, il devait donc faire 136 kilos. D'après Warden, c'est probablement le plus gros cerf jamais tué dans le comté. Il avait seize andouillers. C'est sans doute un record dans tout l'Etat. Je savais pas que tu pouvais voir la montagne Antler de ta fenêtre.

— Si, mais je n'ai pas reconnu la personne qui l'accompagnait.

— C'est Willard Iron, celui qui a acheté et installé un court de tennis dans son jardin, expliqua Urna d'un ton méprisant. Rose. Il paraît qu'il était pire que Bill. Il gesticulait et criait pour qu'ils prennent des photos.

— Ils en ont pris ?

— Evidemment. Ils sont ensuite allés chez M. Court de Tennis pour fêter ça. Mets le nez dehors et tu les entendras.

Hawkheel ne bougea pas. Il ouvrit l'album et contempla la famille Stong, leurs visages lourds et inexpressifs penchés sur les gâteaux de mariage et les nouveau-nés. Au bas de nombreuses photographies, une légende avait été rédigée d'une écriture pointue et surannée : « Cousine Mattie avec ses nouveaux patins à roulettes », « Papa sur la balancelle de la véranda ». Commentaires purement descriptifs, comme si l'auteur avait craint que ces images ne disparaissent dans le néant et que le bonheur des Stong ne sombre dans l'oubli.

Il regardait avec colère Stong, debout dans la mare secrète, au regard sournois familier, au sourire béat et niais. Il tomba ensuite sur un portrait des parents à l'air sévère, le grand-père debout derrière eux tenant ce qu'il prit à première vue pour un chat mais dont il s'aperçut par la suite que c'était la truite empaillée. A la page des enterrements, on retrouvait les mêmes portraits mais de taille réduite. Ils étaient reliés par un ruban noir ondoyant avec des courbes et des volutes qui traçaient des motifs complexes. La rubrique nécrologique du *Rutland Herald* titrait : « Tragédie familiale dans une ferme ».

— Dommage que Bill ait raté le souper, murmura Hawkheel.

Il remarqua à plusieurs reprises des espaces vides à l'endroit où les photographies avaient été arrachées. Il les retrouva abîmées et déchirées à la fin de l'album. Stong était sur chacun des clichés. Sur la photo de remise des diplômes de fin d'études secondaires, le visage de Stong, entouré de nuages d'organdi et de costumes neufs empesés, était barbouillé d'encre et du sang noir coulait au bas de son pantalon. Sur une autre photographie, Stong, assis sur une bicyclette blanche aux pneus larges, avait le corps transpercé d'une douzaine de flèches. Un commentaire nécrologique était rédigé d'une écriture qui, tel un feston corrosif et infernal, semblait brûler la page. Il racontait comment ce garçon indigne « trop mauvais pour mériter de vivre » et « haï de tous » avait trouvé la mort. Stong s'était acharné à anéantir son portrait alors que chaque membre de la famille était au contraire présenté comme un survivant.

Le lendemain, Hawkheel était sur pied, l'équilibre un peu incertain, mais les idées claires. Dès l'aube, des coups de feu avaient retenti dans la montagne Antler, les chasseurs à l'affût d'un cerf aussi gigantesque que celui de Stong. La montagne était saccagée comme si on l'avait passée au bulldozer, pensa Hawkheel.

L'après-midi, il se sentit assez vaillant pour effectuer quelques tâches. Il empila des bottes de foin autour des fondations du mobile home et recouvrit les fenêtres avec du plastique. Il prit deux truites dans le congélateur et les mit à frire pour le souper. Il était en train de laver la poêle quand Urna l'appela.

— On les a vus à la télé avec le cerf. L'expert a vérifié le record dans un livre. Il a déclaré qu'il avait été battu. Je pensais que tu appellerais aujourd'hui. Je me demandais ce que tu allais faire.

— Ne t'inquiète pas. Bill ne perd rien pour attendre. J'ai plus d'un tour dans mon sac.

— Bien, je compte sur toi.

Quarante minutes plus tard, Hawkheel avait rempli les cartons et les avait empilés dans le camion. Le camion mit du temps à démarrer car il était resté sous la pluie battante et froide pendant deux jours. Mais une fois qu'il eut rejoint la route principale, il roula sans à-coups à une vitesse régulière. Les phares taillaient dans l'obscurité un chemin lumineux aux contours nettement dessinés.

En haut de la route qui conduisait à la maison de Stong, il éteignit les phares et descendit en roue libre, l'embrayage au point mort. Une demi-lune, déchiquetée par des nuages à la course précipitée, flottait dans le ciel. On va avoir de la tempête, pensa Hawkheel.

Le cerf suspendu par un crochet au grand érable se balançait mollement au gré des bourrasques. Son corps évidé béait, noir, au clair de lune. « Enorme », dit Hawkheel. Les sabots brillèrent dans la nuit, esquissant un arc de lumière dans les frondaisons. « Sacrément gros. » Il descendit du camion et appuya un instant son front contre le métal glacé.

Il retira un livre de l'une des boîtes à l'arrière du camion et l'ouvrit. C'était *Haw-Ho-Noo*. Il se pencha sur une page comme pour en déchiffrer les pâles caractères, la saisit et la déchira. Puis il s'empara des livres les uns après les autres, arrachant les feuillets et brisant la reliure. Il les jetait ensuite vers la carcasse sombre qui oscillait dans le vent et elles retombaient en s'éparpillant sur le sol ensanglanté.

— Ah, on voulait jouer au plus malin ? cria Hawkheel en déchiquetant les pages molles à deux mains.

Et tandis qu'il lançait les livres vers la lune, ses sanglots stridents étouffaient le craquement des troncs d'arbre dans la rivière en contrebas.

LA FAMILLE STONE

Le renard à la fourrure sombre trottait à la lisière du champ, le museau baissé, le long du bois qui délimitait son territoire – le sien par droit d'usage. Son pelage d'un gris terne après la mue n'avait pas encore son aspect lustré hivernal. Une tige de millet frissonna et d'un bond il écrasa la sauterelle.

Il contourna ensuite les ruines patinées d'une ferme abandonnée, fit une halte dans le verger pour manger les fruits abattus par le vent et traversa le ruisseau à l'arrière du champ. Il s'y arrêta pour se désaltérer puis s'enfonça dans les bois. Il avançait familièrement entre les peupliers, ses oreilles noires sensibles au moindre frémissement, humant les riches odeurs qui se fondaient aux effluves de terre humide et de feuilles en décomposition.

1

A l'époque où je m'installai dans le comté de Chopping, Banger avait environ 50 ans ; c'était un homme costaud, adipeux et fort en gueule. Il me fit tout d'abord l'impression d'être ce genre de personnage caricatural qui interpelle tout le monde par son prénom et vocifère à l'oreille de personnes qu'il connaît à peine, « Alors quoi de neuf ? Qu'est-ce que tu deviens ? », en leur assenant une grande claque dans le dos ou un coup sur le bras, fanfaronnades amusantes chez les écoliers, mais insupportables chez un homme de cet âge. Je l'avais aperçu en ville discutant avec le premier venu après avoir confié sa quincaillerie à un gamin lymphatique incapable de trouver quoi que ce fût sur les étagères en désordre.

Un soir, je fis l'erreur de critiquer Banger au bar du Bear Trap Grill. Pour créer une ambiance rustique, un bocal à moitié rempli de pièces de monnaie avait été posé sur le comptoir en pin verni et un élan en plastique accroché au-dessus de la caisse enregistreuse.

J'étais alors à la recherche d'un compagnon pour aller à la chasse aux oiseaux, quelqu'un connaissant les couverts giboyeux de ce pays montagneux et accidenté. J'avais toujours chassé seul, en autodidacte guidé par son intuition ; mais j'étais néanmoins convaincu qu'être accompagné rehaussait le plaisir de la chasse, tout comme « coucher » avec quelqu'un, pour reprendre l'expression locale, était plus agréable que de dormir en solitaire.

Ce soir-là, j'étais assis près de Tukey. Ses mains criblées de taches brunes tremblaient. Il était difficile d'obtenir une réponse claire de ce dernier ou de qui que ce fût d'autre d'ailleurs. Il avait la réputation d'être un excellent chasseur de grouses et l'on m'avait informé qu'il accepterait peut-être d'être escorté. Cela faisait quelque temps déjà que je le courtisais dans l'espoir d'être sollicité à l'ouverture de la saison. Je pensais avoir atteint mon but et m'attendais à une invitation imminente du style « Marché conclu, vous êtes de la partie ».

Banger se tenait à l'extrémité du bar, submergeant d'un flot de paroles Fance, sourd comme un pot, au plastron recouvert de boutons audiophones. D'après Tukey, Fance possédait une collection d'armes à feu dans sa chambre d'amis. Il avait peur la nuit, peur que des voleurs s'introduisent dans la maison, une fois ses appareils acoustiques débranchés posés sur la table de chevet.

— Il passe tout son temps à déblatérer au bar, ce Banger ? Il ne rentre donc jamais chez lui ? demandai-je à Tukey, annihilant en quelques secondes le travail d'approche du vieil homme qui durait depuis déjà plusieurs semaines. Toute cette bière payée en vain !

Le visage de mon interlocuteur se plissa comme le soufflet d'un concertina qui se referme.

— Eh bien, c'est vrai qu'il n'est pas souvent chez lui. Sa maison a brûlé et sa femme et son gosse ont grillé dans l'incendie. Il ne lui reste plus que son chien et ce satané magasin légué par son père. Mais le commerce, c'est pas son truc. Un conseil, si vous avez l'intention d'aller chasser la grouse ou le cerf, le raton laveur ou le lièvre ou l'ours – sa voix cassante se fit subitement plus aiguë et maniérée –, ou simplement de contempler les merveilles de nos forêts…

Il s'interrompit pour ricaner avec méchanceté, découvrant une dentition en plastique impeccable et me faisant ainsi comprendre qu'on m'avait vu flâner dans les bois sans canne à pêche ni fusil. Sa voix redevint grave, lourde d'ironie.

— Un conseil, si vous voulez connaître la planque des oiseaux, il serait préférable de devenir très copain avec ce Banger que vous trouvez si insupportable. Ce qu'il ignore de ce pays, c'est même pas ça.

Il brandit le moignon sale d'un index amputé, stigmate local qui distinguait ceux qui travaillaient avec des tronçonneuses des simples mortels.

— Lui ?

Je jetai un coup d'œil à Banger qui ponctuait son torrent de paroles de gestes compliqués. Il pointait le menton vers l'avant et ses mains s'envolaient comme des oiseaux.

— En personne. Ça m'étonnerait que vous réussissiez à chasser avec lui, car Banger est un solitaire. Personne n'est allé avec lui depuis des années, même pas moi ou Fance.

Il me tourna le dos, je finis ma bière et partis. C'était là seule chose qu'il me restait à faire.

Par la suite, je me désintéressai des gens du pays, à l'exception de Noreen Pineaud : la trentaine, les cheveux roux, des pantalons moulants bleu pastel et des yeux dorés dans un petit visage anguleux de renarde. Elle venait faire le ménage tous les vendredis.

Un jour après avoir reçu son chèque, elle s'attarda pour boire une tasse de café et fumer une cigarette. Nous étions assis à la table de la cuisine et elle m'annonça qu'elle était séparée de son mari. L'éternelle question restait en suspens, le chèque toujours posé sur la table qui nous opposait l'un à l'autre.

Je ne dis rien, ne fis pas un geste et une minute plus tard, elle éteignit sa cigarette dans la barquette en aluminium qui avait autrefois contenu une tourte surgelée ; c'était tout ce que j'avais pu trouver pour faire office de cendrier. Ses gestes pleins de douceur me prouvaient qu'il n'y avait aucune rancœur de sa part.

Je m'étais isolé d'autres personnes en d'autres lieux, comme un homme qui se dégage avec frayeur d'un marécage dans lequel il serait tombé par inadvertance. Le comté de Chopping était un refuge où je me protégeais d'eaux bourbeuses menaçant de m'engloutir.

Noreen ressemblait énormément à l'enfant qui

tenait le magasin de Banger et je la questionnai à ce sujet.

— Oui, c'est l'un de mes neveux, Raymie. Mon frère, Raymond, il ne veut pas que l'enfant travaille chez Banger. Il rigole pas, Raymond. Il dit que c'est un travail de pédé. Il veut que le gosse braconne ou qu'il soit bûcheron.

Elle détourna son visage aigu pour suivre par la fenêtre le faisceau lumineux et mouvant de phares de voiture.

— Raymond a gagné beaucoup d'argent avec le braconnage quand il était jeune et le commerce des fourrures a bien repris. Les fourrures de renard et tout ça. Alors, il y a quelques semaines, il a acheté 25 pièges pour Raymie. Il tient à ce que le petit les pose et les relève avant d'aller travailler au magasin le matin. Ça prend un temps fou. Raymie, c'est tout le portrait de sa mère, il aime pas se compliquer la vie.

Elle continua à parler, débrouillant les écheveaux compliqués des relations familiales et conjugales, sujet favori d'une petite ville de province. J'écoutais, désormais hors du marais, en sécurité sur la terre ferme.

Cet automne-là, j'allai chasser seul les oiseaux, comme je l'avais toujours fait jusqu'alors. Sans chien, en solitaire, avec le fusil de ma mère, un Parker de calibre .28. Merci infiniment pour ce cadeau, ma chère maman : c'est la seule chose que tu m'aies jamais léguée, hormis une forte propension à la méfiance. Sceptique invétérée jusqu'à sa mort, elle avait composé elle-même son épitaphe :

Après avoir reposé à l'état de poussière
Ensevelie sous la terre stérile
J'espère bientôt me réveiller et sourire
En voyant Dieu Mon Sauveur
S'il existe.

Le premier matin de la saison fut froid et les touffes d'herbe givrées ressemblaient à des nébuleuses tournoyantes. Je montai parmi les arbres feuillus qui poussaient au milieu des éboulis de rochers fracassés, charriés par le dernier glacier. Aucun oiseau dans cette monotonie grise de hêtres et d'érables, et je continuai à grimper pour atteindre les crêtes où les massifs d'épinettes tissaient de sombres abris.

Puis le terrain s'aplanit ; dans un creux rempli d'eau de pluie, une plaque de glace emprisonnait dans son étreinte transparente les feuilles couleur de suie, brunes, ambrées et gris roux comme les pelages successifs d'un cerf. Mais toujours aucun oiseau en vue.

Je me dirigeai alors vers les conifères, le silence seul troublé par ma respiration haletante, des empreintes de renard imprimées dans le sol givré. Le ciel pesant et sombre était lourd de menaces d'orage. Mais aucune trace d'oiseaux dans les épinettes. Sous le couvert des arbres, les trous entre les racines formaient des cuvettes tapissées de cristaux de glace aussi fins que des antennes de phalène. Les oiseaux logeaient ailleurs, à proximité, serrés contre les arbres en attendant que l'orage éclate, ou même maintenant au-dessus de moi, dressés dans une pose rigide pour imiter les morceaux de branches brisées des conifères enchevêtrés ; invisibles et silencieux, ils me regardaient passer, moi, l'idiot coiffé d'un chapeau et muni d'un tube en acier inutile, rivé vers le sol.

Comme tous les chasseurs de grouse, je m'imaginais en train de voler, glissant à travers les bourgeons des épinettes et souriant aux têtes duveteuses à l'air repu comme un vieil ogre face à une jolie princesse. Du sol, on n'apercevait que le feuillage vert des myrtes, impénétrable, touffu, mystérieux, contre un ciel de la couleur d'un vieux seau galvanisé. Mais pas de proies à l'horizon.

La torpeur de l'après-midi étouffa les détonations de deux coups de fusils consécutifs tirés d'une crête lointaine. Il a dû s'y reprendre à deux fois, pensai-je. Cela ressemblait moins à un bruit qu'à une vibration dans les os, comme si des coups sourds avaient été assenés par une masse enfonçant les poteaux d'une clôture. Je me demandai s'il s'agissait de Banger, mais il n'était pas du genre à rater sa cible. Il avait dû faire coup double.

Alors que je restais à écouter le silence captif, je l'imaginais en train de retirer le second oiseau de la bouche de son chien, déployant la queue, lissant les plumes cassées et ouvrant le jabot pour laisser s'écouler les feuilles broyées de mitelle et d'oseille. Il parlait au chien, à l'oiseau mort, à son fusil. Je ressentis pour ce chasseur solitaire une sympathie que je n'aurais jamais pu éprouver pour le citadin, trop bavard à mon goût.

Au cours des semaines suivantes, j'allai souvent chasser sur ce sommet planté de hêtres qui pénétraient dans le bois d'épinettes comme les doigts écartés d'une main. J'étais désormais habitué à entendre les coups de feu qui éclataient à deux sommets de distance. Je débusquai des oiseaux et réussis même à en abattre quelques-uns.

Combien de fois n'avais-je pas été contraint de ramper sur les mains et les genoux pour récupérer une bête blessée tombée dans un marécage, priant le ciel pour qu'elle ne se soit pas dissimulée dans une souche où elle mourrait sans que je puisse m'en emparer. C'est ce qui arriva un jour. Cinq heures perdues à fouiller le marais, à inspecter les rondins pourrissants, donnant des coups de pied dans la végétation en décomposition, maudissant l'absence de chien et mon odorat atrophié. Je ressentis à nouveau cette trépidation dans les os alors que me parvenait du sommet voisin la détonation d'un seul coup de fusil. J'enviai son chien à Banger et dus me résoudre à abandonner mes recherches.

Dégoûté par cet endroit du fait de mon échec, je décidai d'explorer la fine crête rocheuse où Banger et son chien chassaient. J'étais désormais certain que ce distant compagnon de chasse était Banger, ami imaginaire enfanté par l'écho des détonations d'une arme à feu, ce Banger inconnu, prisonnier de son personnage d'homme fort en gueule.

Après l'arrivée et la fonte des premières chutes de neige, nous entrâmes de plain-pied dans l'été indien. Le ciel était d'un bleu intense, mais la lumière déclinante de cet après-midi d'arrière-saison arborait une riche couleur ambrée comme le reflet d'un verre d'alcool sur une table en chêne : le type même de journée que les chasseurs associent à tort à un jour d'octobre.

C'était un temps idéal pour la chasse aux oiseaux. Ils devaient se prélasser avec délice dans des cuvettes poussiéreuses, picorant nonchalamment des pommes épineuses, pareils à des princes orientaux dégustant des dates acidulées. A la moitié du chemin de faîte, mon regard fut attiré par une dépression humide où poussait un carré d'impatientes tardives aux quelques fleurs dépenaillées. J'aperçus au loin un bosquet touffu de baumiers. Les impatientes semblaient avoir été picorées et des percées dans les arbres permettaient aux oiseaux de se déplacer sans difficulté. Je les sentais tout autour de moi.

Je me mis à respirer doucement pour calmer les battements de mon cœur et éviter de faire vibrer l'air. Les oiseaux me regardaient et savaient que j'étais conscient de leur présence : j'attendis que la montée d'adrénaline disparaisse, que le sang arrête de cogner à mes oreilles. J'enclenchai mon arme.

Il n'y avait aucun oiseau en vue sur les pistes sous les sapins. Ils se reposaient après avoir grappillé les fleurs qui éclataient dans leur gorge à mi-parcours. Les oisillons, nichés dans les touffes, s'envoleraient dès ma première tentative d'approche.

Je restai donc immobile, indécis, pris de court. J'attendis trop longtemps et un léger crépitement dans les arbres feuillus derrière les baumiers, comme les premières gouttes d'une averse, m'avertit que les oiseaux s'étaient enfuis, de jeunes grouses à la chair tendre et aux bréchets rosés qui auraient pu être levées et pourraient l'être encore, mais qui venaient pourtant de gagner cette première manche. Je décidai pour cette fois de les laisser jouir des impatientes et de la lumière de novembre.

Alors que je contournais le bosquet d'arbres, puis la crête par l'arrière – là où chassait Banger –, j'aperçus Stone City en contrebas.

Il existe certains endroits qui suscitent immédiatement la répulsion et la peur. Un ami me raconta un jour avoir eu la chair de poule à la vue d'une haie de chênes à l'arrière d'une ferme de l'Iowa. Il apprit par la suite qu'on y avait découvert le corps d'un enfant assassiné, à demi recouvert de terre humide, dix ans auparavant. La première fois que je vis Stone City, ce lieu baignait dans une lumière pâle lourde de menaces.

C'était une ferme abandonnée au creux d'une vallée, sans route d'accès, hormis une vague piste obstruée de viornes et d'aulnes. L'arrière de la propriété en forme d'œil était bordé par une rivière. Des peupliers et des épicéas avaient envahi les champs de blé et les branches cassées des pommiers pendaient jusqu'au sol.

Les bâtiments avaient disparu. Ils s'étaient écroulés dans les trous béants du sous-sol aux poutres pourrissantes. Des mûriers sauvages proliféraient sur les fondations en ruine et le long d'une porte de couleur bleue qui avait à demi bouché l'une des cavités dans sa chute.

Je descendis prudemment jusqu'aux champs en contrebas. L'herbe bruissait du craquètement des cigales, des crickets et des sauterelles qui avaient survécu aux premières gelées. Le bourdonnement s'arrêta lorsque j'atteignis le champ. La couche de terre paraissait fine. Une longue arête rocheuse jaillissait du sol. Une curieuse clôture, qui durerait encore cent ans probablement, témoignait du dur labeur du propriétaire maintenant disparu. Les « poteaux » étaient en fait de vieux essieux en fer enfoncés profondément dans la saillie en granite creusée à la main.

Il n'y avait pas un souffle de vent. De petites guêpes s'agglutinaient sur les pommes trop mûres entassées sous les pommiers. La lumière était rase et dense. Respirant l'odeur âcre des fruits aigres en décomposition, je pénétrai dans le champ couleur de miel et je me souvins de cette tristesse qui m'envahissait, enfant, aux premiers jours d'automne.

Dans un crissement de soie que l'on déchire, un oiseau s'envola brusquement du pommier vers l'extrémité du champ qui allait en se rétrécissant jusque dans les bois. Une cascade de plumes voleta quelques instants dans les airs et, abaissant mon fusil, je pris note de son point de chute dans l'herbe frémissante. Une seconde, une troisième et une quatrième explosion, une nuée d'oiseaux, des déflagrations éclatant au-dessus de ma tête, des bruissements d'ailes et des détonations se répercutant contre les parois de la colline ; les oiseaux tombaient comme des fruits et heurtaient lourdement le sol avec un bruit sonore. Seul le premier d'entre eux m'appartenait.

Une clochette tintinnabula et un épagneul breton se précipita dans le champ pour attraper le gibier.

— Vous avez tiré en même temps que moi. C'est vous que j'ai entendu dans le marais de

Choppin' ces derniers temps ? s'enquit Banger sans me regarder.

Le chien rapporta tout le butin à son maître.

— Joli coup, répondis-je. C'étaient de gros oiseaux. Vous connaissez bien le coin ?

J'aperçus un peu plus loin trois poules et un petit coq.

Banger regarda autour de lui avec un léger rictus. Il prit l'un des oiseaux et le vida.

— Quand j'étais gosse, je venais souvent chasser près de cette vieille ferme. On m'a fait déguerpir d'ici à trois reprises et la dernière fois, c'était avec du plomb de calibre .6. J'en ai gardé des cicatrices comme des piqûres d'épingle sur le dos. C'était le vieux Stone. Il m'a canardé pour me faire déguerpir de chez lui.

Il saisit le deuxième oiseau et enleva les viscères de la cavité fumante.

— Cet endroit s'appelait Stone City. Je l'appelle encore comme ça. Stone City. Les Stone vivaient tous ici – il y avait quatre familles différentes. C'était comme une petite ville. Le contrôleur des impôts n'y mettait jamais les pieds. Personne ne s'occupait du gibier à part moi, qui déjà tout gosse chassais les oiseaux. Il y en a toujours eu ici.

— Qu'est-ce qui est arrivé aux Stone ?

— Oh, il y en a qui sont morts et les autres sont partis.

Sa voix faiblit. J'ignorais alors qu'il mentait.

La chienne appuyée contre la jambe de Banger se chauffait au soleil. Banger tendit la main et enserra le crâne osseux de l'animal.

— C'est ma chienne. C'est tout ce que je possède au monde, pas vrai, Lady ?

Il s'accroupit et regarda le chien droit dans les yeux. Je fus soudain gêné par cette intimité, la banalité du nom « Lady » et l'apitoiement sur soi-même que trahissait sa voix. Non, pensai-je, je ne pourrais jamais être le compagnon de chasse de Banger. Il avait sa chienne. Cela lui suffisait. Il eut donc un choc quand elle vint vers moi pour me lécher la main.

— Bon Dieu ! s'exclama Banger. C'est la première fois qu'elle fait ça.

Il ne sembla pas apprécier.

Nous retournâmes vers la ferme, longeant les décombres en direction des épinettes à l'extrémité des champs. La chienne marchait près de Banger, légèrement en retrait.

— Je vous ramène.

Sa vieille Power Wagon était garée sur une route forestière à 800 mètres en contrebas de Stone City. Le véhicule aux suspensions fatiguées s'affaissait et rebondissait sur les monticules de terre et les cailloux. Lady était assise au milieu et regardait droit devant elle comme une douairière que l'on conduit à l'opéra. Banger parlait en criant pour couvrir le grondement et les bruits de ferraille du camion.

— Le vieux Stone… C'est le plus beau salopard que j'ai jamais… tous ses fils et ses filles faisaient les quatre cents coups… vicieux… et nombreux avec ça.

Il fit grincer la boîte de vitesses et rejoignit la route principale.

— Toutes ces petites cabanes, c'est eux qui les avaient construites. Devant ils entassaient des carcasses de voitures rouillées, des tas de bois, des cornues vides et des pièces détachées. Comme y disaient, ça pourrait servir un jour. Tout était envahi par les mauvaises herbes. Les fils Stone, c'étaient tous de sacrés numéros. Ils tuaient les cerfs au couteau, posaient des pièges à ours, dynamitaient les mares à truite, braconnaient, abattaient les chiens errants et se tapaient toutes les filles du coin. Oui, m'sieur, c'étaient de fameux lascars.

Il tourna sur une route en terre qui conduisait à l'usine de sucre d'érable qu'il avait retapée.

— J'ai pas fait attention. Je vous ai conduit jusque chez moi sans faire exprès. Je suis tellement habitué à tourner en haut de la colline. Oiseau grillé à dîner. Ça vous va ?

Il décrocha quatre oiseaux du mur de la cabane où il rangeait son bois et les suspendit à l'intérieur de sa veste de chasse. Il ne voulait pas que je l'aide à les déplumer et me fit signe d'aller dans la maison. Lady tournait autour de lui, poursuivant les plumes emportées par le vent qui se levait en cette fin d'après-midi.

Une fois à l'intérieur du logis, je regardai autour de moi. Il y avait quelques livres sur une étagère, des pots et des casseroles suspendus à des clous, l'assiette du chien et un tapis tressé bon marché derrière le poêle. Le lit de camp de Banger, aussi étroit qu'une planche, était placé contre le mur du fond. Je l'imaginais allongé, écoutant nuit après nuit le chien qui rêvait en soufflant dans son museau.

L'endroit était un véritable musée de grouses, décoré de queues parfaitement lissées, dépliées en éventail sur le mur – grises, quelques-unes rouge cannelle et aussi d'une autre sorte plus rare, jaune citron, provenant d'un oiseau albinos. Des clichés racornis de Banger jeune, des grouses dans chaque main, étaient agrafés près de photos couleur d'oiseaux en plein vol, découpées dans des magazines de chasse. Il y avait des fusils accrochés à des patères et calés dans les coins. Sur un rondin derrière la porte, une grouse de grande taille, mal fixée, penchait légèrement d'un côté comme si elle était sur le point de défaillir. Sur une petite étagère étaient disposés des nids d'œufs séchés que Banger avait dû collectionner dans son enfance, coquilles légères comme des plumes emplies des débris desséchés d'embryons de grouse.

J'allumai la lampe à kérosène posée sur la table. La lumière tomba sur une photographie encadrée et décorée d'une couronne de fleurs en plastique. La jeune femme, debout devant une ferme au toit affaissé, avait de longs cheveux aux extrémités floues, comme balayés par le vent à l'instant même où l'obturateur se fermait. Plissant des yeux dans la lumière, elle tenait un bouquet de marguerites hâtivement cueillies à la dernière minute pour plus d'effet. On pouvait encore voir les mottes de terre accrochées aux racines. C'était la femme de Banger.

Lorsque Banger laissa tomber les morceaux de grouse recouverts de farine dans la poêle à frire, des éclaboussures de saindoux giclèrent et le feu crépita. Il saupoudra la viande de sel et de poivre, puis jeta les foies et les abats frais à Lady derrière le poêle.

Nous mangeâmes en silence. Banger mastiquait avec énergie la chair savoureuse. Pour une fois, il n'était pas bavard. La flamme de la lampe à huile s'étira. Je me mis à penser aux essieux de wagon enfoncés dans le granite et je demandai à quoi ressemblait le vieux Stone.

— C'était le pire de toute cette fichue bande. Certains de ses enfants, eh bien, c'étaient ses petits-enfants. C'était un vieux tyran dégueulasse, qui les corrigeait au fouet et les faisait vivre dans la terreur.

Le tambourinement de ses doigts sur la table ressemblait au bruit des perdrix quand elles prennent leur envol. Il cria en direction de la photographie de sa femme, comme s'il poursuivait une vieille querelle.

— On aurait dû lui crever les yeux à ce vieux

cochon et lui enfoncer un poteau de clôture dans le cul ! cria Banger en s'étouffant.

Après ce repas, je ne le revis pas pendant pratiquement tout un mois.

2

Le renard à la fourrure sombre trottait derrière l'écran d'aronias le long de l'autoroute, indifférent au vrombissement des voitures à six mètres de là. Il ne traversait jamais cette voie qui marquait l'extrême limite de son territoire. Le cadavre d'un corbeau imprudent gisait sous un buisson telle une flaque de goudron fondu. Le renard se roula dedans, frottant ses épaules contre le corps de la charogne. Il se releva, s'ébroua puis poursuivit sa route, une plume noire plantée dans sa fourrure telle une pique de picador.

D'un geste aussi prompt que si elle arrachait une touffe d'herbe, Noreen vida le second oiseau. L'autre, aux reflets violet foncé, reposait sur l'égouttoir en émail blanc.

— Oh, ça ne me gêne pas de le faire. J'en ai vidé des centaines comme ça. Quand j'étais gosse, il y a eu une ou deux années difficiles. Pas de travail, pas d'argent. On se nourrissait avec ce qui nous tombait sous la main et aussi de poisson – truite, meuniers, n'importe quoi. C'est moi qui m'occupais des oiseaux.

Ses doigts faisaient rapidement le va-et-vient entre le petit corps placé dans sa main gauche et le tas de plumes dans l'évier.

— Mon frère Raymond, il se chargeait des poissons, car il n'a jamais supporté l'odeur des boyaux d'oiseaux, alors que moi, ça ne me fait rien. Il peut dépouiller ou nettoyer n'importe quel autre animal aussi vite et aussi bien, mais pas les oiseaux. Moi, ça m'est égal.

On entendit cinq ou six « pocs » assourdis lorsqu'elle arracha les plumes à l'extrémité des ailes, plus difficiles à ôter. « Voilà, c'est fait. » Les corps déplumés et vidés gisaient côte à côte, exhibant des cavités sombres entre leurs pattes rigides dressées en l'air. Noreen était appuyée contre l'évier et une lumière crépusculaire gris tourterelle l'enveloppait comme la marée montante. Ses cheveux roux faisaient des boucles et une plume duveteuse flottait sur sa joue. Elle se mit à chantonner « j'veux pas sortir avec Cow-boy Joe ». On s'en fout de Cow-boy Joe, pensai-je, elle ferait mieux de s'occuper de moi.

Le lit, comme cela s'était produit en plusieurs autres occasions, devint un lieu de confidences.

— Tu as déjà été marié ?

— Oui.

— Je l'avais deviné, dit-elle. Moi aussi.

Son visage de renarde était pâle dans la pénombre qui s'épaississait.

— Mon frère… Mon frère Raymond, tu sais ?

— Oui.

— C'est pas mon vrai frère, tu vois, mais seulement un demi-frère. (Elle chuchotait comme un enfant qui dévoile des secrets.) Maman l'a eu avant de rencontrer mon père et papa lui a donné son nom.

Le lit me fit penser au terrier d'un renard, il en avait l'odeur, l'odeur de terre. Elle murmura :

— J'ai couché avec Raymond.

— Quand ?

— Il y a longtemps, la première fois, tu comprends ? C'est juste mon demi-frère. Ça a été la seule fois.

Elle me regarda.

— Maintenant, à ton tour.

— De quoi ?

— De me raconter un truc moche que tu as fait.

Cela cessait soudain d'être un jeu. Malgré moi, les crimes de l'enfance et les cruautés de l'âge adulte me revinrent à l'esprit. J'étais furieux de sentir des larmes me picoter les yeux.

— Parle-moi de Raymond, demandai-je.

— Ma mère sortait avec ce type qui venait d'une famille qui habitait ici autrefois. La famille Stone. Ils sont partis maintenant. Elle attendait Raymond, mais juste avant qu'elle se marie, il s'est passé quelque chose de terrible et Raymond a perdu son père. Ils étaient fous amoureux l'un de l'autre et elle a failli devenir folle de chagrin.

Puis elle a rencontré mon père. Il était bûcheron. Il coupait du bois par là-bas, pour St. Regis. Il venait d'une ville du Québec.

— Alors Raymond est vraiment un Stone ?

— Ouais, même s'il n'a jamais porté ce nom, le sang des Stone coule dans ses veines, en tout cas pour moitié.

Je pensai à Stone City, aux cabanes détruites, à la porte bleue à la peinture écaillée, aux essieux en fer. Stone City, repaire de hors-la-loi.

— C'était lequel des Stone ? demandai-je en me rappelant ce que Banger m'avait raconté à propos du grand-père.

Elle se leva et se rhabilla dans la lumière déclinante du soir. Elle lissa ensuite ses cheveux à deux mains en les ramenant vers l'arrière.

— Ça doit rester entre nous, murmura-t-elle solennellement. C'était Floyd. Celui qui est mort sur la chaise électrique.

Cela devint une habitude. Tous les vendredis soir venait le moment des confidences. J'appris qui avait tué le petit chat, qui avait volé le chemisier d'une amie. Elle se passionnait pour les histoires de famille. Mais avant tout, elle me parlait des ennuis de Raymie avec son père. Raymond le Bâtard, comme je le surnommais en mon for intérieur.

— Raymie a encore ramassé une volée hier soir. Il faut qu'il relève la batterie de pièges toutes les vingt-quatre heures et il doit s'y mettre très tôt le matin avant de partir au magasin. Il a oublié, comme d'habitude, et Raymond l'a drôlement astiqué. Il est très violent quand il s'y met. Raymie, il déteste ce boulot. Il veut partir d'ici, aller à New York et devenir chanteur de rock. Ça vaut vraiment le coup de l'entendre.

3

Il ne restait plus que quelques semaines avant la fin de la saison et malgré tout l'agrément qu'il me procurait, je ne laissai pas cet intermède intime troubler mon programme de chasse. Je sortais de temps en temps, quelquefois seulement pour une heure, en d'autres occasions jusqu'à la nuit tombante. Je ne retournai pas à Stone City, hanté par la haine obscure et personnelle que lui vouait Banger. Les premières chutes de neige persistante tombèrent, l'air se fit plus cinglant et l'hiver s'installa définitivement.

Un matin, respirant cette odeur humide annonciatrice de neige, je découvris dans le bosquet d'arbres feuillus derrière la maison des traces fraîches laissées par Banger et Lady qui pointaient vers le Sud. Elles semblaient m'inviter à les suivre et j'imaginais que c'était peut-être le seul moyen que Banger ait trouvé pour me proposer de l'accompagner.

Il avait une bonne longueur d'avance et il était

midi passé quand j'atteignis Stone City. J'avais marché parallèlement aux empreintes de Banger, mais plus haut dans la montagne, pensant que son passage avait dû faire fuir les oiseaux dans les hauteurs, à l'abri des orages et des hommes.

Je m'en tirai honorablement, levant une demi-douzaine d'oiseaux au cours de cette traque au ralenti, car ce jour-là les oiseaux se déplaçaient avec peine. J'en descendis un d'un coup reflex au travers d'un bosquet de jeunes sapins, aussi fins et serrés que des bambous, et ce malgré mon pouce engourdi par le froid qui pouvait à peine ôter la sécurité. Puis l'air fraîchit et la neige commença à tomber à gros flocons.

Stone City était une ruine désolée, mais Banger avait fait un feu à l'abri d'un mur de fondation en pierre écroulé, et réchauffait du café dans une petite casserole. La porte bleue était recouverte de neige. Les flocons grésillaient au contact des flammes. Banger alimenta le feu avec une autre planche patinée dénichée dans la maison effondrée.

— La chasse a été bonne ?

J'exhibai l'oiseau et décrivis le tir. Banger déploya la queue en éventail, compta les plumes, en ôta deux sur le point de se détacher. Il me lança un regard de reproche quand il vit que je n'avais pas ouvert le jabot et il le fit lui-même.

— Des faînes. Ils en ont mangé toute la matinée avant que la neige ne les recouvre. Tous ceux-là – il pointa le doigt vers quatre oiseaux parfaitement alignés – s'en sont gavés et leur chair sera d'autant plus savoureuse.

J'avais décidément encore beaucoup de choses à apprendre sur les oiseaux.

Le café était chaud et avait bon goût. Banger me raconta qu'il transportait toujours par temps froid, dans sa veste de chasse, un petit sac à café et une casserole. Le feu se consumait rapidement, transformant les planches en un tas de charbon. Banger retourna dans la cave béante à la recherche de bois sec. Il sortit en frottant quelque chose contre sa manche.

— Bon Dieu ! Regardez ce que j'ai trouvé sur le haut du mur, là-bas. Il me tendit l'objet. C'est le couteau du vieux Stone.

C'était un grand couteau doté de deux lames pliantes corrodées par les intempéries. Le manche était recouvert d'une pellicule en Celluloïd jaune moucheté sous laquelle transparaissaient des dessins flous. Selon la manière dont on l'orientait, on pouvait voir d'un côté les images mouvantes d'un pirate jouant du concertina ou bien une pile de livres dégringolant d'une table près de laquelle se tenait un professeur fou et grimaçant. Sur l'autre face, les formes étaient plus distinctes. Assise jambes croisées sur une plage, une fille nue fixait un appareil photo avec un sourire, l'arc de sa bouche semblable à la courbure d'un verre à vin. Elle tapotait un cône de sable entre ses jambes.

Je rendis le couteau à Banger. Il était lourd

comme s'il avait pris du poids avec les années. Banger n'arrêtait pas de jouer avec, tentant de reconstituer les images disloquées.

— Ça alors ! Le couteau du vieux Stone ! s'esclaffa-t-il.

— C'est vrai ce que l'on raconte ? Que l'un des Stone a fini sur la chaise électrique ? demandai-je.

Noreen n'y avait plus jamais fait allusion et par délicatesse, nous nous étions tous les deux abstenus d'en reparler.

— Qui vous a informé ?

Je ne répondis pas. Il faisait toujours tourner le couteau dans ses mains.

— C'était Floyd Stone. C'est lui qui a provoqué la chute de la tribu des Stone. Il était dingue mais pourtant pas autant que certains autres de la bande.

Les planches fumaient, puis elles s'embrasèrent et des flammes bleues s'élancèrent, longues et élégantes, le long des bords. Lady posa sa tête sur le genou de Banger et me regarda au travers du feu.

— Comment tu vas ma vieille ? Comment tu vas ma brave fille ? dis-je de cette voix idiote avec laquelle je m'adresse habituellement aux chiens.

Elle agita sa queue duveteuse. Banger serra alors son bras autour d'elle et je me sentis soudain aussi coupable que si j'avais été surpris en train de caresser la femme d'un autre.

— Floyd Stone. Depuis la fondation de la ville, les gens du coin ont toujours eu des problèmes avec les Stone. En fait, ils ont été les premiers à s'installer ici, mais personne ne s'en vante. Ils sont venus du New Hampshire ou du Québec, je ne me rappelle plus lequel des deux. C'était une très vieille famille. Rien que de la mauvaise graine. Floyd était juste comme tous ses frères et ses cousins. Quand il buvait il devenait complètement cinglé. Il faisait n'importe quoi, vraiment n'importe quoi. Ils étaient toujours armés, tous sans exception.

« Ce jour-là, il revenait de la ville complètement bourré et très énervé, mais il arrivait quand même à conduire son vieux camion. Il s'est arrêté à un passage à niveau. Le train passe. Soixante-treize wagons de marchandises défilent devant lui. Il les compte au passage. Derrière lui, il y a deux automobiles. Dans l'une d'entre elles, il y a le pasteur baptiste. Après un certain temps, Floyd aperçoit un type qui se tient debout sur la plate-forme du wagon de queue. Le type fait un signe à Floyd par simple habitude. Floyd prend son fusil, rapide comme un serpent, et au lieu de lui répondre normalement par un geste de la main, il lui tire en pleine tête. Sans raison. Il ne connaissait ce cheminot ni d'Eve ni d'Adam. Puis il est venu se réfugier ici. A Stone City.

Banger sortit l'une des lames rouillées du couteau.

— Il avait tout le monde à ses trousses. La police du coin, le shérif, des centaines d'hommes de la ville. Ils étaient tous armés et mouraient d'envie d'en découdre. C'était une véritable armée. La foule était déchaînée, les gens en avaient plus que marre des Stone. Le vieux est sorti sur la véranda de sa maison. Il s'est mis à hurler « Foutez le camp d'ici », comme s'il avait un fusil entre les mains. Mais ce n'était pas le cas. Je pense qu'il en aurait eu un, s'il n'avait pas été ivre, lui aussi. Il portait un pichet, un de ces vieux pichets en fer-blanc d'où giclait une mixture explosive faite maison. Il oscillait d'avant en arrière, les yeux injectés de sang, tout en gueulant « Foutez le camp d'ici ». La police a crié en retour : « Nous avons un mandat d'arrêt contre Floyd Stone pour l'homicide volontaire d'un certain M. X. Sors de là, Floyd ! » Evidemment Floyd n'a pas bougé. Il y avait là quatre ou cinq maisons. Il pouvait être dans n'importe laquelle d'entre elles ou caché dans les bois. Alors la police a donné un ordre à quatre de ses hommes. Ils ont couru jusqu'à la véranda, ont capturé le vieux Stone et l'ont arrêté pour obstruction à la justice. La véranda se trouvait à cet endroit-là, ajouta Banger en pointant du doigt la porte bleue.

« Malgré ses soixante-dix ans, le vieux Stone s'est débattu comme un diable. Il donnait des coups de pied et braillait tout ce qu'il pouvait. Avec ses ongles crochus, il a entaillé l'œil d'un des flics. Le type est devenu borgne et a reçu une pension d'invalidité à 100 %.

« Personne ne voulait aller chercher Floyd. A l'époque, on n'utilisait pas encore ces gaz qu'on met sous les portes et qui vous paralysent. La foule était prête à tout, vraiment déchaînée. Quelqu'un a crié : "Démolissons les maisons ! Il ne pourra pas nous échapper ce petit salopard !" Ils étaient des centaines à vouloir lui faire la peau. Ils se sont précipités sur les maisons, ont arraché les planches pourries et ont donné des coups de pied dans les vitres. Quelqu'un a pris une hache et tailladé les planches pendant que dix autres les enlevaient comme si c'étaient des bandes de papier. Les Stone se sont précipités dehors en criant et en pleurant, les femmes, les enfants, les hommes ivres et même une grand-mère. Environ dix minutes après, ils ont capturé Floyd. Il se cachait, allongé sous son lit. Il avait toujours son fusil de chasse et il le pointait vers la porte de la chambre. Mais il ne s'attendait pas à ce que le mur juste derrière lui soit abattu d'un seul coup ; une douzaine d'hommes l'a agrippé par les chevilles et l'a tiré de dessous le lit. La police l'a emporté – ça n'a pas été facile – et les autres Stone sont restés avec nous. Quelqu'un a trouvé du goudron de toiture et a commencé à le faire chauffer.

Je me demandai si c'était Banger qui avait eu cette idée.

— Ils ont tué les poulets pour se procurer les plumes et puis quelques oies et quelques canards. Ils ont ensuite déshabillé tous les Stone, sauf les femmes et les enfants, et les ont badigeonnés avec ce vieux goudron chaud, sur les parties génitales notamment, puis les ont recouverts de plumes.

Comme un duvet, comme le nuage de plumes déversé sur les Stone enduits de goudron, la neige s'amoncelait et tournoyait dans le vent qui se levait. Un tourbillon virevolta un bref instant près de la véranda effondrée. Mon Dieu, pensai-je, une telle barbarie était-elle possible ?

4

A cause de sa couleur, le renard traversait rarement des terrains à découvert par temps de neige. Il préférait rester à l'abri dans les bois et les buissons, chassant les souris à la lisière des clairières. Dans l'aube glaciale, le museau couvert de givre, il se dirigea vers un roncier au bord d'un champ désert, espérant surprendre un lièvre matinal. Il repéra des traces qui dessinaient des arabesques aussi confuses que celles d'une ficelle enchevêtrée par un chat. Elles zigzaguaient parmi les ronces jusque dans le bois d'épinettes et s'évanouissaient ensuite dans les monticules de neige comme si le lièvre avait déployé d'étranges ailes pour s'envoler dans les arbres. Le renard trottinait tête baissée, à l'affût du chaud fumet, mais seule une senteur évanescente lui parvenait. Il était sur le point de tomber nez à nez avec une forme gelée dans la neige quand il renifla tout à coup l'odeur de son pire ennemi. Presque aussitôt, il eut l'intuition d'une mort imminente. Son cœur se mit à battre plus fort et, pris de panique, il traversa en courant une clairière, cible rêvée pour un chasseur de passage.

Pendant la nuit, le froid devint très intense. Des rafales de vent faisaient grincer les vitres et poussaient la neige sous la porte. Le vendredi matin, les chutes de neige cessèrent, mais devant la maison, le sol érodé par le vent avait été mis à nu et un croissant de neige amoncelée, aux bords acérés, barrait la route.

Une apathie mélancolique, fustigée comme l'un des sept péchés capitaux, s'empara de moi lorsque Noreen appela pour prévenir qu'elle ne pouvait pas venir ce jour-là. Sa voiture refusait de démarrer. Elle parlait avec précipitation dans le combiné, le souffle court et la voix coupable. Je me demandai avec qui elle était, peut-être avec ce mari dont elle n'avait jamais mentionné le nom et qu'elle n'avait jamais critiqué. Peut-être avec ce demi-frère furieux, contaminé par la folie des Stone. Tout cela me faisait l'effet d'une mauvaise plaisanterie et l'image d'un sourire épanoui sur le manche d'un couteau et de plumes volant dans le vent s'imposa à moi. J'ouvris la porte du four de la cuisine intégrée pour me réchauffer et me servis plusieurs grogs fumants à la suite. Le vent faisait vibrer le tuyau du poêle. J'étais seul et je remplissais mon verre à peine l'avais-je vidé. Je sommeillai dans l'air suffocant de la cuisine, la tête lourde de whisky qui résonnait des hurlements du vent tourbillonnant.

Banger surgit soudain devant moi, la porte de la cuisine grande ouverte, laissant le vent glacial s'engouffrer dans la touffeur de la pièce. Ses mains nues étaient repliées avec raideur et ses yeux coulaient.

— Lady, cria-t-il. C'est vous qui l'avez prise, espèce de salopard. Où est ma chienne ?

Il fallut inspecter toute la maison, de la cave au grenier, fouiller chaque armoire et chaque placard pour que Banger soit enfin convaincu que Lady n'était pas attachée à une conduite d'eau à l'abri des regards. Les chaussons bleus imitation satin de Noreen, ornés de plumes, brillaient d'un doux éclat sur le plancher de la penderie de la chambre. Je donnai un verre à Banger et j'écoutai son histoire.

Il avait laissé sortir Lady la nuit précédente malgré la neige, m'expliqua-t-il en reniflant et en s'essuyant le nez du revers de la main. Les soirs de tempête Lady aimait sortir pendant une heure ou deux. D'après lui, elle appréciait ces escapades car le coin chaud derrière le poêle lui semblait encore plus agréable quand elle rentrait. Pour ma part, je doutai qu'un animal puisse faire preuve d'un comportement aussi puritain.

Il s'était endormi s'attendant à être réveillé par des gémissements et des grattements à la porte. Mais au matin, Lady n'était toujours pas rentrée. Trop inquiet pour aller en ville, il avait passé la matinée à l'appeler et à siffler. A midi, il était parti dans la forêt à l'affût de traces, hurlant son nom dans le vent glacial. Il lui était alors venu à l'esprit que j'avais attiré son chien avec des abats de grouse. Elle était partie depuis bientôt vingt-quatre heures quand Banger, fou de suspicion, s'était précipité chez moi. Nous commençâmes les recherches très tôt le matin à partir de la maison de Banger, en décrivant des cercles de plus en plus larges. Le vent tombait et les traces fraîches restaient bien visibles. Il n'y avait toujours pas de signe de vie de Lady. Je pensai à Stone City et je revis Banger qui jetait les viscères d'oiseaux dans la neige tout en me racontant la manière dont la famille Stone avait été chassée. Peut-être Lady s'était-elle rappelée de l'endroit où ces morceaux convoités étaient tombés. Un voyage rapide, honteux, les abats avalés à la hâte, puis les grattements à la porte pour retrouver le confort de la paillasse derrière le poêle. J'imaginais qu'elle avait peut-être joué ce tour à Banger des douzaines de fois.

— Vous êtes allé faire un tour du côté de Stone City ?

— Non, mais elle ne va jamais là-bas, sauf quand nous chassons les oiseaux.

— Ça ne coûte rien d'y aller pour en avoir le cœur net.

Banger restait sceptique, morose. Néanmoins nous nous dirigeâmes vers le sud, nous débattant pour ne pas nous enfoncer dans les congères comme dans des sables mouvants.

Les tiges des ronciers rouges qui obstruaient les trous de la cave bruissaient dans le vent qui faiblit soudain. Stone City était submergé par des vagues de neige qui s'échouaient sur les tas de planches éparpillés, envahissaient les fondations et effaçaient les dernières traces de la famille Stone. La marée hivernale était sur le point d'engloutir la ferme.

Banger donna un coup de pied dans la neige à l'endroit où les viscères étaient tombés. Il ne restait plus rien excepté les cendres du feu qui souillaient la neige pâle.

— N'importe quel animal aurait pu les manger, un raton laveur, un renard, une martre…

Nous continuâmes nos recherches dans le champ et le long du ruisseau. Banger m'appela.

— Regardez ça. Ce sont des empreintes de renard. Elles sont récentes – de ce matin. C'est lui qui a tout bouffé.

Banger remarqua alors, par-delà les traces fraîches laissées par le renard, une piste à demi effacée par les rafales de neige. Ce sillon à peine visible disparaissait totalement à terrain découvert et, sous les conifères, laissait juste deviner le passage d'un animal.

— De quelle bête s'agit-il ? D'une belette, d'une martre ? C'est sûrement quelque chose de bas sur pattes à en juger par les traces.

Banger me regarda avec mépris. Il en avait déjà vu de semblables.

Cette piste menait aux talus hérissés de mûriers qui encadraient comme une armure les champs de blé des Stone situés en contrebas. Banger passa au travers des tiges robustes et épineuses comme s'il traversait une étendue herbeuse, marmonnant et parlant tout seul. Je le suivis avec difficulté, ignorant ce qu'il savait déjà avec certitude.

Il tomba à genoux et s'enfonça dans les ronces sur plusieurs mètres, puis il balaya la neige du corps recroquevillé de Lady. On pouvait voir les traces de pattes de renard autour du corps gelé. Banger souleva le cadavre de sa chienne, mais sentant une résistance, la reposa avec délicatesse sur le sol. Il remonta le long de la chaîne du piège qui emprisonnait la patte avant droite jusqu'à l'enchevêtrement de cordes solidement nouées autour des ronces. Il ouvrit les mâchoires du piège, libéra la patte raide et jeta l'appareil aussi loin qu'il le put. Le piège resta suspendu à un épais buisson alors que la chaîne rebondissait avec désinvolture en décrivant de brefs arcs de cercle.

— Banger ! criai-je. Gardez le piège si vous voulez retrouver le coupable.

Ses yeux étincelaient de haine dans son visage

violacé. Il portait Lady dans ses bras, lourde et gelée, caricature difforme d'un corps de chien. Il n'avait rien dit jusqu'alors, mais maintenant il hurlait : « Je sais qui c'est ! C'est le vieux Stone. Il n'arrête pas de me poursuivre. Il m'a chassé à coups de fusil quand j'étais gosse, et puis il a brûlé ma maison. Oui, c'est lui qui a brûlé Edie et mon fils, parce que je les avais chassés de Stone City. Et maintenant il tue mon chien parce que je lui ai pris son couteau ! Eh Stone, le voilà ton couteau, reprends-le, j'en veux plus. »

Il tenait maladroitement Lady avec un bras tout en fouillant dans sa poche d'où il retira le vieux couteau jaune qu'il jeta, puis éloigna d'un coup de pied. Il repartit ensuite en direction de sa maison.

C'était un piège Blake & Lamb n° 2, pratiquement neuf. La plaque d'immatriculation en aluminium brillait encore sous la surface encrassée. Le nom de « Raymond Pineaud, Jr » y était gravé. Raymie avait à nouveau négligé de faire son travail. Ainsi, même les descendants bâtards des Stone étaient des prédateurs. Ils n'y pouvaient rien, pas plus que Banger qui, rongé par une angoisse pleine de rancœur, serait immanquablement leur victime.

La quincaillerie ferma et fut vendue. Le bruit courait que Banger avait successivement déménagé en Floride, dans l'Arizona et en Californie, véritables paradis terrestres pour les habitants du comté de Chopping. Raymie avait pris le bus à destination de New York, laissant derrière lui les pièges rongés par la rouille.

Au printemps, je vendis ma maison à un couple de retraités du New Jersey. Ils manifestèrent un enthousiasme naïf pour le pays. Alors que nous étions dans le bureau de l'employée municipale chargée d'enregistrer la vente, je demandai, par curiosité, le nom du propriétaire de Stone City. Elle me répondit :

— William F. Banger. Il avait acheté la propriété il y a longtemps suite à une histoire d'arriérés d'impôts. Il en est toujours propriétaire.

Elle se trompait. Ce lieu appartenait aux Stone, maintenant et pour toujours.

Le renard trottina rapidement jusqu'au bas de la colline en direction de la ferme abandonnée, tenant délicatement quelque chose entre ses mâchoires. Il avait choisi pour nouvelle tanière le terrier d'une marmotte dont les galeries couraient sous les fondations de la cave. L'une des entrées était à moitié dissimulée par une porte d'un bleu délavé.

Le renard déposa doucement sa proie parmi ses petits. Malgré son aile brisée, la jeune grouse essaya de s'envoler, mais les muscles et les os écrasés traînaient par terre et l'oiseau roula au sol comme une toupie duveteuse. Les renardeaux laineux, dont les dents de lait n'étaient pas encore tombées, reculèrent, épouvantés devant l'oiseau qui battait furieusement des ailes. La grouse se mit à courir et avait presque atteint le taillis de ronces lorsque le vieux renard l'attrapa, lui brisa une patte et la ramena vers sa nichée.

Finalement, une petite renarde gris sombre, plus audacieuse que les autres, se précipita sur l'oiseau et d'un bond s'enfuit avec quelques plumes tachées de sang.

Comme du granite

Dans la cour pelée, Maureen coupait du bois, les éclats d'écorce éparpillés en cercle autour d'elle. Une nappe de nuages bleus marbrés d'éclairs de chaleur barrait l'horizon.

Perley, par la fenêtre de la chambre d'amis, regardait la natte de sa jeune femme rebondir à chaque coup de hache, les bras souples se lever, la lame étincelant dans l'air tel un sourire sardonique. Elle posa une grosse branche sur le billot et racla le sol avec son pied. La hache s'éleva, retomba et le bois se fendit en deux avec un son vibrant comme si elle avait frappé la roche.

A travers la vitre fêlée, le terrain qui s'étalait derrière elle ressemblait à un morceau de papier jauni sur lesquels les jeunes peupliers tailladés auraient été esquissés à grands traits verticaux. Perley pensa qu'il allait pour la seconde fois rater la saison du fauchage. Il regardait le champ une centaine de fois par jour et aimait à l'imaginer tel qu'il avait pu être jadis ; la forêt primitive, la pente hérissée de souches fumantes et les loups traversant furtivement le paysage enténébré en direction des régions désolées du Nord. Désormais l'herbe fauve parsemée de laiterons et de vesces violettes grimpait à mi-hauteur de la tombe de Netta qui émergeait du haut de la colline comme la lune blanche montante.

Maureen jeta un coup d'œil par-dessus son épaule et Perley recula vivement. Encore raté, pensa-t-il. Il était toujours alerte. Il se dirigea vers la cuisine pour préparer le souper, traînant des pieds dans ses chaussons au cuir fripé. Il avait perdu depuis des mois son teint hâlé de paysan et son visage pâle recouvert d'une barbe grise était aussi vide que la soucoupe léchée avec soin par le chat.

Au dîner, Maureen et Perley s'assirent à la table, une chaise jaune placée entre eux deux. Les fourchettes étaient rangées vers le haut dans une boîte à café « Sûr-C-Bon ». Il ne voulait pas prendre n'importe laquelle, car Maureen n'aimait pas qu'il utilisât les fourchettes neuves ornées de roses et de vigne vierge en relief.

Elle se servit des côtes de porc pendant que Perley, les mains posées sur la nappe, pétrissait entre ses doigts le manche en bois de son couteau. Il se mit à saliver quand il la vit couper d'épaisses tranches de beurre, mais elle lui jeta un regard glacial et lui fit signe de commencer à manger. Il sépara la viande pâle de l'os, les rivets du manche étincelant dans la lumière de l'ampoule nue. Maureen avalait goulûment les pommes de terre Brute bleu foncé. Mais lui, il était hors de question qu'il en mangeât une seule ; elle ne pourrait pas l'y forcer.

Ils regardèrent ensuite la télévision à l'image brouillée jusqu'à l'heure du coucher. Allongé dans le lit à sa place attitrée, le vieux Perley, au sommeil léger, contemplait les éclairs craqueler le ciel avec une détonation sèche, sans amener la pluie, et les éclats verts et nerveux qui parsemaient la campagne comme des lucioles incandescentes. Le souffle de Maureen était aussi léger que le vent qui venait juste de se lever ; le long de la rivière, des cônes de lumière s'échappaient des résidences secondaires. Il regardait l'écheveau intriqué des éclairs qui éclaboussaient la colline d'une clarté aveuglante et sinistre. Mais ce n'est que lorsque les coups de tonnerre s'éloignèrent que la pluie se mit à tomber.

Le sol de la ferme n'était qu'une fine couche de terre recouvrant le massif de granite entaillé par les glaciers et les météorites. Les ormes rouges, les hêtres et le carré de chaume, les racines entremêlées, risquaient d'être à nouveau emportés. Un autre déluge, pensa-t-il, mettrait la roche à nu, dévoilerait la surface dure du socle terrestre.

Des atomes de granite tournoyaient aussi dans son corps. Durs et infrangibles, ils imprégnaient le sol et se propageaient dans les racines des plantes. Et à chaque fois qu'il prenait des pommes de terre dans le saladier fissuré, ses os se durcissaient, son sang se fortifiait. Mais il savait que Maureen était traversée par une substance astrale sauvage, tellement solide et dense que le granite était réduit en poussière sous ses coups.

A la mort de Netta, Perley avait découpé à coups de burin un bloc de pierre dans la falaise à l'arrière du jardin rocailleux, enlevant avec soin la fine poussière qui s'était insinuée dans les rainures. Puis il avait installé des cales et des coins, les avait enfoncés jusqu'à ce que la pierre tombe avec un petit bruit sec et avait ensuite gravé le nom de Netta sur la roche.

Plus tard il avait transporté le bloc en haut du champ avec le tracteur, mais quand sa fille était venue le voir, elle avait déclaré que les lettres étaient trop grossièrement taillées. Ils auraient dû commander une jolie pierre polie sur laquelle on aurait ciselé un poème et des fleurs. Elle avait découpé une poésie dans un journal quelques jours auparavant et l'avait conservée sans raison précise. Mais aujourd'hui, elle savait pourquoi, avait-elle remarqué.

En vivant seul, Perley s'était mis à perdre le sens de la réalité. Une fois ou deux dans la cuisine, il crut entendre la voix basse et sèche de Netta qui lui demandait s'il voulait du jambon pour le dîner. Un autre jour, le chat avait déterré les plantes flétries des pots de fleurs en griffant la terre. Et pour une raison obscure, les particules de terre répandues sur la moquette lui étaient apparues comme quelque chose de terrible.

Ce fut Samuel, le mari de Lily, qui en avait parlé le premier. Il avait de grands yeux aux paupières tombantes comme ceux des bustes en marbre des empereurs romains.

— Tu pourrais te remarier, tu sais.

Ils étaient en train de réparer une clôture et le fil tendu bourdonnait tandis que Samuel enfonçait les clous dans le champ battu par le vent.

— Tu ne serais pas le premier à qui ça arrive. Cela fait plus d'un an que tu vis seul. Tu n'es pas au bout du rouleau, Perley. A ton âge, la vie n'est pas finie.

C'était également l'avis des femmes. Elles apportaient des ragoûts et des tartes, des pots de pêches avec des clous de girofle flottant comme des noyés dans le sirop trouble. Selma Ruth, forcée d'élever les enfants de sa fille caractérielle, avait apporté du pain.

— Je veux bien être pendue si je laisse le gouvernement s'occuper de mes petits-enfants.

Elle s'était éloignée de la véranda en boitant, les miches de pain fraîches posées sur les paumes ouvertes de Perley comme deux jolis oreillers. A l'époque, il s'imaginait parfois à table en compagnie d'enfants qui faisaient rouler des petits pois sur le bord de leur assiette et il se demandait s'il faudrait leur dire d'arrêter ou espérer qu'ils s'en lassent en grandissant. Lily et Samuel n'avaient pas d'enfants.

Ce fut par une journée lumineuse et glaciale qu'il commença à perdre son emprise sur la ferme. Les tiges noircies des mauvaises herbes gisaient, raides, sur le sol gelé ; les bourrasques de vent balayaient les feuilles mortes friables.

Il reconnut le camion de Bobhot Mackie qui se dirigeait vers la ferme par la route longeant la rivière. C'était un vieux camion Chevrolet rouge, aux pare-chocs trépidants et aux pneus lisses, les ridelles brinquebalantes maintenues par un tendeur. Il descendit l'escalier pour aller à la rencontre de Bobhot, car il ne voulait pas qu'il sorte du camion et qu'il inspecte la ferme de son regard avide et furieux, à l'affût d'objets qu'il pourrait ramasser plus tard. Maureen, la jeune sœur de Bobhot, sortit du camion.

— Elle est venue faire du ménage et un peu de cuisine.

Bobhot, accoudé avec désinvolture à la fenêtre du camion, poussa un rire strident et méprisant et la jeune fille fouetta l'air de sa longue tresse. Perley essaya d'expliquer qu'il se débrouillait très bien tout seul, mais Bobhot démarra en klaxonnant très fort, la laissant derrière lui.

Cette nuit-là, la jeune fille vint le voir après avoir dénoué sa chevelure chaude et abondante. Elle était experte mais docile, son corps se soumettant avec complaisance à peine l'avait-il touchée. Des odeurs coupables de pollen de saule et de rivière au printemps envahirent la chambre, révélant l'ombre menaçante du passé avec la soudaineté d'une main brusquement repoussée d'un visage. Il eut l'impression de sentir la boue séchée sous ses ongles.

Le mariage fut célébré un mois plus tard par une journée de tempête de neige ; la cloche de l'église agitée par le vent bourdonnait faiblement. Il portait un costume blanc.

— C'est dégoûtant, avait déclaré Lily. C'est la mariée qui doit être en blanc, et non un vieux bonhomme qui se marie avec une fille de quatre ans plus jeune que la sienne.

Le costume avait la blancheur épaisse et grasse du saindoux. Lors de l'essayage, il retombait en plis caressants sur ses jambes noueuses, mais dans l'église glaciale, il collait comme du plastique mouillé.

Il se tenait sur une estrade pratiquement identique à celle de son premier mariage. Mais à l'époque, il portait un costume noir. Cela s'était passé au mois d'août, en fin d'après-midi. La lumière ambrée filtrait à travers les mêmes vitraux poussiéreux ; le silence, à l'exception d'une abeille contre la vitre, était aussi épais et feutré que des feuilles de molènes. Et la chaleur, la lumière dorée, la main douce de Netta, l'odeur de piété surannée lui semblèrent soudain plus réelles que la cérémonie glaciale qui le liait désormais à cette fille, Maureen.

Lily et Samuel n'avaient pas assisté à son mariage.

— C'est une drôle de famille que tu nous apportes là, avait dit Lily. Tu ne pouvais pas trouver pire.

Bobhot, saoul et le teint rouge, était le seul à s'être déplacé.

Maureen refusa de partir en voyage de noces et retapissa la maison de la ferme avec du papier décoré de treillis de fleurs pour les chambres et de théières rouges pour la cuisine. Elle enroula sa longue natte et peignit les chaises en jaune, la vieille table en chêne du vert acide de l'herbe trempée par la pluie. Des rideaux aux hibiscus écarlates étaient suspendus aux fenêtres étroites. Pourtant les assiettes sales s'empilaient dans l'évier et le torchon crasseux pendait de guingois sur un clou.

Bobhot venait pour le dîner, dévorait des hot dogs les uns après les autres, son regard avide errant dans la pièce sur la tapisserie, l'horloge en forme de scotch-terrier et les fougères en plastique posées sur le rebord de la fenêtre au-dessus de l'évier en fer. Après avoir mangé de la gelée, il s'en allait et pendant de longues minutes ils entendaient le Chevrolet rouge dévaler la route de la rivière dans un bruit de ferraille.

Perley planta des pommes de terre Green Mountain. Il adorait leur chair jaune et ferme. Il avait essayé d'autres sortes : Mortgage Lifter, Russet, Rose King, mais jamais les pommes de terre Brute, bleu outremer foncé, à l'aspect vénéneux.

— Je dirai à Bobhot de nous apporter des graines, dit Maureen en avril.

— C'est pas la peine, j'en ai tout un stock.

— Oui, mais pas des Brute.

— Non des Green Mountain. Je plante toujours des Green Mountain.

— Je préfère les Brute. Ce sont les meilleures. Les Mountain sont infectes.

Dans le ton de sa voix perçait une assurance qui l'étonna. Il se mit à rire, incrédule.

— Ici, nous avons toujours planté des Green Mountain.

La réaction de Maureen le prit totalement au dépourvu. Un éclair de colère enflamma son regard et elle le frappa au visage avec une telle force qu'il s'effondra contre le mur. Puis elle lui écrasa le nez alors qu'il essayait de se relever, le souffle court sous la violence du choc. Elle s'acharnait sur lui, le rouant de coups, lui tirant les cheveux, lui enfonçant les genoux dans les reins. Pour finir, elle le retourna sur le dos et le gifla à toute volée.

— Allez, dis-le, Brute.

Haletante, elle le cognait durement dans les côtes qui se couvraient de meurtrissures. Il ne pouvait pas riposter. Il la saisit par les poignets et les serra jusqu'à ce que ses bras commencent à trembler sous l'effort. Elle se mit à bouger, essayant de glisser un genou entre ses jambes. Il comprit alors que rien ne l'arrêterait et il lâcha « Brute ».

Il resta dans la grange jusque tard dans la nuit ; puis, chassé par le froid, il rentra dans la maison. Il se dirigea vers l'ancienne chambre de Lily par l'escalier situé à l'arrière et resta allongé sous le couvre-lit en chenille. La lumière tamisée des étoiles éclairait faiblement la pénombre. Les lattes du plancher grincèrent. Elle se glissa dans le lit, nue, les cheveux défaits.

— M. Perley, murmura-t-elle.

Son souffle chaud brûlait son visage endolori. Ses doigts couraient le long de son corps. Il roula sur elle en gémissant, plein de mépris pour lui-même. Avant de s'endormir, il promit de planter des pommes de terre Brute.

La saison venue, il transporta l'escabeau dans le verger pour récolter les pommes de juin arrivées à maturité. Il était enfoui dans le feuillage sombre et les branches saillantes, quand elle donna un coup dans l'échelle.

— Espèce de salopard, dit-elle en le regardant tomber. Pourquoi t'as pas prêté la débroussailleuse à Bobhot ?

Allongé sur le sol parmi les pommes vertes et dures, il jugea inutile de lui dire que Bobhot s'était servi lui-même la nuit dernière. Son camion garé sur la route en contrebas, il s'était introduit silencieusement dans la remise. Perley avait entendu le bidon d'essence se renverser et quand il était sorti avec sa torche, les yeux de

Bobhot brillaient dans l'obscurité comme des clous incandescents.

Perley était désormais sur ses gardes, aussi méfiant qu'un chat à qui l'on donne tantôt des caresses, tantôt des coups de pied. Il n'avait pas le droit de la frapper ; il méritait ce qui lui arrivait.

Un sentiment de manque grandit en lui. En regardant vaguement dans les tiroirs et les placards, il découvrit dans la cuisine un paquet de fiches de recettes jaunies et reconnut l'écriture familière de Netta. Il lui prit une envie de biscuits. Il essaya d'en confectionner quelques-uns, ajustant le niveau de la farine dans la tasse avec la lame d'un couteau, comme il avait vu faire Netta une centaine de fois. L'odeur des gâteaux dans le four avait quelque chose de réconfortant.

Désormais, c'était le plus souvent Maureen qui fendait le bois ou réparait le moraillon cassé de la porte de la remise. Les touffes sombres des ronciers proliféraient dans le champ aux herbes jaunies.

Bobhot venait souvent pour aider sa sœur, disait-il. Il s'asseyait ensuite sur la chaise jaune placée entre Maureen et Perley et mangeait le rôti braisé. Un soir, il s'était endormi la bouche ouverte, découvrant ses dents incrustées de morceaux de viande noirs. Maureen l'avait réveillé et lui avait dit d'aller dans la chambre d'ami.

Perley remarqua qu'il n'avait eu aucun mal à la trouver.

— C'est pas prudent qu'il rentre dans cet état – il pourrait heurter une voiture pleine d'enfants, remarqua Maureen.

Toute la nuit, il avait entendu les ronflements et la respiration de Bobhot à travers la cloison. Il avait l'impression de voir ses yeux rouges qui le regardaient à travers le montant du lit et il pensait à sa joue mal rasée et rebondie comme un morceau de jambon frottant contre la taie d'oreiller blanche.

Un matin de septembre, Bobhot arriva de bonne heure au volant du Chevrolet, dans une cacophonie de sons métalliques. Le ciel était aussi lisse qu'une pierre lavée à grande eau. Bobhot baissa le hayon et retira les montants en fer.

— Il va repeindre la maison, dit Maureen. Le crépi part en morceaux.

Bobhot tordit les montants de l'échafaudage, frappa dessus à grands coups pour les insérer dans les raccords et bientôt une fragile construction métallique s'éleva à l'arrière de la maison. Perley regardait Bobhot, haut perché sur une planche sous l'avancée du toit. Un bruit de succion se fit entendre quand il força le couvercle du pot de peinture pour l'ouvrir.

Perley commença à gravir la colline, accélérant le pas comme pour se punir d'être à bout de souffle. La chatte le suivit en se faufilant dans l'herbe mouillée. Une centaine de mètres plus loin, elle s'arrêta et miaula faiblement après lui.

Derrière la tombe de Netta, à l'endroit même où un pan du vieux mur en pierre s'était effondré, poussaient des laiterons, des silènes et des gerbes d'or. A l'est se dressait la chaîne de montagnes Presidential Range, silhouette pâle et déchiquetée comme un morceau de papier déchiré contre le ciel plus clair. Wilter, le facteur, lui avait dit qu'elle était encore peuplée de lynx. Perley les imaginait, leurs longues têtes graves ornées de favoris surgissant des branches tombantes des mélèzes, dressés sur leurs membres indistincts, les pattes serrées l'une contre l'autre, l'échine arquée. En contrebas, il aperçut sa maison, petite et basse, l'échafaudage qui ressemblait à du fil de fer noir et Bobhot à une fourmi. La maison avait la couleur jaune criard des panneaux d'autoroute.

Perley combla les fissures profondes qui lézardaient le mur, encastrant solidement les pierres de granite les unes dans les autres.

Quand il descendit à midi, il jeta un regard critique sur le travail de Bobhot. Il remarqua les coups de pinceaux irréguliers, les coulures sur les vitres des fenêtres. Le vent s'était levé et avait plaqué des centaines de fils de la vierge sur le jaune éblouissant.

En peignant la maison, Bobhot avait acquis certains droits. Il venait désormais prendre son petit déjeuner à la ferme, furetait partout, s'appropriant les choses du regard. Il émoussa la chaîne de la tronçonneuse, passa la tondeuse sur un rocher, empila du bois mais la pile s'effondra et il la laissa telle quelle. Il s'asseyait toujours sur la chaise jaune et prenait la fourchette qui lui plaisait.

Au lit, Perley dit à Maureen :

— Je ne veux pas que Bobhot vienne ici aussi souvent.

Les jambes et les bras de Maureen se raidirent.

— Il nous aide. C'est le seul à faire quelque chose ici. Maintenant tais-toi : tu devrais être content qu'il vienne te donner un coup de main. Lui, au moins, il travaille, pendant que toi, tu passes ton temps à te balader en rêvassant.

Le matin suivant, Perley fut debout avant le lever du soleil. Il prit un seau à moitié plein de haricots verts frais et deux paniers de tomates. Il les posa dans la cuisine à l'attention de Maureen pour qu'elle fasse des conserves. Dans la remise, il aiguisa les haches, les sécateurs, la lame ébréchée de la tondeuse et tous les instruments susceptibles d'être affilés. Il fixa la débroussailleuse au tracteur, puis s'attaqua à la colline ; la lame déchiquetait les jeunes plants.

Le soleil cognait sur un tempo rapide et incessant. Il avait oublié sa casquette à visière et il sentait son visage rougir, ses lèvres se dessécher et se craqueler. Il regardait souvent la maison, songeant que Maureen aurait pu lui apporter sa casquette et une cruche d'eau fraîche avec une goutte de vinaigre.

A midi, elle partit en camion. Il regarda le nuage de poussière le long de la route de la rivière et la vit ensuite bifurquer vers l'endroit où habitait Bobhot. Tout d'un coup, il se sentit seul. C'était une sorte de solitude inutile. Il arrêta le tracteur et descendit vers la maison pour se désaltérer. Les javelles dessinaient des bandes régulières et incurvées qui épousaient parfaitement le contour de la colline, comme les traces d'un coup de peigne sur un crâne.

La cuisine était aussi fraîche et sombre qu'une cave. Il but de l'eau froide au robinet, la laissa ruisseler le long de sa bouche et de son visage brûlé par le soleil. Il s'assit sur la chaise jaune, les jambes tremblantes. Les haricots et les tomates étaient toujours là où il les avait posés, chacun des paniers entouré d'un halo de mouches.

Il monta à l'étage en s'agrippant à la rampe et se dirigea vers la chambre d'ami. C'était là qu'il dormait quand il était petit et ce fut plus tard la chambre de Lily. Le vaste plancher carré d'un gris satiné luisait comme les larmes de Job. A cause du toit pentu, le plafond se réduisait à un rectangle étroit comprimé entre les murs obliques. Le couvre-lit en chenille rose, rabattu, découvrait la taie d'oreiller décorée de motifs au point de croix. Il s'allongea, ne ressentant plus que de la lassitude.

Les bruits de pulsation du tracteur en provenance de la colline le réveillèrent soudain. La lumière blanche du soleil pénétrait violemment par la fenêtre en un rayon chaud et compact. Sa tête battait à l'unisson avec le moteur. Bobhot finissait le travail à sa place.

Il avait descendu la moitié de l'escalier quand il fut pris de vertige. Il entendit l'eau couler et reconnut l'odeur du gel de bain de Maureen. En un instant, il reprit ses esprits, mais il avait toujours un goût sucré dans la bouche.

De la véranda, il regarda les rangées irrégulières tracées par Bobhot. Il vit les jeunes arbres à moitié déchiquetés qui jaillissaient du sol comme des lances jetées au hasard. Il ne voyait plus la tombe de Netta.

Alors que le pick-up peinait sur la route escarpée, il passa la transmission à quatre roues motrices et monta en ligne droite. Ce qu'il vit confirma ses craintes. Bobhot, en essayant de tondre l'herbe autour de la tombe, l'avait maladroitement contournée. La pierre gisait, brisée, la fracture récente aussi blanche que des dents, le nom de Netta tourné vers le sol.

Perley se rendit directement chez Lily. Il n'avait pas vu sa fille depuis son mariage avec Maureen dix mois plus tôt. Lily avait gardé ses distances et malgré les trois kilomètres qui séparaient leurs fermes respectives, il sentait sa réprobation. Il frappa à la porte tout en sachant qu'elle l'avait vu venir.

— Mais au nom du ciel, qu'est-ce qui t'est arrivé ?

Avec son visage écarlate, il ressemblait à un vieux matou au pelage roux et aux moustaches blanches.

— J'ai pris un petit coup de soleil.

— Sans blague !

Il ne savait pas par où commencer.

— Lily.

— Père, dit-elle en parodiant son air emprunté.

— Ça ne va pas très fort, à ce que je vois, finit-elle par ajouter.

Il lui avoua tout.

— J'ai l'impression que ces deux-là sont en train de prendre possession de la ferme. Je voudrais que tu viennes une petite semaine et que tu me dises ce que tu en penses.

Elle plissa les yeux, les muscles de son cou se crispèrent.

— Tu sais très bien que je ne peux pas laisser Sam tout seul.

Perley avait compris le message : « Comme on fait son lit, on se couche. »

Il s'en retourna en faisant un détour par l'ancienne route de la forêt. Il s'arrêta sur une hauteur d'où il pouvait voir le côté sud de la ferme. Il était tombé bien bas, à errer ainsi dans les bois comme un ouvrier agricole qui vient juste d'être congédié.

— Ça suffit, dit-il, les yeux rivés sur le pare-brise.

Le camion dévala la colline, cahotant sur la route accidentée. Le pot d'échappement heurta un monticule de terre autour d'un terrier de marmotte. Il traîna à l'arrière du camion, se prenant dans les herbes, jusqu'à ce qu'il heurte un rocher et se détache complètement. Perley débarqua en trombe dans la cour dans un bruit de rouleau herseur, prêt à s'expliquer une bonne fois pour toutes avec eux deux, à frapper Bobhot avec le pied-de-biche qu'il saisit derrière le siège passager.

La maison était vide. A nouveau partis, probablement à Ashtony où Bobhot buvait de la bière et mangeait des pommes chips pendant que Maureen furetait dans tout le magasin avant de jeter son dévolu sur un plat quelconque ou un paillasson en plastique. Les tomates maintenant d'un rouge sombre ne tarderaient pas à pourrir. Il attendit une demi-heure, puis se dirigea vers la remise où il trouva le ciment.

Il en prépara une petite quantité et transporta le produit dans une boîte de café vide jusqu'à la tombe brisée de Netta. Il l'appliqua avec une truelle et remit en place la pierre détachée. Le surplus de ciment suintait et il l'essuya. « Netta. » Il parlait à voix basse, embarrassé. Il entendait les stridulations abrutissantes des cigales aussi irritantes que le bourdonnement d'une fraise de dentiste. Il ne savait que dire à Netta. Il ne lui avait jamais vraiment parlé. Il aperçut des excréments de renard sur la tombe, les balaya du pied, puis arracha les mauvaises herbes.

Quand il n'y eut plus rien à faire, il redescendit et tria les tomates en mettant de côté celles qui étaient gâtées. Il sortit la bouilloire, ébouillanta les pots et fouilla sous les escaliers à la recherche des couvercles.

A la nuit tombante, il mangea seul. Il prit la première fourchette qui lui tomba sous la main. Les pots brillants remplis de tomates charnues refroidissaient sur le buffet. La bouilloire avait été lavée et rangée, le plan de travail nettoyé, le plancher balayé. Il faisait nuit noire quand il entendit le camion de Bobhot et une portière claquer.

Bobhot entra, le visage aussi sombre que du jambon fumé, les yeux semblables à ceux d'un oiseau, orange et inhumains. Il commença à monter les escaliers. Perley l'interpella :

— Eh là, tu vas où comme ça ? Et d'abord où est Maureen ?

Le visage de Bobhot enfla et il se tourna brusquement vers Perley comme si sa chemise s'était accrochée à un clou.

— Miaou ! cria Bobhot. Miaou ! Affreux matou.

Un jet de salive jaillit de sa bouche béante. Il buta contre la chaise jaune et donna un grand coup dedans. Perley saisit le pied-de-biche.

Bobhot lança ses deux bras en l'air de manière théâtrale, pareil à un chef d'orchestre sur le point de diriger un morceau plein de fureur. Emporté par l'impétuosité de son mouvement, il fut déporté sur la gauche. Il s'agrippa au réfrigérateur et pressa son visage contre l'émail blanc et froid. Il marmonna d'une voix pâteuse, « Laisse-moi tranquille », un mince filet de salive dégoulinant le long du frigo blanc.

— OK, c'est bon pour cette fois. Mais demain matin, quand t'auras suffisamment dessaoulé pour tenir sur tes jambes, retourne chez toi et ne remets plus les pieds ici.

Bobhot ne l'entendit pas. Il s'affaissait de plus en plus. Il avait les yeux fermés et la bouche ouverte comme un entonnoir cabossé.

Perley saisit le pied-de-biche et la torche, et partit dormir dans la grange en prenant au passage la couverture dans le camion.

Le foin était entassé dans le grenier depuis trois ans mais le parfum suave et sec de l'herbe emplissait encore la pièce. Il se dirigea vers la petite fenêtre et éteignit la torche. Il pouvait voir les phares des voitures sur la route de la rivière – désormais assez fréquentée – alors que seulement trois ou quatre ans auparavant, elle était pratiquement déserte après le coucher du soleil. La ferme des Mackie se trouvait quelque part par là dans l'obscurité, près de la rivière.

Au sud, la ligne d'horizon était teintée par la lueur orange des lampadaires au mercure d'Ashtony. Il imaginait Maureen assise dans un bar, un client tapageur et odieux se frottant contre elle. Il finit par délier quelques bottes de foin pour se faire un lit.

Des cris étouffés le réveillèrent. Sa joue était posée contre le plancher poussiéreux. Il ne trouvait pas la torche. Il se dirigea à tâtons vers la fenêtre et regarda la cuisine éclairée. Maureen était penchée au-dessus de Bobhot, le secouait et lui criait en plein visage. Quelques minutes plus tard, elle monta les escaliers, alluma les lampes, éclaboussant de lumière la cage d'escalier, puis les chambres vides. Perley murmura :

— Tu peux toujours chercher.

De retour dans la cuisine, elle releva Bobhot. Ils gravirent l'escalier en vacillant. Perley les vit entrer dans la chambre à coucher et tomber ensemble sur le lit. La lumière s'éteignit, alors que la cuisine vide restait éclairée. L'étreinte de Bobhot et de Maureen était celle d'un couple ancien et intime.

Cela remontait probablement au temps où ils étaient enfants. Les enfants de Mackie, maltraités, en haillons, nourris de restes qu'il n'aurait même pas donnés aux cochons, serrés l'un contre l'autre comme de petits singes à la recherche de chaleur et d'affection. Il se souvenait d'eux qui erraient dans les champs à ramasser des pommes de terre au lieu d'être à l'école. Des enfants maigres lacérés par le vent de la rivière.

Ils avaient dû le voir, emmitouflé dans sa grosse veste de laine, au volant de son camion rutilant, sa petite fille à ses côtés. Ils avaient sans doute aperçu les sacs de grains rebondis empilés à l'arrière du camion ou le nouveau congélateur.

Ils regardaient la maison à chaque fois qu'ils passaient devant. Netta leur avait apporté des cartons remplis de vieux vêtements ayant appartenu à Lily. « Petits crasseux », leur avait-elle lancé.

Il aperçut une voiture sur la route de la rivière. Elle disparut progressivement enveloppée par l'obscurité. Dans la cuisine déserte, des gouttes d'eau scintillantes s'échappaient du robinet à intervalles réguliers.

Cela s'était passé il y avait dix ans ou plus. Le plus naturellement du monde, semblait-il. C'était le premier jour de chaleur après un hiver très éprouvant. Il avait lâché les vaches qui gambadaient dans la prairie humide comme si leur pelage souillé avait été transpercé par les rayons parcimonieux du soleil. Il arpentait la ferme, désœuvré, donnant des coups de pied dans les talus de neige durcie. Un troupeau d'oies marchant à la queue leu leu poussait des cris métalliques et retentissants qui réveillaient en lui un sentiment d'insatisfaction. Il avait cinquante-neuf ans, son corps était toujours ferme. Le vent remplissait sa bouche, épais et chaud comme du lait.

Il se rappelait ce qu'il avait ressenti en coupant à travers champs jusqu'au bois de Trumbull, en direction de la rivière. Les talons de ses bottes laissaient des empreintes profondes dans le tapis de feuilles humides. Il avait débouché dans les champs de Mackie. La neige avait disparu et il avait traversé les rangées détrempées de chaume de maïs en décomposition. L'odeur fraîche de neige fondue montait de la rivière. Des morceaux de glace flottaient sur les eaux noires.

Une fillette se trouvait là, tenant dans la main une corde à linge boueuse au bout de laquelle était attaché un grappin. Elle regardait l'eau fixement. Deux ou trois planches mouillées gisaient sur la berge à proximité. C'est elle qui les avait traînées à cet endroit comme l'attestaient les marques imprimées dans la boue. Une boîte en bois flottait, ballottée par le courant. Elle avait lancé le grappin d'un geste souple et gracieux, mais la boîte imbibée d'eau s'était brisée sous le choc. Tandis qu'il respirait la forte odeur de terre et d'écorce mouillée, il avait senti les pulsations de son sang dans ses doigts gonflés.

— L'eau est haute, hein ?

Du pollen de saule s'était répandu sur le visage de l'enfant. Ses yeux avaient la couleur sombre de la rivière. Elle portait de vieilles bottes d'homme rapiécées et une veste maculée de boue. Une longue tresse épaisse lui tombait le long du dos. Il la connaissait, cette petite crasseuse, mais il lui avait demandé : « Comment t'appelles-tu ? »

Elle s'était précipitée à quatre pattes sur la berge boueuse, agrippant les racines pendantes du saule, ses bottes éculées creusant des motifs luisants en forme de cimeterre dans l'argile. Mais quand il l'avait empoignée pour la faire redescendre, elle était aussi molle et lâche qu'une corde usée.

Dans le grenier à foin, Perley croisa les bras et s'appuya sur le rebord de la fenêtre. Il attendait que le jour se lève. La cuisine vide éclaboussée de lumière semblait flotter dans l'obscurité. Il apercevait la chaise jaune, raide et de guingois, l'évier en fer aussi profond qu'un abîme. A l'est, le soleil découvrait déjà une bande sombre, comme un affleurement rocheux, là où la terre se raréfiait.

UNE SÉRIE DE DÉBOIRES

[illegible]

[illegible] de [illegible] [illegible]
[illegible]
[illegible]
[illegible]
[illegible]
[illegible] point [illegible]
[illegible] quelque [illegible] de [illegible]
[illegible] le chercher [illegible]
[illegible]

[illegible]
[illegible] », [illegible]
[illegible] de porc. Elle [illegible]
[illegible]

Les nuages de vapeur qui s'échappaient de la casserole remplie de pommes de terre embuaient les fenêtres. Mae posa la grande poêle à frire sur la plaque chaude à l'avant, y jeta une cuillérée de saindoux, puis déposa des tranches épaisses de lard lorsque la poêle commença à fumer. « S'ils veulent quelque chose de mieux, ils n'ont qu'à aller le chercher eux-mêmes », dit-elle au chien. Elle le poussa du pied. « Allez, ôte-toi de là, Patrick. » Il partit en traînant la patte et s'écroula sous la table comme un tas de bois. La viande se recroquevillait sur les bords et projetait de fines particules de graisse.

Une porte de camion claqua au-dehors. « Juste à l'heure », constata Mae, en retournant les morceaux de porc. Elle était grande et voûtée avec une peau douce et brune. C'était la raison pour laquelle Haylett la surnommait « l'Indienne ». Elle découpa la miche de pain en grosses tranches qu'elle empila sur une assiette, sortit une livre de beurre entamée et striée de traces de couteau.

Haylett et les deux garçons envahirent la pièce au plafond bas. Ils enlevèrent leurs bottes boueuses, les posèrent sur un journal derrière le poêle et suspendirent leurs vestes de laine qui avaient pris la forme de leurs épaules et de la courbure de leurs bras. Haylett savonna ses mains et ses avant-bras dans l'évier. Mae trempa une casserole dans la réserve d'eau chaude, y ajouta un filet d'eau froide puis aspergea la tête de son mari qui se frottait le visage à deux mains en poussant des grognements.

— Ray ne mange pas ici ce soir, Ma, l'avertit Phil.

— Et il mange où alors ?

— Chez lui. Il dit qu'il va chasser tout seul demain et qu'il veut se préparer. Il ne vient pas avec Amando et nous.

— Il pense qu'il va pouvoir se débrouiller tout seul, expliqua Clover.

— Il peut toujours essayer, dit Haylett, en raclant les pieds de sa chaise sur le sol.

Mae posa le plat de viande et de pommes de terre sur la table de même qu'un saladier de succotash à base de haricots de Lima et de maïs.

— On dirait bien que tout le monde est en congé sauf moi, dit-elle.

Les trois hommes penchés sur leur assiette avalaient goulûment la nourriture. Phil saupoudrait de poivre tous ses aliments.

— Personne n'a remarqué que ça fait trois

semaines qu'on mange du porc ? Je pensais que quelqu'un finirait par s'en apercevoir, dit-elle.

— Attends voir demain. Il y aura quatre cerfs morts suspendus dans cette pièce, claironna Phil.

— Ferme-la, aboya Clover. Ça porte malchance de se vanter.

Il leva lentement les yeux vers l'étagère où étaient rangés ses leurres : Urine de cerf du Docteur T, Biche en chaleur pour chasse au clair de lune et gel Cuir brut.

— La ferme toi-même, répliqua Phil.

Haylett racla cette fois sa chaise d'avant en arrière pour imposer le silence. Mae posa une pomme de terre sur son assiette.

— Qu'est-ce qu'il fabrique Amando ? Il n'est tout de même pas allé jusqu'au mobile home pour essayer de se raccommoder avec Julia ?

— Je crois… je crois qu'il est parti voir l'état de la route. Il devait aller faire un tour par là-bas. Je l'avais prévenu qu'il ne fallait pas évacuer les rondins par temps humide, qu'il valait mieux attendre qu'il gèle à nouveau. Mais non, Amando et Ray étaient pressés d'en finir, expliqua Haylett.

— C'est arrivé quand ?

— Il y a environ deux semaines, après toutes ces pluies. Ils voulaient absolument dégager le terrain de Warp pour ne pas avoir à revenir avec tout l'équipement. Ça nous aurait obligés à interrompre le chantier sur la Cold Key Road. Amando a dit : « T'en fais pas. Si quelqu'un trouve quoi que ce soit à y redire, je m'en occuperai. Débarrassons-nous tout de suite de ces foutus rondins. »

— Ouais. C'est Amando tout craché, dit Mae.

— Alors, aujourd'hui, Benny se ramène et nous dit : « Les conseillers municipaux veulent vous parler à propos du bazar que vous avez mis sur l'autoroute numéro six. » J'ai rien dit ; j'ai juste fait un geste en direction d'Amando pour qu'il se débrouille avec eux. Il a la langue bien pendue.

— Est-ce qu'il y a beaucoup de dégâts ?

Phil se mit à rire en renversant la tête en arrière, et un bruit rauque jaillit de sa gorge comme un cri d'oiseau.

— Des dégâts ? C'est un lac, un lac rempli d'eau boueuse. On pourrait y mettre des poissons et même le traverser à la nage.

Il leva un bras pour en indiquer la profondeur et des morceaux de nourriture tombèrent de sa fourchette dans ses cheveux.

— Eh bien, ils ne peuvent pas y faire grand-chose, si ? Ils n'ont qu'à remettre tout en ordre et le laisser tranquille, dit Mae.

Elle prit une assiette pour Amando, y déposa une tranche de viande supplémentaire et, avec sa fourchette écrasa finement les pommes de terre qu'elle façonna en creux pour y verser la sauce. Elle posa ensuite l'assiette dans le four chaud et prépara une tasse de thé pour Haylett.

Les garçons allaient faire l'ouverture de la chasse. Mae devinait qu'ils n'avaient parlé que de ça pendant toute la matinée : des endroits où ils pourraient aller, s'il valait mieux suivre une piste, rester guetter le gibier ou prendre la voiture, se remémorant les saisons passées et les traces de cerfs aperçues au cours des dernières semaines.

— Tu as préparé du pain noir, Ma ? demanda Clover.

— Tu sais très bien que non. Au cas où tu l'aurais pas remarqué, je travaille depuis le mois de juillet, et vous avez bien de la chance que j'arrive à temps pour préparer le dîner. Il y a de la tarte. Tu n'as qu'à en prendre. A la pomme ou à la cerise.

— Ma, je préfère le pain noir. Tu peux pas savoir comme c'est bon quand on est à moitié gelé et affamé. Et puis, c'est moins voyant qu'un sandwich ou qu'une tarte.

— Le pain noir, il faut le cuire à feu doux pendant trois heures. Et moi je vais pas tarder à aller me coucher.

— Je resterai le surveiller, dit Clover. Je ne veux pas qu'un type de la plaine me tire dessus en confondant mon sandwich blanc avec la queue d'un cerf, comme ce type qui s'est fait tuer à Hawk Mountain. Le pain noir me porte chance.

— Avoir la tête sur les épaules, c'est ça qui porte chance, espèce de gros malin, dit Haylett.

— Ce type à Hawk Mountain, dit Phil, il est mort comme ça.

Il se renversa en arrière, posa un pied sur la chaise en sifflant avec désinvolture et mordit dans un sandwich imaginaire. Il mordit à nouveau, le sandwich fantôme vola dans les airs et, les dents découvertes par un rictus, il leva brusquement la main comme pour arrêter un jet de sang chaud giclant de sa gorge.

Ils entendirent soudain le camion d'Amando et la porte du cellier qui claquait. Amando fit irruption dans la cuisine en tapant des pieds tandis qu'un froid cinglant s'engouffrait dans la pièce. Ils le regardèrent ôter sa casquette en tricot, découvrant des cheveux couleur sable aux magnifiques boucles serrées comme dans un dessin ; comme dans un dessin aussi, ses lourdes paupières et ses iris du même ambre pâle que l'eau des marais. Son beau visage fin était marqué de rides délicates. Mae saisit sa lourde veste et l'accrocha avec les autres derrière le poêle.

— Ça se refroidit dehors ? demanda Haylett.

Un sentiment de malaise s'insinua dans la cuisine en même temps que l'air glacial, l'impression que quelque chose allait arriver. Phil baissa la tête et mangea sa tarte.

— On dirait qu'il va neiger. J'ai guetté les flocons pendant tout le trajet. Et ce satané chauffage qui est toujours en panne !

Amando s'empara avec brusquerie de sa chaise et s'assit à la table.

— Parfait, dit Clover. S'il y a 80 cm ou même

un mètre de neige, on pourra facilement suivre les traces.

Phil fit crisser sa fourchette sur l'assiette.

— Qu'est-ce qu'ils t'ont dit les mecs de la mairie, Amando ?

Mae posa l'assiette d'Amando devant lui. Il la regarda droit dans les yeux, ce que faisaient rarement ses autres fils et encore moins Haylett. Amando se mit à manger sans répondre.

— Clover, si tu veux vraiment du pain noir, tu pourrais peut-être commencer à faire la vaisselle pendant que je fais la pâte ? proposa Mae.

Amando la regarda.

— Tu ne vas pas te mettre à faire du pain noir à cette heure ?

— Je m'en passerais bien, mais ça fait tellement envie à Clover qu'il est prêt à rester surveiller la cuisson. J'irai au lit dès que j'aurai fini la pâte et que je l'aurai mise à cuire.

Elle commença à mélanger la mélasse et les œufs dans un gros saladier jaune. Clover trempait les assiettes dans l'eau graisseuse et Phil chantait une chanson de sa propre composition que personne ne connaissait.

Un bruit fit soudain relever la tête à Haylett qui rédigeait dans un agenda son compte rendu météorologique quotidien : *soleil dans la matinée, vent de sud-ouest cinglant et chargé d'humidité, temps nuageux à 16 heures, averses et tombée de la nuit à 17 heures.* Sa main fit une pause. « C'est de la neige fondue ou des flocons ? », demanda-t-il en écoutant les légers tapotements contre les vitres. Phil appuya son visage brûlant contre l'une d'entre elles. « De la neige fondue », dit-il en observant de minuscules particules de glace glisser le long du carreau. Haylett se remit à écrire.

Le lendemain matin, Haylett se leva à trois heures du matin pour allumer le poêle. Il aimait dissiper le froid de la nuit. Il appréciait aussi ce moment de solitude et l'odeur résineuse du bois qui prenait feu. La pelle grinça lorsqu'il enleva les cendres.

Mae arriva en bâillant dans la cuisine vêtue de sa robe de chambre rose élimée, luisante à l'endroit où elle s'asseyait. Comme à son habitude, elle étendit les mains au-dessus du poêle qui ronflait pour profiter de la chaleur naissante. Haylett se tenait près d'elle, les bras chargés de billettes et de gros morceaux de bois, le clapet de l'appareil réglé de telle sorte que la pièce se réchauffât rapidement.

Le pain noir était tiède. Elle le découpa en tranches et l'enveloppa dans du papier d'aluminium. Elle coupa ensuite les restes du rôti de porc sans toucher à la pellicule de graisse blanche qui le recouvrait. Puis elle empaqueta le repas des chasseurs comme elle l'avait toujours fait depuis trente ans, emballant avec soin les aliments sucrés et gras qu'ils aimaient. Clover détestait la nourriture pâle ou blanche, ce qui craquait sous la dent quand on mordait dedans ou ce qui était trop juteux.

— C'est dommage qu'on fabrique pas du fromage noir, murmura-t-elle.

Haylett mit en marche la cafetière électrique qu'Amando et Julia leur avaient offerte à Noël l'année passée. Elle faisait encore son effet. Cela leur semblait un luxe de boire le café chaud avant que la bouilloire se mette à siffler sur le fourneau alimenté au bois. Elle posa la grande poêle à frire sur la plaque brûlante et jeta une cuillerée de saindoux. Elle avait conservé le papier d'emballage vert foncé à cloches d'argent de la cafetière. C'était Julia qui l'avait choisi.

Clover traversa la cuisine à toute vitesse et plongea dans l'obscurité, pieds nus, la main posée sur l'aine, les yeux gonflés de sommeil. Il revint parsemé de petits cristaux durs.

— Ça continue à tomber. Si ça s'arrête bientôt, tout ira bien. Allume la radio, Pa, on va voir si l'on peut entendre la météo.

Il se versa une tasse de café et l'emporta avec lui à l'étage. Ils l'entendirent donner un coup de pied dans la porte de Phil et crier « Lève-toi sinon on se casse sans toi ». La radio grésillait et rendait des sons confus. Des bribes de musique défilaient tandis que Haylett tournait le bouton à l'aveuglette.

— Eh, laisse-moi faire. Tu sautes d'une station à l'autre comme si le bouton te brûlait les doigts.

Mae s'arrêta pile sur le bulletin météo local. Elle l'avait écouté pendant des années – à l'époque où ses fils étaient encore à l'école – pour savoir s'ils allaient rester à la maison au lieu de marcher pendant 1 kilomètre et demi dans le mauvais temps. La voix familière et précipitée déferla sur eux. « … Ce soir. Précipitation de neige de 15 à 20 cm, allant jusqu'à 30 cm dans les montagnes. Sur le Mont Washington, la température est de - 39° Celsius avec des vents de 112 km/h… »

— Merde. Je déteste aller chasser quand il neige. Ça efface les traces, on n'y voit que dalle. Les cerfs restent couchés dans les bois de cèdres, et on pourrait même marcher dessus sans s'en apercevoir. Et puis c'est tout mouillé. Impossible de voir où se trouvent les garçons ou si un chasseur à la gâchette sensible du New Jersey n'est pas planqué dans les parages prêt à tirer n'importe où au premier bruit qu'il entend.

— Reste donc à la maison alors. Retourne tout de suite te coucher. (Elle remplissait les quatre vieilles bouteilles de thermos avec du café.) C'est bien ce que je pensais. Il va falloir que j'en refasse.

— Comment rentreras-tu à la maison ce soir ? demanda-t-il.

— Tess vient me prendre et elle me ramènera. Je me débrouillerai toute seule aujourd'hui.

L'ampoule au-dessus de l'évier diffusait une pâle lumière. La cuisine était imprégnée de ce silence touffu qui accompagne les premières chutes de neige. Mae cria soudain dans la cage d'escalier : « Phil, tu mettras ton caleçon long. » Elle attendit, puis lorsqu'elle entendit claquer les tiroirs de la commode et la voix de Phil qui bougonnait, elle retourna vers le fourneau et saupoudra de poivre les dômes luisants des œufs qui grésillaient dans la poêle.

Haylett mangeait debout près du fourneau. Il sortit pour mettre le camion en marche. Il aimait qu'il fasse bon dans l'habitacle et il lui arrivait parfois de laisser le moteur tourner pendant trois quarts d'heure. C'était quelque chose que Mae appréciait, la manière dont il veillait à ce qu'elle-même ou les autres ne montent pas dans le camion froid, attendant, transis, que le moteur chevrotant démarre péniblement.

— T'es bien là, pas vrai ? lança-t-elle au vieux Patrick de nouveau affalé devant le fourneau. Mais ne viens pas pleurer si de la graisse chaude te gicle sur le dos.

Amando descendit, ses cheveux bouclés en bataille, ses traits tirés et tristes marqués par le sommeil. Le col ouvert de sa grosse chemise en tissu écossais laissait voir son débardeur en nid d'abeille. Il buvait son café sans dire un mot, la tête penchée, les épaules en avant.

— Qu'est-ce qui ne va pas ? demanda-t-elle.

Il secoua la tête et leva la main.

— Tu as l'air au trente-sixième dessous. T'as l'intention de te remettre avec Julia ?

— Non, Ma. Je te l'ai déjà dit cent fois. Elle a demandé le divorce.

Sa voix était claire et dure.

— Elle ne l'a pas encore obtenu, dit Mae. Amando, ce n'est pas encore fait. Tu peux encore lui faire changer d'avis. J'ai toujours aimé Julia.

A travers la fenêtre, ils aperçurent les feux arrière du camion qui coloraient de rouge les gaz d'échappement ; les jambes de Haylett s'allumèrent comme des néons couleur cerise lorsqu'il contourna l'arrière du véhicule en direction de la porte du cellier. Il pénétra dans la cuisine, comme grandi par ce passage dans le froid, la voix plus forte et énergique. Il y avait de la neige dans ses cheveux.

— Le vent se lève, dit-il. On n'y voit pas à cent mètres aujourd'hui, mais je suppose qu'il faut quand même essayer.

Tandis que Phil et Clover enroulaient des tranches de pain autour de leurs œufs, une rafale de vent ébranla la maison, poussant les flocons de neige contre les bardeaux comme des épingles. A l'extérieur, le couvercle de la poubelle précipité à terre avec violence rendit un son heurté et métallique et la neige glissa soudain du toit avec un bruit de chute d'eau se jetant dans un gouffre. Haylett se tourna vers Amando.

— N'oublie pas de laisser le chèque de Mero à ta mère pour qu'elle puisse payer la débusqueuse et calculer les salaires. Ray voudra sans doute être payé ce soir.

Phil imita Ray, tout heureux d'avoir touché sa paye, buvant au goulot d'une bouteille imaginaire, des gargouillements sonores résonnant au fond de la gorge.

— Bordel, finis de manger et arrête de faire l'imbécile ! hurla Amando.

Il regarda en direction de Mae, mais elle savait par le ton contraint de sa voix qu'il s'adressait à son père.

— Le chèque de Mero est en haut dans le bureau. Autant que tu le saches, hier, toute la petite bande de conseillers municipaux m'a collé une amende pour dégâts de voirie.

Haylett, qui se versait une dernière tasse de café, se raidit.

— Combien ?

— Tu ne me croiras pas.

— Combien ?

— Douze cents dollars, répondit Amando.

Sa bouche aux commissures abaissées prit la forme d'un crochet métallique. Son regard furieux fixait un point sur le mur.

— Bon Dieu, mais c'est tout l'argent qu'on a gagné pour ce travail !

Haylett jeta le café dans l'évier.

Lorsqu'il l'entendit crier, Patrick se faufila d'un air coupable sous la table.

— Je sais ! répliqua Amando. Ils sont cinglés. Il leur suffirait de répandre trois cargaisons de gravier dans les trous et de damer avec un rouleau-compresseur. Pour 55 dollars, j'aurais une cargaison de gravier chez Cannon, et cela reviendrait même à 12 dollars si c'était la ville qui l'achetait. En tout, cela ne devrait pas dépasser les 200 dollars. Je leur ai dit que je paierai les travaux pour remettre la route en état, mais il est hors de question que je débourse douze cents dollars.

— Qu'est-ce qu'ils ont répondu ? Qu'est-ce qu'il a dit Sonny ?

— Tu as tapé dans le mille. Les autres n'ont rien dit, mais Sonny a menacé de porter l'affaire devant le tribunal.

Le silence régnait. Et petit à petit la neige qui tombait et le vent mugissant captèrent à nouveau leur attention. Clover et Phil, courbés en deux, enfilaient leurs bottes. Mae raclait les assiettes avec rage.

— On ferait aussi bien d'y aller, dit Haylett. Tu viens avec nous ?

Les muscles de la mâchoire d'Amando saillirent sous la peau.

— Non. Je prendrai mon camion et je vous suivrai. Il vaut mieux avoir deux véhicules par ce temps.

Phil et Clover montèrent chercher les carabines dans le placard à fusils, des sangles et des couteaux.

— Il a pas intérêt à m'engueuler comme ça à nouveau, dit Phil dans l'escalier.

— C'est après Sonny qu'il en a, pas après toi.

— Ah bon ? Il est furieux contre tout le monde.

Phil parla suffisamment fort pour qu'on l'entende de la cuisine.

— Tu n'aurais pas dû envoyer promener Phil de cette manière, dit Mae. Il ne pensait pas à mal. A cet âge-là, on s'amuse de tout.

Amando enfila ses bottes avec hargne.

— Il me tape sur les nerfs. Papa me tape sur les nerfs. Cette vie me rend dingue, avec cette poisse qui me colle à la peau. Tout va de travers cette année. Ma femme me quitte. J'ai ce foutu mal de dents qui ne me lâche pas. Le chauffage du camion ne marche pas, et pour couronner le tout, y a ce problème avec la route. Bon Dieu, qu'il neige ou non, ça me fera du bien d'aller à la chasse. Mais au train où vont les choses, ça m'étonnerait que je ramène même une dague.

Des hommes originaires d'autres Etats venaient admirer la collection de bois d'Amando. Depuis qu'il avait douze ans, il tuait chaque année un cerf. Aucune ramure ne comptait moins de huit cors. Les trophées étaient tous cloués sur le mur latéral du garage que lui-même et Ray avaient bâti près du mobile home où Julia vivait seule désormais. Lorsque Clover était petit, il avait demandé à Amando de lui donner sa collection quand il mourrait.

— Quand je mourrai ? avait répété Amando en regardant fixement le petit garçon comme s'il n'en croyait pas ses oreilles. J'ai pas l'intention de mourir de sitôt, affirma-t-il, mais au cas où cela m'arriverait, ma collection sera enterrée avec moi. J'ai pas encore décidé si les bois seront empilés sur moi ou placés en dessous. Il faudra que tu te débrouilles pour faire ta propre collection.

Clover s'était imaginé un monticule de bois brillants et de ramures enfermés dans une énorme boule d'ivoire en équilibre sur le cadavre de son frère. Amando gisait, allongé, aussi fin et blanc qu'une feuille de papier. Et le poids des ramures le comprimait dans le sol meuble où il s'enfonçait lentement avec ses trésors jusqu'au centre de la terre, des aiguilles de pin rouges tapissant l'endroit de leur disparition.

Haylett, Clover et Phil s'étaient tassés dans le camion surchauffé, hanche contre hanche, épaule contre épaule. Les essuie-glaces balayaient le pare-brise avec un chuintement qui était l'un des bruits les plus réconfortants au monde, songea Clover. Phil, aussi raide qu'un piquet de clôture, regardait fixement par la vitre, les yeux fouillant l'obscurité.

— J'aimerais bien qu'il retourne vivre avec Julia, qu'il se barre de la maison.

Clover, bien au chaud, se sentait calme et détaché, fortifié par le contact de sa jambe contre le corps de son père, le bras coincé contre celui de son frère. Il faisait encore nuit noire. Cela signifiait qu'il leur faudrait marcher dans l'obscurité avant d'arriver à destination.

— C'est la poisse qui le rend comme ça.

— *Lui* pense que c'est la poisse, dit Haylett, alors qu'il s'engageait sur Dogleg Road, le camion patinant dans la neige fraîche.

— Si c'est pas ça, c'est quoi alors ? La chance ?

— Ne fais pas le malin, répliqua Haylett. C'est la vie qu'il mène. C'est sa manière de vivre qui cloche et il ne s'en est pas encore rendu compte.

La route montait vers les hauteurs où la piste, envahie par l'herbe et uniquement repérable par un œil averti, se ramifiait et courait le long de la crête. En contrebas s'étendait le vaste marécage de cèdres blancs avec des kilomètres de broussailles et de monticules, d'eau saumâtre et d'arbres couchés par le vent. Une virée en voiture dans le marécage permettrait de débusquer le cerf qui filerait alors tout droit sur la crête. Huit des trophées d'Amando et le premier cerf de Clover provenaient de ces hauteurs.

— Est-ce qu'on passe devant le mobile home, Pa ?

— Faut bien, à moins de voler. Tu sais très bien qu'on a pas le choix.

Le camion continuait à rouler, la neige tourbillonnant dans les faisceaux lumineux des phares. Le chasse-neige n'était pas encore passé. La route intacte était recouverte d'une couche de neige aux courbes molles et voluptueuses. Haylett était soulagé. Il craignait chaque année que quelqu'un d'autre ne les ait devancés dans le marais.

Lorsque le camion arriva à hauteur du mobile home, ils dirigèrent leur regard vers les ramures clouées sur le mur du garage. Ils voulaient voir si quelque chose avait changé au cours des semaines passées, depuis que Julia avait dit à Amando de s'en aller pour une raison inconnue de tous.

— Elle ne va pas garder les bois, hein, Pa ? demanda Clover.

— Oh, merde ! s'exclama Haylett en ralentissant.

Ils aperçurent la Datsun de Julia dans l'allée et, juste derrière, le pick-up bleu tout déglingué de Ray. Les deux véhicules étaient recouverts par de hauts chapeaux de neige. Ils poursuivirent leur chemin et bientôt le mobile home fut hors de vue. Haylett stoppa le camion juste après la côte suivante. Ils restaient là, écoutant les vibrations du moteur et les essuie-glaces qui cognaient sans relâche contre le pare-brise.

— Il s'est peut-être juste arrêté pour prendre une tasse de café, dit Phil.

— Bien sûr, il a passé la nuit à boire du café. T'as vu le tas de neige sur son camion ? dit Clover.

Haylett fit marche arrière puis, avançant de quelques centimètres, il négocia un demi-tour serré qui fit grincer durement la tringlerie de direction.

— Qu'est-ce que tu vas faire ? demanda Phil.

— Redescendre avant l'arrivée d'Amando pour pas qu'il voie le pick-up dans la cour. On lui dira que des gars de la plaine circulent dans le marais et que nous allons à Athens chasser dans ces vieux vergers. On a toujours dit qu'un jour on irait là-bas.

Ils entendirent le tremblement dans sa voix. Les roues arrière du camion s'affaissèrent soudain dans le fossé profond traîtreusement camouflé par la neige. Haylett appuya sur l'accélérateur et les pneus patinèrent comme s'ils baignaient dans de l'huile.

— Allez, poussez et ne mollissez pas, leur cria-t-il.

Clover et Phil coururent à l'arrière du camion et s'arc-boutèrent contre le hayon. Les pneus tournèrent à vide avec un gémissement nasillard. Une gerbe de boue et de neige gicla sur leurs jambes tandis qu'ils soulevaient le véhicule. Haylett recula et les pneus se mirent à nouveau à patiner. Il sauta dehors et se mit à ramasser du bois mort sur le bas-côté, calant des fragments d'écorce et des branches sous les roues. Puis il trouva un piquet de clôture rouillé et l'enfonça dessous, un morceau de fil de fer barbelé traînant derrière.

— Cette fois, on va sortir de là. Pas la peine de pousser. Asseyez-vous à l'arrière et pesez de tout votre poids sur les roues.

— Vas-y ! cria Phil.

Les morceaux de bois fusèrent à l'arrière du camion, les pneus creusèrent des tranchées sur le bas-côté et ils se retrouvèrent sur la route.

Clover et Phil s'accroupirent à l'arrière, la neige glaciale cinglant leurs visages. On est dans la merde, pensa Clover, tandis qu'ils passaient à toute allure devant le mobile home, glissant dans leurs propres traces, tout droit vers le halo jaune des phares du camion d'Amando qui gravissait la colline.

Une fois au même niveau, les deux camions s'arrêtèrent, leurs moteurs au point mort vibrant doucement, comme deux bateaux dans un bras de mer blanc. Par la vitre, l'haleine des conducteurs s'échappait par bouffées qui se rejoignaient et se mélangeaient dans l'espace qui les séparait.

— Qu'est-ce qui se passe ?

Dans la lumière réfléchie, les yeux d'Amando étaient décolorés et transparents.

— Il y a déjà un groupe de chasseurs dans le marais. On a pensé qu'il valait mieux faire demi-tour et aller à Athens aujourd'hui. Ça fait longtemps qu'on dit qu'on devrait aller chasser dans les vergers.

Amando regarda Phil et Clover à l'arrière du camion.

— Qu'est-ce qu'ils font là ? Ils guettent le gibier ou ils prennent l'air ?

— On s'est embourbés en faisant demi-tour.

Revenez à l'avant les gars, leur cria-t-il. Vous serez aussi bien au chaud.

— Bon, fit Amando.

Il était à présent sur ses gardes, flairant que quelque chose ne tournait pas rond. Les camions vibraient.

— Je vais juste en haut faire demi-tour dans mon ancienne allée.

— Fais donc demi-tour ici. C'est pas la peine de réveiller Julia. Il vaudrait mieux redescendre.

Amando regarda fixement son père. Ça ne me plaît pas, se dit Clover, ça ne me plaît pas du tout. Il sentit ses cheveux se dresser sur sa nuque, comme si un serpent avançait sur le sol de la cabine. Il sentit la jambe d'Haylett trembler par saccades. Amando appuya sur l'accélérateur, et le grondement rauque du camion leur fit l'effet d'un gros mot jeté en pleine figure. Puis il passa la première et les feux arrière qui s'éloignaient tracèrent une bande rouge sur le visage d'Haylett. Il arrive toujours malheur dans les camions, pensa Clover. Il se souvint de l'une de leurs voisines hurlant au volant de son pick-up qui dévalait un champ de chaume, tandis que sur le siège à côté d'elle gisait, déjà mort, l'enfant piqué par une guêpe.

— Il va les flinguer ! cria Phil.

— Ferme-la.

Haylett coupa le moteur.

Ils restèrent immobiles, les vitres ouvertes, tendant l'oreille. Les essuie-glaces reposaient inertes contre le pare-brise. Ils entendirent la neige crisser dans les bosquets près de la route, le son lointain et étouffé du camion d'Amando. Ils entendaient leur propre respiration saccadée. Le capot métallique du camion qui refroidissait faisait un bruit de tic-tac.

Ce qui arrive maintenant, songea Clover, était déjà dans l'air ce matin mais je ne me suis aperçu de rien. Les soubresauts de la jambe d'Haylett lui rappelèrent le tremblement coupable du vieux Patrick lorsque quelqu'un criait après lui. Clover comprit qu'Haylett, en donnant naissance à Amando, avait engendré cette matinée saturée de neige dans un camion silencieux. Le sentiment qu'une force mystérieuse unissait les générations s'empara brusquement de lui.

Les arbres derrière eux s'illuminèrent et la lunette arrière s'enflamma.

— Le voilà ! s'écria Phil.

Le camion d'Amando avançait lentement et il s'arrêta de nouveau à leur hauteur. Clover entendit le cognement d'un piston. Amando sortit et se dirigea vers la vitre d'Haylett. Il se pencha à l'intérieur et l'odeur âpre de neige fraîche se dégagea de lui comme de la fumée.

— Tu croyais que je le savais pas ? fit Amando.

Haylett tremblait comme un fil barbelé tendu à l'extrême que l'on aurait frappé avec un bâton. Il hocha la tête plusieurs fois de suite en piquant du nez.

— Ça fait longtemps que je suis au courant, dit Amando.

Il s'écarta de la vitre et fit place au matin sombre et à la neige qui tombait à l'aveuglette en dessinant des entrelacs.

Une vie authentique

Tandis que Snipe conduisait le long d'une route encaissée bordée de sapins lugubres, des graviers frappaient d'un bruit sec le dessous de la carrosserie de sa Peugeot. Il roulait maintenant depuis une heure, croisant au passage des mobile homes et des cabanes, des jardins encombrés de bric-à-brac – bidons d'huile rouillés, amas de planches en décomposition, jouets en plastique maculés de boue, vieux pneus déchiquetés en forme de pétale remplis de mauvaises herbes. Il ralentit pour voir de plus près ces témoignages de vies misérables à la façon dont d'autres conducteurs contemplent d'un regard avide des accidents sur l'autoroute, à la façon dont il avait regardé des années auparavant, par la fenêtre d'un train, une pièce éclaboussée de lumière où quelqu'un, affalé nu sur un matelas, tendait la main vers une bouteille de mauvais alcool.

Il se mit à mâchonner sa fine lèvre inférieure, guettant une bifurcation sur la gauche. C'était un homme osseux, au visage coloré, avec des yeux saillants de groseille à maquereau, éteints et injectés de sang. Son crâne était dégarni sur le devant mais de longs cheveux roux pâle poussaient derrière ses oreilles, comme si son cuir chevelu avait chaque année glissé imperceptiblement vers l'arrière. Il arrivait que des femmes soient attirées par lui malgré ses épaules tombantes et la manière dont il se triturait le visage ou battait des rythmes agaçants de ses doigts nerveux aux ongles rongés. Il se dégageait de lui une sorte de chaleur inquiétante, la chaleur de quelque pourrissement intérieur qui couvait comme le cœur d'un arbre frappé par la foudre, une détresse étouffée menaçant à tout moment de ressurgir et de s'enflammer.

Cela faisait deux ans qu'il avait quitté sa femme pour vivre avec Catherine, la ville pour la campagne et le magasin de vêtements que son ex-femme gérait seule avec succès pour des boulots sans lendemain dans des lieux étrangers. Il avait abandonné son dernier emploi trois semaines auparavant, dégoûté de tremper de vieux meubles dans une cuve de décapant à l'odeur nauséabonde. Tout ce dont il avait envie maintenant, c'était de jouer de la guitare le samedi soir dans des bars de nuit perdus dans la campagne, dans des bâtiments en parpaings à la lisière de la ville remplis de buveurs de bière et de mauvaise musique. Il voulait caler ses talons sur la barre chromée d'un tabouret de bar, écouter des conversations viriles et s'en aller avec les derniers fêtards au petit matin. Il y avait en lui un désir secret de plonger dans un abîme de mauvais goût et de relâchement moral, et le comté de Chopping lui avait semblé un endroit tout aussi approprié qu'un autre pour y parvenir.

Il quitta la forêt de sapins pour s'enfoncer dans un fouillis de broussailles et de plantes enchevêtrées et rata l'étroit chemin de terre caché sur la gauche par les mauvaises herbes. Il fit faire marche arrière et tourna au niveau de la boîte à lettres rouillée ; elle émergeait d'une touffe d'herbes vert pâle comme un chien en quête d'affection qui tend le cou pour qu'on lui caresse la tête. La guitare résonnait dans son étui tandis que la voiture de Catherine gravissait péniblement la côte, les aulnes et les saules fouettant au passage la carrosserie blanc crème. Bientôt les nids-de-poule firent place à des trous profonds creusés par la pluie et à des monticules instables de galets ronds marron clair. Il passa près d'un pick-up abandonné dans un fossé, le pare-brise étoilé de traces de balles et le plancher transpercé de touffes de bardane. Une excitation malsaine monta alors en lui comme s'il regardait à nouveau par la fenêtre du train. Lorsque la Peugeot cala dans la montée, il la laissa à l'endroit même où elle s'était arrêtée, tout en sachant qu'au retour il devrait rouler en marche arrière dans la nuit.

Sur la route, il sentit le gravier bosseler les fines semelles de ses vieilles boots en peau de serpent. Sa guitare cognait contre sa jambe et rendait un son étouffé. Trois cents mètres plus loin, il s'arrêta et relut la lettre toute chiffonnée.

Monsieur, j'ai lu votre annonce comme quoi vous voulez jouer dans un groupe. Ma famille et moi, on joue de la musique country. On se réunit tous les mercredis soir à 19 heures, si ça vous dit.
Eno Twilight.

Une carte, dessinée à gros traits, indiquait un unique embranchement au niveau de la route de gravier. Il replia le morceau de papier en respectant les plis d'origine et le remit dans la poche de sa chemise, lisse et bien à plat. Puisqu'il avait fait toute cette route, il ferait aussi bien d'aller jusqu'au bout.

La côte s'aplanit et des champs de maïs se déployèrent de chaque côté de la piste. Une ferme bâtie sur une butte. Quel endroit sinistre, pensa Snipe, le souffle court, un sourire aux lèvres. Une odeur de bouse de vache et d'herbe chaude flottait autour de lui. Une pâle poussière se soulevait à chacun de ses pas. Il la sentait s'insinuer entre ses dents et lorsqu'il se tritura le visage de ses doigts, des grains minuscules tournoyèrent dans la lumière orangée et dense du soleil couchant. L'éclat dur d'un toit métallique étincelait par-delà le champ de maïs tandis qu'au loin, une grive lançait des glissandos hostiles dans le silence.

La maison était vieille et délabrée, avec des bardeaux gris fendus négligemment cloués sur la structure en volige et des vitres gondolées rafistolées avec du carton et du gros scotch. Sur un panneau peint à la main et fixé au-dessus de la porte, on pouvait lire « Dieu est pardon ». Snipe aperçut le visage d'un enfant à la fenêtre, entrevit la bouche moqueuse et les yeux loucheurs juste avant qu'il ne disparaisse. Des chiens enchaînés à de petits appentis derrière la maison se mirent à hurler et à aboyer avec fureur. Ils tiraient sur leur laisse, trépignant à l'extrême limite des cercles de poussière qu'ils avaient eux-mêmes tracés, vociférant contre son étrangeté. Snipe attendit debout sur la meule brisée qui servait de marche et regarda les fils de soie de maïs éparpillés sur le granite. C'est l'enfant au visage grimaçant qui le fit entrer dans la cuisine à l'air suffocant.

Le plafond en tôle ondulée était noir de fumée et une grande table avait été repoussée contre le mur pour libérer de la place. Au-dessus de la table, on avait fixé un calendrier piqueté de mouches qui représentait un éléphant de mer se battant contre des loups un soir de pleine lune. La famille Twilight était assise, silencieuse, sur les chaises de la cuisine disposées en U : le vieil Eno se tenait au centre. Leurs instruments étaient posés sur leurs genoux et leurs yeux brillaient dans les derniers rayons huileux du soleil d'août. Personne ne parlait. Le vieil homme pointa avec son archet une chaise vide aux pieds chromés, garnie d'un revêtement en vinyle déchiré, placée en retrait sur le côté. Snipe s'y assit et sortit sa guitare de l'étui.

Les cheveux d'un blanc jaunâtre d'Eno Twilight, emmêlés et hérissés en touffes, faisaient penser à un champ d'herbe en novembre. Des rides profondes et cruelles sillonnaient son visage. Son violon noirci par les ans était saupoudré, comme un gâteau de sucre, de poussière de colophane. Il agita soudain son archet en direction d'un fermier en salopette dont l'accordéon poussait de bruyants soupirs semblables à la respiration sifflante d'un moribond. « Jouemoi un *la*, Rub. » Un son puissant s'échappa de l'instrument et le vieil homme tourna délicatement les molettes de son violon pour se mettre au diapason. Sans un mot ou un signal, sembla-t-il à Snipe, ils se mirent à jouer. Snipe n'avait jamais entendu cet air mais la mélodie était assez facile à suivre. Lorsqu'il glissa quelques notes de blues, le vieil Eno lui jeta un regard glacial.

— *Juste un morceau de gâteau de mariage sous mon oreiller…*, chantonna une jeune fille d'une voix dure et triste.

Le soleil s'était couché et l'obscurité remplissait la pièce. La fille, habillée en noir, était grasse, d'une beauté opulente et voluptueuse. Elle avait un beau visage aux pommettes hautes et larges, et des yeux sombres qui brillaient. Genkhis Khan serait tombée amoureux d'elle, songea Snipe qui l'aimait lui-même pour sa voix mélancolique. Ruby devait être son frère, car il avait lui aussi un visage large et un physique corpulent. Son accordéon rendait des sons nasillards et graves de cornemuse, interrompus à intervalles réguliers par des phrases musicales de cirque, éclatantes et claironnantes comme des barrissements d'éléphants. L'effet était curieux sans être désagréable. Cela donnait à la mélodie un ton caustique et exubérant, et Snipe imagina John Silver dansant une matelote, sa jambe de bois tachetant de sang le pont du bateau captif.

Une fois la chanson terminée, Snipe se présenta et leur adressa un sourire franc et chaleureux en témoignage de ses bonnes intentions. Mais apparemment, peu leur importait de savoir qui il était car ils lui jetèrent à peine un regard et, soudain embarrassé, il se rembrunit. Puis, sans l'avertir, ils se remirent à jouer. *Les règles ne sont pas faites pour être respectées*, chantait la grosse Nell ; Eno coucha la joue contre son violon et dévida une succession de notes d'une sentimentalité sirupeuse qui contrastaient avec la voix pure de la jeune fille.

Quelques morceaux plus tard, Snipe se sentit tout excité. Il avait affaire à d'excellents musiciens. Le vieil Eno exécutait des rythmes compliqués avec une virtuosité extraordinaire et il maniait l'archet à la perfection. Sa main gauche se déplaçait avec légèreté sur les cordes, contrairement à de nombreux violoneux qui restaient coincés en première position. Shirletta, sa femme, maigre comme un fil de fer barbelé, ses cheveux gris emprisonnés dans des rouleaux de plastique de même couleur, contractait sa petite bouche et faisait résonner sa mandoline comme une clochette domestique.

Les chansons s'enchaînaient les unes aux autres à seulement quelques secondes d'intervalle, Snipe n'en connaissait aucune. « Ça s'appelle comment ? », demandait-il à la fin de chaque morceau. La famille Twilight le regardait fixement et quelqu'un finissait par marmonner « L'adieu de la truite » ou « Foin humide » ou « Il y a une petite tombe dans le verger », ou encore « Grange en feu », jigue endiablée et pleine de fureur, yodlée par tous les membres de la famille à une vitesse effrénée que Snipe avait tellement de mal à suivre qu'il se contenta de taper sur la même corde pendant six bonnes minutes.

— Comment ça se fait que c'est la première fois que j'entends ça ? s'écria-t-il. Qui l'a composée ?

Personne ne lui répondit.

A neuf heures, le vieil homme se tourna vers lui et annonça :

— C'est fini.

Les Twilight mirent docilement de côté leurs instruments. Snipe sentait le sang battre au bout de ses doigts meurtris, car ils avaient joué pendant des heures sans faire une seule pause. Il faisait très chaud dans la cuisine et il avait soif.

— Bonne nuit, lui lança Eno. Mercredi prochain à la même heure si ça vous dit. Vous vous débrouillez pas trop mal mais ici, on n'aime pas les improvisations fantaisistes.

Snipe savait qu'il faisait allusion à sa petite échappée de blues.

— Où jouez-vous ? demanda Snipe.

— Ici même, répondit le vieux violoniste en lui jetant un regard aussi dur que les nœuds d'un pommier.

— Non, je voulais dire… Pour qui jouez-vous, dans quel genre d'endroits ? Dans quels bars, par exemple ?

— Nulle part.

— Vous ne bougez pas d'ici ? Vous n'allez jamais ailleurs ?

— Jamais. Tout ce joyeux tintamarre, c'est pour le bon Dieu.

Il tourna les talons et se dirigea vers une porte où se tenait la grosse Nell, debout dans la pénombre. Snipe avait cru entendre une pointe de sarcasme dans la voix du vieil homme.

Il aurait bien dévalé à toute allure le chemin sombre éclairé par le cercle sautillant de sa torche, mais il eut peur de se briser les jambes. Il se sentait débordant d'énergie. C'étaient de vrais péquenauds de la campagne et il avait joué avec eux. Des rustres mal embouchés. Avant de faire marche arrière dans la nuit, il prit la torche entre ses dents et gribouilla les titres de toutes les chansons qu'il avait mémorisés au dos de la lettre d'Eno : « Accident de la route », « Piétiné dans une bagarre », « Sabots d'argent ». Des chansons rurales, authentiques. Ça au moins, c'était de la vraie musique. D'où sortait ce répertoire ? De disques vieux de soixante-dix ans aussi épais que des tourtes ? Etaient-ce des airs anciens entendus à la radio par Eno enfant ? S'agissait-il de danses locales ? Les pneus de la voiture crissaient sur le gravier. Snipe se mit à chanter *Juste un morceau de gâteau de mariage sous mon oreiller* d'une voix nasillarde et traînante, ses phares éclairant au passage les yeux verts des chats blottis dans les fossés.

La maison qu'il louait était bâtie sur un lac ; et alors qu'il avançait le long de l'allée flanquée de ses fameux cèdres bleus de l'Atlas sexagénaires, il aperçut la lumière du salon qui s'étalait sur l'eau comme une tache d'huile. Il resta quelques instants immobile dans la nuit pendant que le moteur brûlant cliquetait. Par-delà le clapotement des vagues contre l'appontement, il entendit le bourdonnement de la télévision aux voix monocordes et mécaniques, et pénétra à l'intérieur de la maison.

Catherine était assise dans le transat, les yeux fermés. La lumière d'un bleu livide tremblotait, mouchetant son visage fatigué et son chemisier blanc sur lequel étaient imprimés un chien qui dansait et l'inscription POOCHIE'S GRILL.

Snipe éteignit les images tremblotantes et elle ouvrit ses yeux pâles. Elle était maigre, avec des cheveux blond mayonnaise et des iris d'un bleu très clair qui faisaient penser à des billes transparentes. Maussade et laide, elle avait des fesses plates et de belles jambes musclées aux mollets vigoureux. Elle commençait à en avoir marre d'être fauchée et soupçonnait vaguement l'envie secrète de Snipe de se laisser aller à la dérive.

— J'espère que tu l'as eu ce travail, dit-elle.

— Aaaah, répondit-il en grimaçant comme un dentier posé sur une assiette. Ce n'était pas un vrai boulot. Nous avons juste joué. Mais attention, de la musique country authentique.

Il s'efforça d'adopter cet enthousiasme juvénile de garçon génial qui autrefois perçait dans sa voix. D'imiter l'attitude pleine d'assurance qu'il avait affichée pour impressionner Catherine deux ans auparavant. A cette époque-là, ils restaient veiller jusqu'à trois heures du matin en buvant le bon vin qu'elle avait acheté, échafaudant toutes sortes de projets pour gagner leur vie. Ils pourraient vendre des bûches de bouleau blanc attachées avec un ruban rouge à de riches propriétaires new-yorkais ou faire pousser des racines de ginseng qu'ils écouleraient grâce à un ami dont le frère connaissait un pharmacien à Singapour.

— Cath, c'est un groupe encore totalement inconnu. Il y a du fric à gagner. Beaucoup de fric. Disques, promotions, tournées, et tout le tremblement. On est sur un gros coup, bébé. On va peut-être enfin s'en sortir, dit-il d'une voix qui dissimulait mal la répulsion secrète qu'il éprouvait à l'idée même de réussite.

Folle de rage, elle se mit à hurler :

— Merde ! Pas de boulot ! Tu as juste gaspillé de l'essence et de l'argent. Pendant que je trime dans cette cuisine, dit-elle en tirant sur son chemisier avec dégoût, tu glandes en jouant de la musique gratos. On doit payer le loyer de cette maison sinistre avec ses arbres pourris la semaine prochaine. Et je n'ai pas de fric. Mais cette fois ne compte pas sur moi pour emprunter à mes parents. C'est à ton tour, mon pote. Tu te débrouilles. Et si tu n'as pas les thunes, tu n'as qu'à cambrioler une banque !

Snipe savait qu'elle ferait appel à ses parents.

— C'est quand même pas la mort de travailler dans un resto à faire des hamburgers pour nous maintenir à flots, dit-il. Il faut d'abord que j'établisse des contacts ici si je veux gagner de l'argent. Ça prend du temps, surtout dans ce coin paumé. Ce qui compte, c'est que je fasse quelque chose qui me plaise vraiment, et tu le sais très bien.

Il ne pouvait pas lui avouer qu'en réalité, ce qui lui avait plu, c'était la chaise dépenaillée et le pick-up abandonné dans les mauvaises herbes.

— Quelque chose qui te plaise vraiment, répéta-t-elle sarcastique.

Snipe en eut soudain marre de chercher à l'amadouer.

— Ecoute-moi bien, espèce de connasse. Tu sembles oublier un peu trop vite que moi aussi j'en ai bavé. Tu te rappelles cette boucherie où les employés avaient tous perdu plusieurs doigts et où j'ai travaillé juste pour te payer des cours de tissage péruvien ? Quelle arnaque ce truc. Tu n'arrêtais pas de dire que tu allais t'en mettre plein les poches en tissant des ponchos ou des châles ou Dieu sait quoi pour Bloomingdale's.

Snipe n'ignorait pas que ce projet avorté était un sujet scabreux. Elle s'emporta à nouveau.

— Tu sais très bien qu'ils voulaient des tissus fabriqués par des Péruviens pur jus. Ce n'est tout de même pas de ma faute si je ne croupissais pas dans une hutte au fin fond des Andes, si ? Les ponchos *made in* Vermont, ça ne les intéressait pas.

Elle le regarda avec une expression horrible qui lui rappela un vieux livre de psychologie aux photographies illustrant les émotions : Catherine était en cet instant l'incarnation même de la HAINE.

Il attrapa une bière dans le réfrigérateur après avoir secoué sa bouteille vide, puis sortit faire un tour sur l'appontement. Il y avait d'autres cèdres de l'Atlas le long du lac et leurs longs bras pendaient, mélancoliques, au-dessus de l'eau. Il contempla les lumières qui scintillaient au loin sur la route tout en dégustant sa bière. Il se sentait agréablement envahi de pitié envers lui-même et se demandait combien de temps

Catherine arriverait à tenir. Elle était affreusement gâtée par ses parents riches aux lèvres lisses et pincées, aux mains douces glissant une enveloppe dans le sac de leur fille sans lui jeter un regard. Ils lui écrivaient des lettres que Catherine cachait sous la boîte à pain. De longues lettres alambiquées où ils lui proposaient des voyages en Amérique du Sud pour étudier des techniques de tissage. D'autres fois encore, ils suggéraient de lui louer à l'année une petite boutique dans le vieux quartier de Greenbier afin qu'elle puisse vendre ses lourds manteaux couleur boue et ses jambières. Dans ces lettres, ils lui offraient aussi de partir en vacances avec eux dans les Caraïbes. Mais ils ne mentionnaient jamais le nom ou l'existence de Snipe. Un jour elle le quitterait. Il se mit à songer aux Twilight dans leur ferme perdue dans la montagne au bout d'un chemin caillouteux, qui labouraient la terre, semaient le grain et, le soir, chantaient dans leur modeste cuisine des mélodies sans prétention venues tout droit du cœur, suffisamment pauvres pour que personne ne se souciât de ce qu'ils faisaient. Il lui vint soudain à l'esprit qu'ils avaient dû composer eux-mêmes ces chansons tristes et âpres, des chansons connues d'eux seuls.

Il serait certainement possible d'en faire un album, se dit-il. Et peut-être même qu'il pourrait vraiment les aider à promouvoir leurs œuvres en les protégeant des requins de la musique country. Ils porteraient des costumes noirs, tout noirs, à l'exception de quelques paillettes sur les manches. Du noir pour mettre en valeur leurs visages austères. Sur l'album, il y aurait une photographie de la famille devant leur maison délabrée, dans les tons sépia, légèrement floue. Des gens de la campagne, simples et sans apprêt comme la vie qu'il avait décrite à Catherine lorsqu'ils avaient quitté la ville. Une vie rustique dans une vieille ferme, avec des chaises en bois près du feu, des herbes aromatiques perlées de rosée dans un petit jardin, et un isolement et une intimité si profonds qu'il pourrait se saouler et s'écrouler sur la route à l'insu de tous.

Mais toutes les vieilles fermes avaient été transformées en résidences secondaires pour médecins, avec des aigles au-dessus des portes et des clôtures en bois. Il n'y avait rien à louer, jusqu'au jour où la mère de Catherine avait trouvé « Cedar Cliffs », une horrible maison moderne tout en verre, très coûteuse et entourée de quarante énormes cèdres bleus de l'Atlas plantés au début du siècle. Les propriétaires étaient des amis des parents de Catherine et l'affaire fut conclue avant même que Snipe ait visité la propriété et son lugubre arboretum. Ils ne paieraient que 300 $ par mois. Mais en retour, il était entendu qu'il élaguerait les grandes branches pendantes et ratisserait les brindilles et les cônes qui dégringolaient en pluie ininterrompue de ces arbres monstrueux.

Snipe se rendait chez les Twilight tous les mercredis. Il ne leur parla pas de cette idée d'album qu'il avait eue. A chaque fois, c'était le même rituel : la même chaise, les mêmes enchaînements fougueux d'une nouvelle chanson à l'autre, le même silence fermé bannissant tout commentaire sur la musique elle-même ou la manière dont elle était exécutée. Les pièces musicales se succédaient sans interruption dans l'obscurité qui les enveloppait peu à peu. Transporté, Snipe jouait juste et en rythme, ballotté pourtant par la musique comme un bateau par les vagues, car le vieil Eno lui interdisait toute marge de manœuvre. Quant aux autres, ils étaient obligés de suivre à la lettre le motif figé des mélodies pour empêcher Snipe de glisser un riff ou bien de rompre ou de s'écarter le moindrement du rythme imposé. Snipe, l'intrus, était rejeté dans un coin au fond de la pièce, touriste étranger ignorant le langage des Twilight, qui ne ferait jamais partie de leur cercle, et était juste de passage.

Il continuait pourtant à essayer de s'intégrer au groupe en croassant avec enthousiasme à la fin de chaque morceau : « Hé, bravo les mecs, c'était génial. Ça, c'est de la vraie musique. » Il tentait aussi d'adoucir la sévérité d'Eno par d'incessantes questions sur les techniques d'archet auxquelles le vieil homme ne daignait pas répondre. Un soir, il lui demanda : — Vous avez déjà joué de la guitare ?

Le vieil homme le fixa d'un regard vide, tout en remuant des lèvres, puis il se leva et posa le violon sur la chaise. Il se dirigea vers le débarras derrière la cuisine et ils entendirent le cliquetis de fermoirs qui s'ouvraient. Eno revint avec une guitare en métal peint. A l'arrière était dessinée une danseuse hawaïenne qui ondulait des hanches sous un cocotier.

— Ça, dit le vieil Eno, c'est une guitare à résonateur. C'est mon oncle Bell qui me l'a donnée en 1942. C'est celle que j'utilise quand on travaille sur un nouveau morceau.

Il jeta un coup d'œil à Nell, frappa de sa main osseuse la caisse aux formes féminines, glissa les doigts sous les cordes et caressa le bord du trou percé au milieu de l'instrument. Snipe sentit vibrer dans la pièce des paroles sombres et secrètes. Il tendit alors la main pour saisir la guitare, mais avant qu'il ait pu la toucher, Eno se précipita hors de la pièce pour la remettre jalousement à sa place.

— Je ne la prêterais pour rien au monde, dit-il.

Quand il reprit son violon, ils jouèrent tous en chœur « Patates frites ». La grosse Nell chantait d'une voix forte *Frites, patates frites, gâteaux et tourtes de pomme de terre*, tout en lançant un regard oblique à Snipe – un regard complice, pensa-t-il – comme si elle voulait se moquer avec lui de la guitare du vieil homme.

C'est ce soir-là qu'il comprit comment le groupe fonctionnait. C'était Nell, et non pas Eno, qui décidait des morceaux à jouer. Des séries de six ou sept chansons se succédaient selon un ordre immuable, établi au préalable. Si elle commençait par « Il y a un étranger dans ma chambre ce soir », « Roses givrées » et « La pluie sur le toit me rend triste » suivaient immanquablement. Mais si elle démarrait avec « Filles perdues » ou « Feu de brousse », ils enchaînaient sur des airs différents. Il s'aperçut également pour la première fois qu'elle chantonnait quelques notes de la première chanson, comme un signal des autres morceaux à venir. Relégué dans son coin, il ne l'avait pas remarqué jusqu'alors. Mais maintenant il savait : c'était Nell qui commandait, et non pas Eno.

Snipe se mit à jouer pour elle, sans prêter attention à la vieille Shirletta dont les trémolos grinçants étouffaient ses arpèges raffinés ni à Ruby qui noyait ses harmoniques soyeuses et subtiles de ses accords tonitruants. Il savait qu'elle entendait chacune des notes qui lui étaient destinées, à elle. Nell, qui écrivait les chansons et les mélodies. Nell qui extrayait de sa vie de tous les jours des paroles et des airs avec autant de facilité que si elle avait pressé une serpillière pour en sortir de l'eau. Désormais, sur la couverture de l'album couleur sépia qu'il avait imaginé, Nell figurait seule.

Il composa lui-même une chanson sur les cèdres – « Une prison d'arbres verts ». Il s'exerçait à jouer pendant des heures. L'air ressemblait un peu à celui de « Clementine ». Catherine rentrait à la maison imprégnée de l'odeur de hamburgers et elle le retrouvait, recroquevillé sur sa guitare, répétant une petite phrase musicale de ses doigts engourdis, la bouteille de scotch posée sur le sol, le dos courbé dans une concentration stérile. Car il était évident qu'il était au maximum de ses possibilités et qu'en dépit de cet entraînement acharné (qui selon Catherine n'était qu'un prétexte pour éviter de chercher du travail), sa manière de jouer manquait de brio, et son phrasé et son intonation restaient hésitants. Il continuait pourtant à chanter et à beugler. Les deux heures qu'il passait tous les mercredis dans la cuisine des Twilight, à envoyer des messages musicaux à une grosse femme à qui il n'avait jamais adressé la parole, étaient les seuls moments où il avait l'impression d'approcher une forme de bonheur.

Un soir, il leur présenta d'un ton brusque sa nouvelle composition.

— C'est une chanson au sujet des arbres, qui dit que je les aime bien, mais qu'ils m'empêchent de faire ce que je veux de ma vie, expliqua-t-il.

Il évita de regarder Eno et chanta le regard rivé sur Nell. Les Twilight captèrent immédiatement le rythme de la mélodie et se mirent à jouer l'un après l'autre. Et quand Nell reprit à l'unisson avec lui *les grands arbres sont comme des barreaux de prison*, il sentit que c'était l'un des plus beaux moments de sa vie. Il aurait bien aimé rejouer le morceau, mais Eno pointa son archet vers Nell d'un geste tranchant et elle entonna aussitôt « La mort du faon ».

Fin septembre les gelées arrivèrent, flétrissant les bouquets de fougères fer-à-cheval, mais épargnant les lis tigrés tardifs. Le vert éclatant et dur de l'été se ternit et l'herbe des prairies se couchait sous le poids de la pluie automnale. Un soir Catherine ne rentra pas à la maison et Snipe comprit qu'elle devait passer la nuit avec le nouveau propriétaire du Poochie's Grill. Un charmeur dénommé Omar qui avait rebaptisé le restaurant Omar's Oasis, acheté quatre palmiers, installé un ventilateur au plafond et accroché au mur quelques tissages marronnasses de Catherine comme s'il s'agissait de peintures.

Parfois Snipe, d'humeur morose, se perdait dans la contemplation des nervures de feuille ou des éclats de mica incrustés dans la pierre, ou bien il restait à scruter le duvet extraordinairement fin sur les tiges des plantes. L'odeur de bois brûlé et de terre humide lui donnait envie de pleurer sans raison. Ce soir-là, debout sur l'appontement, il buvait un scotch dans un verre mexicain que Catherine avait ramené de son voyage à Acapulco. Un drôle de nuage lenticulaire flottait dans le ciel et le morne vrombissement d'un camion lui parvenait par-delà le lac.

Le bourdonnement du moteur et le bruit lointain et assourdi d'une tronçonneuse lui firent songer dans un accès de tristesse qu'il n'avait pour ainsi dire pas connu un seul moment de véritable bonheur. La chance de vivre un tel instant avait disparu dès qu'il avait suivi Catherine en affichant un enthousiasme feint pour ses tissages d'imitation péruvienne. Tout ce qu'il désirait, c'était la voluptueuse Nell, et aussi la liberté de dormir dans des draps sales. Il voulait s'asseoir sur une chaise branlante et jouer de la musique sans se soucier de devenir quelqu'un. Cette nuit-là, il resta éveillé à écouter les ronflements de Catherine qui se mêlaient aux stridulations mourantes des cigales.

Le lendemain, il attendit que Catherine soit partie en claquant la porte en compagnie d'Omar. Puis il se leva, se lava les cheveux et le corps et enfila des habits propres, portant pour la première fois la chemise de soie noire qu'elle lui avait offerte pour son anniversaire. Il emprunta la route de graviers flanquée de broussailles et bifurqua sur le sentier défoncé qui menait chez les Twilight.

Nell était seule dans la cuisine en train de faire de la gelée. Shirletta, lui dit-elle, était allée en ville avec la fille de sa sœur pour acheter des vêtements d'école pour les enfants. Pendant ce temps Ruby et Eno coupaient du bois à l'arrière de la ferme. Il entendit le bruit des tronçonneuses dans le bosquet d'érables au-delà des champs de maïs. Dans la pièce imprégnée de l'odeur lourde et écœurante de gelée de mûre, Nell, le ventre contre l'évier, se mit à chantonner. Le sac rempli de jus sucré tomba mollement dans un saladier comme l'organe excisé d'un animal mort. Il remarqua que la mousse cramoisie obstruait l'évier, résidu de la gelée qui bouillait dans la casserole. Les mains de Nell étaient violettes, ses bras ronds et solides et son cou puissant en forme de colonne teintés de rose. Autour de son visage, ses cheveux étaient relevés en deux nattes épaisses et brillantes. Les pots qui refroidissaient sur la table luisaient, aussi rouges que la pulpe des grenades, et des pellicules transparentes de cire durcissaient à la surface. Au loin, le vacarme des tronçonneuses résonnait, aussi monotone que les stridulations nocturnes des cigales.

Snipe s'approcha d'elle par-derrière, lui enlaça la taille et pressa son visage cireux contre son dos brûlant. Elle était imprégnée de l'odeur de poussière de la route, des verges d'or et du parfum sucré de mûres écrasées. Sa voix qui fredonnait vibrait à son oreille. Au loin, il entendit des cris cadencés, puis la chute brutale d'un arbre qui s'écroulait dans un fracas de branches cassées et de feuilles. Enfin les tronçonneuses se turent. Une guêpe, enivrée par les effluves suaves et musqués, voletait, pataude, dans la cuisine. Snipe releva les bords de la robe à fleurs de Nell aussi délicatement que s'il s'était emparé de bâtons de mikado en verre.

Plus tard, alors qu'il était encore serré contre elle, elle lui annonça :

— Les voilà qui reviennent du bois.

Ils regardèrent tous les deux les hommes qui arrivaient en bringuebalant dans le champ de foin en friche, tels des ivrognes rigolards dans un duo de vaudeville.

— Ruby est blessé, fit-elle en se dégageant et en se tournant vers la porte.

Il remit de l'ordre dans ses vêtements et se posta près du poêle où cuisait la gelée.

Quand ils pénétrèrent dans la pièce, Ruby avait un sourire plaqué sur le visage comme si on avait fixé des pinces à étau des deux côtés de sa mâchoire. Son bras gauche était enveloppé dans la chemise d'Eno, maculée de sang. Des particules sanguinolentes mouchetaient son visage et il tenait son bras blessé contre sa poitrine comme pour le protéger. Les poils blancs et épais sur le torse et le ventre proéminent du vieil Eno étaient tout aplatis et froissés comme la couche d'un cerf dans le verger, et ses mamelons sombres ressortaient telle une paire d'yeux couleur prune. Ils se dirigèrent vers l'évier, Eno d'un côté, Ruby vacillant au milieu, Nell tenant dans ses mains dodues le coude du bras blessé.

Snipe sentit sa gorge se serrer lorsque Nell ôta le morceau de chemise et mit à nu la blessure. Des gouttes de sang dégoulinèrent dans l'évier, formant une flaque où flottaient les résidus de gelée. Snipe sentait l'odeur d'aisselles d'Eno, une odeur forte et nauséabonde qui se fondait aux relents de sexe et de fruits sucrés.

— Va chercher les bandages qu'ils nous ont donnés la dernière fois, ordonna le vieil Eno.

Nell s'en alla dans le cellier. Ils entendirent le crissement d'un sachet en papier que l'on ouvre. Penchés l'un à côté de l'autre, Eno et Nell recouvrirent la blessure avec un épais morceau de gaze maintenu en place par une bandelette. Une petite fleur écarlate s'épanouit sur le tissu d'un blanc neigeux.

— Tiens ton bras en l'air, fit Eno en soulevant le coude de Ruby.

Plus tard, Snipe se dit qu'il aurait dû s'éclipser à ce moment-là. Il aurait dû se glisser au-dehors, laisser rouler silencieusement la voiture le long du sentier, puis filer à toute allure pour se réfugier parmi les grands cèdres. Mais il n'en fit rien et observa :

— Il ne vaudrait pas mieux lui mettre une attelle ?

Eno se tourna vers lui et le dévisagea. Il réfléchit quelques secondes, puis le regard du vieil homme se posa sur Nell. La tête penchée, elle avait les yeux baissés et elle enroulait frénétiquement la gaze.

— Pas si je veux garder ma foutue main, répondit Ruby d'une voix dure, les mâchoires serrées.

Maintenant l'épicentre de la crise s'était déplacé de la blessure de Ruby à Snipe et au visage coupable de Nell. Aussi inexorablement que la marée montante, le pressentiment que quelque chose de trouble s'était passé dans la cuisine commençait à envahir la pièce. La bouche de Ruby se tordit en un sourire sarcastique, mais les mains du vieil Eno tremblaient et il se mit à haleter comme si c'était lui qui avait été blessé.

— Eno, s'écria Snipe paniqué. J'aime votre fille !

Il savait que ce n'était qu'un mensonge. Ce qu'il avait toujours aimé, c'était le pick-up enfoui dans les mauvaises herbes.

— Espèce de crétin, siffla Ruby entre ses dents. C'est sa femme.

Snipe entendait la gelée calcinée crépiter dans la casserole. Il jeta un coup d'œil en direction de la porte et soudain Eno fut sur lui, sa grosse main de paysan recroquevillée en tenaille.

— Je vais te faire la peau, hurla-t-il, les yeux plissés de rage, les lèvres retroussées comme les babines d'un chien furieux. Je vais te faire la peau.

Snipe se mit à courir. Il trébucha sur la chemise ensanglantée, glissa sur le seuil et se cassa les ongles sur la poignée de porte de sa voiture. Puis le pied douloureusement coincé entre l'accélérateur et le frein, il dévala le sentier caillouteux en tremblant et en jurant.

— Putain de péquenauds, dit-il en jetant un coup d'œil dans le rétroviseur arrière.

Il roula pendant quatre-vingts kilomètres jusqu'à la grande ville du comté voisin et s'arrêta pour boire un scotch au Bob's Bar, un bouge en contreplaqué avec des abat-jour en plastique, imitation Tiffany. Les couleurs criardes rouges et bleues lui blessaient les yeux et lui donnaient mal à la tête. Quand l'un des clients choisit Willy Nelson dans le vieux juke-box, il partit. Il avait envie d'écouter Haydn. Haydn lui semblait rassurant et attirant comme un lit tout frais aux oreillers blancs rebondis et au couvre-lit en soie. Il pourrait s'oublier dans Haydn.

Il acheta la cassette d'une de ses symphonies au drugstore discount du coin, puis mit le cap sur le centre commercial pour offrir à Catherine tout ce dont elle raffolait : champagne, homard, cœurs d'endives, forêt-noire et café vietnamien avec de la cannelle. Cela lui coûta plus d'une centaine de dollars et il rédigea des chèques en bois avec la certitude que Catherine et lui allaient prendre un nouveau départ. Il en avait terminé avec la famille Twilight. Quand elle rentrerait, tout serait prêt : le feu dans la cheminée, les draps frais, les verres à champagne glacés. Il était en proie à une nervosité grandissante comme un oiseau avant l'orage. Pendant cet interminable après-midi, il se rendit à maintes reprises jusqu'au bout de la jetée, le regard fixé sur le lac, se languissant des deux cents os fragiles de Catherine et de son corps maigre. Lorsqu'une branche morte tomba de l'un des cèdres, il la tira avec ardeur vers le tas vermoulu derrière le garage.

Tout se déroula le plus naturellement du monde. Elle revint vers lui de bon gré, prête à reprendre leurs anciens jeux. Ils se moquèrent du personnel qui travaillait chez Omar et Snipe lui avoua que son projet de groupe country était tombé à l'eau. Ils pourraient faire autre chose, peut-être s'en aller vers l'ouest, au Nouveau-Mexique ou en Arizona. Snipe connaissait quelqu'un qui lui donnerait un bon salaire pour ramasser des graines sauvages de datura.

Ils étaient allongés sur les coussins dans le coin du canapé et Snipe laissait courir ses doigts le long du bras de Catherine, les durillons râpeux crissant sur la soie. Après un certain temps, la musique d'Haydn perdit de sa précision comme un dessin à moitié effacé sur du papier fin. La bouteille de champagne était vide. Catherine se roula passionnément contre lui et, avec la même indifférence que s'il avait récité son catéchisme, il posa ses lèvres sur son cœur battant. Il pensait à sa vie dans l'Ouest, aux étendues couleur sépia et au ciel immense d'un bleu dur et solitaire. Là-bas, les routes se déroulaient sans fin jusqu'à l'horizon. Snipe se vit seul en train de conduire un vieux camion défoncé dans la chaleur miroitante, le vent bourdonnant par les fenêtres ouvertes. Le pare-brise étoilé perforé par une balle. Il portait des bottes de cow-boy élimées, un jean délavé, une chemise noire déchirée avec un cactus brodé sur le dos, et du plat de la main il battait un rythme Tex-Mex sur le volant craquelé.

Une journée sans nuages

C'était une chose rare, ce printemps sec et chaud qui déferla dans l'été, si épanoui et exubérant que les graines luisantes jaillirent hors de terre en de longues herbes recourbées vers le sol, un mois avant l'heure. Ce serait une bonne année pour la chasse aux grouses. Quand la saison démarra à la mi-septembre, la chaleur de l'été régnait encore, la poussière recouvrait les routes d'une pellicule farineuse et dorée, et une odeur de fruits en décomposition s'échappait de dessous les taillis de ronces où les mûres tombées s'altéraient. Les grouses nichées dans les églantiers le long des cours d'eau, enivrées par les sucs fermentés, volaient avec hardiesse et taillaient du tranchant de leurs ailes la touffeur de la journée.

Pourtant cela ne disait rien à Santee de chasser les oiseaux par un temps pareil. De la sueur salée lui picotait le cou et les bras griffés par les branches, les chiens manquaient d'ardeur et les oiseaux se gâtaient dans l'heure. Dans leurs intestins brûlants aux relents aigres, il sentait une putréfaction imminente et les plumes lui collaient aux mains car Earl ne l'aidait jamais à vider le gibier. Noah, le chien, haletait allongé dans l'ombre.

La vague de chaleur s'éternisait et Santee se languissait du froid, des jours sans nuages à la venue incertaine, de la fraîcheur mordante à l'ombre des pins, des brindilles d'osier recouvertes de givre et du ciel automnal dur, entaillé par les vols paraboliques des oiseaux comme une mare gelée rayée par les patineurs. Bon sang, pensa Santee, il y avait des choses plus intéressantes à faire par une telle chaleur que de chasser la perdrix avec un imbécile.

Earl était venu voir Santee l'année précédente et l'avait supplié de lui apprendre à chasser les oiseaux. Il possédait un bon fusil, lui avait-il dit. Un Tobias Hume. Santee pensait que c'était une arme surestimée et trop chère, mais elle était malgré tout plus belle que son fusil de chasse Jorken au fût fendu, qu'il se promettait de changer depuis des années. (La pièce en bois de noyer brut était posée sur l'établi dans la grange, des bidons d'huile de moteur et de peinture entassés dessus ; les enfants avaient abîmé ses limes en s'en servant pour manger des noix.) Le fusil de Santee, tout comme son propriétaire, était vieux et rustique, mais il fonctionnait bien.

Earl avait conduit à travers bois jusque chez Santee, ignorant le désordre qui régnait dans la cour. Il avait dit bonjour à Verna d'un signe de tête et s'était mis d'emblée à flatter Santee.

— Santee, avait-il dit en le jaugeant du regard pour évaluer son état d'esprit, j'ai discuté avec des gens du coin. Ils m'ont dit que vous étiez un sacré chasseur. Je veux apprendre à chasser les oiseaux et j'aimerais que vous soyez mon professeur. Contre rémunération, bien sûr.

Earl avait de l'argent, ça se voyait. Il portait de belles bottes, un pantalon en gros velours ocre jaune comme du sirop d'érable. Il agitait ses mains en forme de colombe et sa voix onctueuse sortait de sa bouche comme un filet sucré de pâte à crêpe. Il n'avait pas plus de trente ans, songea Santee à la vue des joues pleines et des cheveux blonds épais.

— Je chasse généralement les oiseaux tout seul. Ou bien avec mes fils, répondit Santee en pesant ses mots. Moi et mon chien.

Noah, écroulé sous la balancelle rouillée de la véranda, releva le museau au son du mot « oiseau » et les observa.

— Joli chien, dit Earl de sa voix doucereuse.

Santee croisa les bras sur son torse plutôt que de les laisser pendre le long de son corps. Mettre les mains dans ses poches aurait été encore pire, pensa-t-il en regardant Earl : cela vous donnait l'air d'un bon à rien.

Earl prit un ton enjôleur.

— Tout ce que je vous demande, Santee, c'est de m'accompagner deux ou trois fois. Et quand vous en aurez marre, eh bien, nous serons quittes et je vous paierai ce que je vous dois.

Il adressa un sourire à Santee. Ses yeux couleur feuille sous les paupières luisantes se posèrent sur Santee puis sur la porte grillagée et déformée, la peinture écaillée des bardeaux et le jardin à l'abandon. Santee regardait de côté comme si les muscles de ses yeux étaient distendus.

— Après tout, ça ne coûte rien d'essayer, fit Santee. J'aimerais mieux un jour de la semaine que le week-end. Vous êtes disponible le lundi ?

Earl pouvait se libérer comme cela conviendrait le mieux à Santee. Il travaillait chez lui.

— Vous faites quoi dans la vie ? s'enquit Santee, les bras ballants.

— Je suis consultant financier. J'analyse les tendances économiques et boursières.

Santee remarqua qu'Earl était plus jeune que son fils aîné, Derwin, qui avait perdu toutes ses dents et travaillait à l'usine de placage à Potumsic Falls où il respirait des produits toxiques et surveillait une machine aux lames incurvées et tournoyantes. Santee confirma qu'il irait avec Earl le lundi suivant. Il ne savait pas comment dire non.

Le premier matin avait été prometteur. C'était une journée au soleil éclatant, avec un goût épicé dans l'air. Noah, plein de fougue et impatient de débusquer les oiseaux, frimait un peu devant l'étranger. Santee avait placé Earl à quelque distance de lui sur sa droite pour observer la manière dont il tirait.

Noah serrait de près les oiseaux, se raidissait à deux mètres de distance, tombait en arrêt à gauche, puis à droite. Un seul pas de Santee ou d'Earl et les perdrix s'enfuyaient précipitamment d'un fourré, puis s'envolaient tout droit dans le ciel. Noah les dénichait dans les arbres et les taillis, les flairait en train de picorer un fruit tombé à terre ou de se rouler dans les cuvettes de terre poudreuse, les prenait en chasse alors qu'elles trottinaient dans les bosquets d'oseille. Il abattait le travail de deux chiens à la fois ; ses flancs blancs filaient dans l'herbe et il s'arrêtait brusquement dans des pauses si rigides qu'on aurait cru un animal en verre. Les grouses fendaient l'air, les fusils crépitaient. Earl, remarqua Santee, n'avait jamais la présence d'esprit d'encourager Noah d'un « t'es un brave chien » quand cela aurait été bienvenu.

Santee se tenait en retrait pour laisser son élève s'exercer. Mais Earl était un chasseur lent et médiocre. L'oiseau, à près d'une quarantaine de mètres, avait le temps de se réfugier en lieu sûr avant qu'il ne saisisse son fusil et fasse feu. Parfois, un second oiseau prenait nerveusement son envol avant même qu'Earl ait eu le temps de tirer sur le premier. Il n'arrivait pas à capter le rythme et trouvait à chaque fois une bonne excuse pour ses échecs successifs.

« Le bout de la crosse s'est coincé dans le revers de la pochette de ma chemise », disait-il avec un petit rire. Ou bien : « J'ai les doigts engourdis à force de porter ce fusil » ou encore : « Zut, celui-ci est parti si vite que j'ai pas pu le mettre en joue. »

Santee ne cessait de lui répéter qu'on ne pointait pas son fusil sur l'oiseau. Il fallait juste lever son arme en l'air et faire feu dans la bonne direction.

— Il faut tirer là où ils vont, et non là où ils sont.

Il demanda à Earl de le regarder faire, d'observer comment il calait son fusil sur l'épaule, la manière dont il relevait doucement le coude droit tandis que son regard fixait l'espace vide que l'oiseau s'apprêtait à traverser. Une détonation retentit et le volatile tomba comme une noix.

— Maintenant à votre tour, fit Santee.

Mais quand une grouse s'envola avec fracas d'un buisson d'aubépines, Earl positionna son fusil contre sa hanche, puis contorsionna bizarrement son corps vers l'arrière et tira. La rafale de balles fit une encoche sur le flanc d'un tamarak et l'oiseau se fondit au loin dans les arbres.

— A ce que je vois, il va falloir beaucoup vous exercer, dit Santee.

— C'est vrai, acquiesça Earl, et c'est d'ailleurs pour ça que je vous paye.

— Essayez de poser la crosse sur votre épaule,

dit Santee tout en songeant que ses enfants, à huit ans, étaient déjà plus doués qu'Earl.

Ils chassèrent toute la matinée et Santee montrait à Earl comment réagir vite et avec précision. Ce dernier suait et tressautait comme un vieux film Vitagraph tout en s'efforçant d'aligner son fusil sur la trajectoire de l'oiseau. Santee abattit sept grouses et en donna quatre à Earl qui n'en avait attrapé aucune. Earl remit cent dollars à Santee en lui disant qu'il voulait recommencer.

— Je pourrais pratiquer tous les autres jours de la semaine, dit-il comme s'il s'agissait de leçons de piano.

Les trois lundis suivants, ce fut la même chose. Ils partirent chasser et Earl continuait à tenir son fusil sur la hanche. Les jambes écartées, il ressemblait à un gangster de l'ancien temps en train de mitrailler de plomb un gang adverse.

— Ecoutez, dit Santee, il reste encore six semaines avant la fin de la saison. Ce qui signifie qu'il nous reste six sorties. Je ne cours pas après l'argent, mais vous aurez peut-être besoin de plus de séances que prévu.

Earl avait envie d'apprendre et dit qu'il paierait.

— On pourrait se rencontrer trois fois par semaine. Le lundi, le mercredi et le vendredi.

C'est ce qu'ils firent. Puis ils optèrent pour le lundi, le mardi et le mercredi pour assurer une continuité. Earl payait Santee trois cents dollars la semaine, mais il n'avait toujours pas tué un seul oiseau.

— Je vous propose autre chose, dit Santee qui, au fur et à mesure que le temps passait, se faisait de plus en plus l'effet d'être une vieille prostituée roublarde et malhonnête.

— J'irai chez vous ce week-end avec une boîte de plateaux de ball-trap. Comme ça, vous pourrez vous exercer gratuitement. C'est juste pour que vous appreniez à viser et à caler le fusil sur votre épaule.

— D'accord, mais je ne suis pas inquiet, vous savez, répondit Earl en regardant les arbres. J'ai lu des livres sur la chasse et je sais qu'il faut du temps avant de réagir de manière naturelle et presque instinctive quand des grouses s'envolent à toute allure des fourrés. Je sais très bien, croyez-moi, que ces oiseaux extrêmement rapides sont une cible difficile et je suis prêt à m'exercer, même si cela doit prendre des années.

Santee n'avait jamais entendu dire que c'était si compliqué que ça d'abattre une grouse, mais il savait par contre qu'Earl n'était pas doué. Il possédait les réflexes d'un bonhomme de neige. Il dit à Verna : « Ce type, il faut qu'il en mette un coup. J'peux pas continuer à accepter son argent. J'ai l'impression de partir travailler aux mines de sel chaque fois que nous sortons. Je n'ai même plus envie d'aller chasser seul de peur de canarder une bande d'oiseaux à sa place. Bon sang, c'est devenu une vraie corvée. »

— Peut-être, mais ça rapporte de l'argent, répondit Verna.

Elle frappa du pied le sol de la véranda et la balancelle oscilla en grinçant. Son tablier plié sur les genoux, les coudes emboîtés l'un dans l'autre et les mains sur les épaules, elle avait croisé les chevilles comme pour se protéger de la fraîcheur de la nuit. Elle portait les chaussons bleu en acrylique que Santee lui avait offerts pour la fête des mères.

— Je me demande comment j'ai pu me laisser entraîner dans cette galère, dit-il en fermant les yeux, bercé par le mouvement de la balancelle.

Santee acheta une boîte de cent plateaux de terre cuite et se rendit chez Earl un dimanche après-midi. C'était le genre de journée qui donnait envie d'aller se promener.

— Je regrette d'être venue, dit Verna en regardant la maison d'Earl à travers le pare-brise poussiéreux.

C'était un énorme chalet suisse avec des Velux bombés en verre teinté et des piliers en polystyrène moulé soutenant un toit à portique. Elle refusa de sortir du camion où elle resta assise pendant deux heures, vitres fermées. Santee savait ce qu'elle ressentait, mais il n'avait pas le choix. Earl l'avait embauché pour apprendre à tirer sur les oiseaux.

Il y avait une grande véranda et la femme d'Earl se tenait là, mince comme un billet d'un dollar soigneusement plié, ses mains aussi étroites et froides qu'une truite. Un bébé rampait par terre à l'intérieur d'un parc aux croisillons en plastique vert et jouait avec une tomate. Earl les interpella :

— Regardez papa qui va tirer sur le petit oiseau, dit-il.

— Oiseau ! cria le bébé.

— Vas-y, Earl. Tue-moi tous ces petits oiseaux, lui lança sa femme en essuyant du doigt une goutte d'eau qui était tombée de son verre sur l'accoudoir du fauteuil.

Santee levait le bras sans s'arrêter et lançait les disques d'argile qui volaient en travers du jardin planté de sombres buissons. Ses oreilles tintaient. Le bébé hurlait à chaque fois que le coup partait, mais Earl ne voulait pas que la femme rentre avec lui dans la maison.

— Regarde ! criait-il. Bon sang, mais regarde donc papa tirer sur les petits oiseaux.

Le fusil contre la hanche, il se penchait en arrière dans cette posture étrange qui était désormais sa marque de fabrique. Al Capone, songea Santee qui répétait : « Fusil à l'épaule », comme un disque rayé. « Il n'y aura pas de recul. »

Il observa Earl pour voir si, lorsqu'il appuyait sur la détente, il fermait les yeux derrière ses lunettes aux verres jaunes, mais ce fut peine perdue. Après un long moment, l'un des plateaux explosa et se brisa en trois morceaux noirs.

— Je l'ai eu ! hurla Earl comme s'il s'agissait d'un mammouth laineux.

C'était la première fois qu'il atteignait sa cible depuis que Santee le connaissait.

— Joli coup, mentit Santee. Maintenant, vous avez compris comment faire.

La semaine suivante, Verna invita toute la famille à dîner. Il y avait du jambon fumé fait maison et du cidre brut pressé par Santee, des courges Hubbard, des petits dômes de purée arrosés de crème Jersey et une perdrix rôtie glacée à la gelée de cerises sauvages.

Avant de passer à table, Verna réunit tout le monde dans le jardin pour le nettoyer. Après avoir crié en chœur « un, deux, trois », ils dégagèrent la carcasse de la Chevrolet de 1952 de Santee, le grillage déchiqueté du poulailler, les poteaux de clôture pourris et les bidons d'huile cabossés. Derwin emporta le tout à la décharge après le dîner et rapporta une tondeuse neuve comme le lui avait demandé Verna.

Le jour suivant, elle marcha dans le ruisseau, cherchant du pied des galets ronds d'une certaine taille. Santee les transporta jusqu'à la maison dans un sac à grains. Puis elle les fit sécher sur la véranda, les peignit d'un blanc étincelant et les disposa en ligne le long de l'allée. Santee trouvait que c'était vraiment magnifique : la pelouse verte coupée ras, les pierres blanches brillantes. Tout cela était lié à Earl et aux leçons de chasse, mais hormis la question d'argent, il n'arrivait pas à deviner ce que tout cela signifiait.

Quelque temps plus tard, il comprit. Elle ne voulait pas qu'il arrête les leçons. Les jours de chasse – pour Santee, c'était comme s'il allait au travail –, elle se rendait dans le jardin à l'aube, marchait dans l'herbe mouillée et plissait les yeux vers le ciel pour deviner le temps qu'il ferait. Elle retournait ensuite au lit et posait ses pieds froids contre les mollets de Santee.

— Il y a des nuages, disait-elle. Il pleuvra à midi.

Santee grommelait car Earl détestait que son fusil soit mouillé.

— Ça ne va pas l'abîmer ? demandait-il toujours comme s'il était persuadé du contraire.

— Ne faites donc pas la chochotte, répondait Santee. Essuyez-le quand vous rentrerez chez vous et enduisez-le de dégrippant WD-40. Il sera comme neuf.

Cela lui prit un certain temps pour s'apercevoir que ce n'était pas le fusil qui était en cause. Earl détestait sentir la pluie dégouliner le long de son cou ou sur ses lunettes de chasse aux verres jaunes, sentir les gouttes froides tracer d'étroites traînées sur son dos et ses avant-bras, ou le liquide salé qui tombait goutte à goutte du ruban de son chapeau sur les commissures de ses lèvres.

Ils marchaient dans les hautes herbes mouillées. La pluie tombait dru et les brins d'herbe ployaient sous l'averse, puis rebondissaient brusquement. Le pantalon de serge d'Earl était plaqué contre ses jambes comme une peau couverte de cloques. A la manière dont il tirait sur le tissu trempé en le pinçant entre l'un de ses doigts recourbés et son pouce, Santee voyait combien il était en colère contre la pluie, contre lui, peut-être même suffisamment en colère pour en avoir marre de lui verser trois cents dollars par semaine, juste pour rentrer bredouille et se balader dans la campagne pluvieuse. Parfait, songea Santee.

Mais l'averse s'arrêta et un soleil liquide leur réchauffa le dos. Noah flairait les lourds et riches effluves de grouses qui se déroulaient et flottaient dans l'air humide aussi compacts que les vrilles de concombres rampant sur la terre du jardin. Il s'immobilisait sans cesse dans des pauses catatoniques et ils débusquaient les oiseaux qui s'envolaient en déployant derrière eux des arcs de gouttes d'eau. Earl avait toujours un temps de retard, mais il savait, disait-il, qu'il fallait des années avant de devenir un bon chasseur.

La seule chose sur laquelle il tira cette saison-là fut le disque d'argile, et l'année se termina sans un seul oiseau pour Earl, avec un compte en banque bien rempli pour Santee et une rangée de pierres blanches balayées par des rafales de neige. Santee se dit que c'était enfin terminé, une mauvaise année à enterrer avec le souvenir d'autres années désagréables.

Le printemps et l'été suivants, il ne pensait jamais à Earl sans un frisson. L'été caniculaire dura jusqu'au mois de septembre. Santee calibra le fût et la crosse neuve de son Jorken. Il avait acheté une nouvelle lime et après le dîner, il s'asseyait sur la véranda et réparait son fusil avec minutie. Il attendait que la chaleur diminue tout en se promettant de partir chasser seul par les jours froids d'octobre, quand les bois et les champs ternissent et les mottes de terre durcissent sous le gel. Il se pencha vers l'ouest, assis sur les marches, pour profiter des derniers rayons du soleil. Les jours raccourcissaient mais la terre calcinée irradiait encore de la chaleur. Verna éventait son cou moite avec un prospectus commercial récupéré dans la boîte aux lettres.

— Tiens, on a de la visite, dit-elle.

Santee interrompit son travail et tendit l'oreille.

— C'est Earl qui revient, s'écria Verna en reconnaissant le bruit de moteur de la Saab avant même qu'elle ne soit en vue.

Il parlait d'un ton légèrement plus mielleux et portait une veste de chasse coûteuse avec une poche en caoutchouc à l'arrière. C'est là qu'il déposerait les oiseaux, leur sang noir suintant dans les coutures.

— C'est ma femme qui m'a offert ça, dit-il en leur montrant le nouvel étui en cuir de son fusil, gravé de ses initiales et d'un dessin représentant trois grouses en plein vol.

— Ecoutez, bafouilla Santee. Je vous ai appris tout ce que je savais et je veux plus de votre argent.

Earl avait de la suite dans les idées. Il voulait un compagnon de chasse avec un chien, comme Santee, sans payer cette fois.

— Après tout, on se connaît bien maintenant. Nous formons une bonne équipe... Nous sommes amis, dit Earl en regardant la peinture fraîche sur les bardeaux.

— Joli travail, ajouta-t-il.

Santee abdiqua à cause de tout l'argent qu'Earl lui avait donné l'année passée. Il serait obligé de cóntinuer à chasser avec lui jusqu'à ce que cet imbécile tue un oiseau ou abandonne de lui-même. La pensée qu'Earl puisse revenir tous les ans jusqu'à la fin de sa vie le rendait malade.

— J'en suis venu à détester la chasse à la perdrix, avoua-t-il à Verna dans la nuit suffocante. Et je déteste aussi ces galets blancs.

Elle savait très bien à quoi il faisait allusion.

Derwin avait entendu Earl se vanter au magasin, des sauces froides à la palourde et une boîte de crackers posées devant lui sur le comptoir. Sa nouvelle veste était ouverte avec décontraction et ses lunettes de chasse jaunes pendaient à l'extérieur de la poche de poitrine, l'une des branches coincée dans la boutonnière.

— Oui, disait-il, ça s'est pas mal passé aujourd'hui. On a assuré. J'ai chassé avec Santee. Vous savez, ce brave type d'un certain âge.

— Il ne savait pas qui j'étais, dit Derwin d'un ton furieux.

Il avait voulu lui lancer une parole assassine, mais il n'avait pas trouvé les mots qu'il fallait avant d'arriver chez Santee et de s'asseoir sur le bord de la véranda.

— Pourquoi tu ne l'as pas envoyé promener, papa ? Arrête au moins de lui donner des oiseaux qu'il prétend ensuite avoir abattu tout seul.

— J'aimerais bien, grommela Santee. Si au moins il réussissait à tuer un oiseau, nous serions quittes. Peut-être aussi qu'il va avoir une autre lubie et qu'il cessera de venir ici ! Mais pour l'instant je me dis que je lui dois quelque chose. Je lui ai pris beaucoup d'argent l'an dernier et tout ce qu'il a réussi à atteindre, c'est un plateau de terre cuite.

— Tu ne lui dois rien, répondit Derwin.

Earl débarqua le matin suivant. Il gara sa Saab à l'ombre et appuya sur le klaxon du pick-up de Santee jusqu'à ce qu'il sorte sur la véranda.

— Où on va aujourd'hui ? demanda Earl.

Ce n'était pas vraiment une question. D'une certaine manière, il avait une longueur d'avance sur Santee.

— On n'a qu'à prendre votre pick-up, puisque la peinture est déjà abîmée. On ira au couvert d'Afrique et puis au Paradis des bouleaux blancs.

Ces noms fantaisistes, c'est Earl qui les avait donnés aux différents endroits où ils chassaient. « Afrique » désignait un champ bordé de longues herbes jaunes qui, d'après Earl, ressemblait au veldt. L'expression « Paradis des bouleaux blanc » commémorait ce jour où Noah avait débusqué six oiseaux en vingt minutes. Santee en avait tué deux, et avait épargné les autres pour les chasseurs à venir, après que Earl eut décapité la cime des bouleaux en tirant dessus. C'étaient des bouleaux argentés, mais Santee n'avait pas pris la peine de le lui dire, ni même de signaler à Earl que cet endroit s'appelait « Le pâturage d'Ayers » depuis des générations.

L'atmosphère était suffocante alors qu'ils grimpaient vers les champs situés en surplomb de la vieille ferme. Le ciel, d'un blanc lisse. Noah traînait derrière, son museau couvert de poussière. Santee, la chemise trempée de sueur, entendait les coups de tonnerre vibrer dans le sol. Après des semaines de chaleur crépitante, l'orage était sur le point d'éclater. Les mouches et les moucherons les piquaient furieusement aux oreilles et sur le cou.

— On va avoir un sacré déluge, dit Santee.

Rien ne bougeait. Il avait l'impression de marcher dans un décor en carton-pâte, de marcher à pas lents dans un paysage pétrifié où aucun oiseau ne volerait jamais et où aucun arbre ne s'effondrerait. Les feuilles pendaient mollement, le sol s'effritait sous leurs pas.

— Avec un temps pareil, les oiseaux vont rester planqués, dit Santee.

— Quoi ? fit Earl, les verres jaunes de ses lunettes brillant comme des yeux d'insectes.

— Je disais qu'un sacré orage va éclater. Regardez là-bas.

Santee pointa le bras vers l'ouest où un dôme sombre veiné d'éclairs obstruait l'horizon.

— Il arrive sur nous aussi vite qu'un incendie. Il est temps de rentrer. Nous essaierons un autre jour.

Il commença à rebrousser chemin sans prêter attention aux remarques d'Earl, qui disait que l'orage était encore loin et les oiseaux tout proches. Une vraie tête de mule, songea Santee avec aigreur.

Alors qu'ils descendaient la colline, glissant sur l'herbe polie par la sécheresse, la lumière plus opaque prit une teinte ocre sale. De petites rafales de vent soulevaient la poussière et les peupliers se mirent à frissonner.

— Vous avez peut-être raison, dit Earl en dépassant Santee. L'orage est proche. Je viens de sentir une goutte.

Santee jeta un coup d'œil par-dessus son épaule et vit un mur de nuages noirs qui enflait dans le ciel. Des bourrasques de vent balayaient la pente et les roulements monotones du tonnerre faisaient trembler la terre. Noah trottinait d'un air craintif, la queue serrée entre les jambes, guettant le regard de Santee.

— On va rentrer, mon vieux, lui dit Santee d'un ton rassurant.

Les premières gouttes tombèrent comme un jet de plomb, martelant leurs vêtements et frappant les arbres avec un bruit mat. Les grains blancs rebondissaient et piquaient la chair. Ils coururent se réfugier dans un bosquet d'épicéas percé d'une allée aussi étroite qu'une piste de bowling. A mi-chemin, une grouse paniquée s'enfuit à tire-d'aile. L'oiseau était à au moins 70 mètres de distance – bien trop loin – lorsque Earl leva son fusil contre sa hanche et tira. A l'instant même où il appuyait sur la détente, la foudre tomba derrière eux. La grouse s'affaissa et partit en rasant le sol ; Earl était persuadé avoir fait mouche. Assourdi par la détonation de son fusil, il n'avait pas entendu la foudre qui frappait.

— Attrape-la ! hurla-t-il à Noah, qui s'était collé contre les jambes de Santee lorsque l'éclair avait fendu l'un des sapins. Dis à ton chien d'aller la chercher ! criait Earl en pointant dans la direction où s'était échappé l'oiseau.

Des trombes d'eau s'abattaient maintenant sur eux dans un grondement sourd. Earl courut se réfugier sous les arbres là où l'oiseau avait disparu, pointant toujours du doigt dans la pluie battante.

— Vas-y ! Vas-y ! Espèce d'idiot, va chercher mon oiseau !

Comme la foudre ne tombe jamais deux fois au même endroit, c'est du moins ce qu'il avait entendu dire, Santee se dirigea vers le sapin fumant. L'éclair avait frappé le foyer de l'arbre qui avait explosé dans un jet de vapeur. Des morceaux de bois blanc jaillissaient de l'écorce déchiquetée. Non loin de ses pieds, à l'endroit même où ils avaient chuté de la canopée épineuse, reposaient trois grouses. Leurs corps fumaient doucement sous la pluie froide et les grains durs de la grêle frappaient les plumes du poitrail tels des battements de cœur irréguliers. Santee ramassa les cadavres et les examina. Il les tourna dans tous les sens en leur mettant la tête en bas. Dès que l'averse s'apaisa, il se couvrit la tête avec sa chemise et courut rejoindre Earl.

— C'est pas la peine de crier après mon chien. Les voilà, vos oiseaux. Vous en avez abattu trois en un seul coup, mister. C'est la première fois que je vois ça. Pas de doute, vous êtes devenu un vrai chasseur, dit-il en hochant la tête.

Les yeux de Earl étaient dissimulés derrière ses lunettes ruisselantes de pluie. Ses joues épaisses étaient mouillées et il faisait claquer ses lèvres en silence.

— J'avais un pressentiment, bafouilla-t-il en saisissant les oiseaux. Je savais que quelque chose allait arriver aujourd'hui. J'imagine que j'étais prêt pour le grand jour.

Il parla sans arrêt en retournant vers le camion de Santee. Et tandis qu'ils roulaient à travers bois, les essuie-glaces cognant contre le pare-brise, l'air moite de l'habitacle imprégné de l'odeur de chien mouillé, il expliqua comment il avait senti la présence des oiseaux, comment son fusil s'était positionné droit sur eux, puis le nuage de plumes dans l'air.

— J'ai tout de suite vu où ils étaient tombés, dit-il.

Santee se dit qu'il devait probablement croire à ce qu'il racontait.

— Mais votre chien, il était vraiment pas à la hauteur…

Santee stoppa net dans la cour juste à côté de la Saab et actionna le frein à main. Des rideaux de pluie inondaient le pare-brise. Santee s'éclaircit la gorge.

— C'est ici que nos chemins se séparent, dit-il. Je suis patient, mais je n'admettrai pas qu'on dise du mal de mon chien.

Earl esquissa un sourire suffisant. Santee était jaloux.

— Comme vous voudrez, dit-il, et il courut sous la pluie battante jusqu'à son véhicule, serrant les grouses dans ses bras.

Santee se réveilla avant l'aube, blotti contre

Verna. Il contempla son souffle qui s'échappait de ses lèvres en une légère vapeur. De l'air glacé pénétrait par la fenêtre entrebâillée. Il se glissa hors du lit pour la fermer et s'aperçut que la tempête avait chassé les nuages. Les étoiles brillaient comme des éclats de mica dans le ciel pâlissant et du givre tapissait les champs et la rangée de galets le long de l'allée. Dans les mares qui jalonnaient la route, l'eau s'était solidifiée en une épaisse couche de glace. Ce serait une journée froide et sans nuages. Il rit intérieurement en retournant vers le lit tout chaud. Il pensait à la tête d'Earl lorsque ce dernier s'apercevrait qu'il plumait trois perdrix déjà cuites.

DANS LA FOSSE

— Blue, lui dit sa mère qui ressemblait à Charles Laughton dans son peignoir à fleurs. Tu veux bien me rendre un petit service ?

Elle fit tomber la cendre de sa cigarette dans le sombrero en céramique posé sur la table de la kitchenette. Des papiers, des magazines, des factures, des offres de développement de pellicules photo en vingt-quatre heures ou de police d'assurance en cas de perte de cartes de crédit, des prospectus et des dossiers s'entassaient pêle-mêle autour elle. Ses cheveux blancs étaient ébouriffés comme un nuage déchiqueté par le vent, et ses yeux avaient la couleur pastel des lapins sur les cartes de vœux. Blue détourna le regard des lourdes manches de chair flasque qui pendaient de ses avant-bras et des volutes de fumée qui s'échappaient de ses narines.

— Bon. C'est quelque part par là, dans ce tas de paperasse, bourré de fautes d'orthographe.

Elle fouilla parmi une pile d'enveloppes.

— Ah, j'ai trouvé. Voici ce qu'a écrit le shérif.

Des vandales sont entrés par effraction dans le chalet. Ils ont jeté des chaises et des meubles par les fenêtres, ont brisé la vaisselle, cassé les vitres. Ils ignorent qui sont les coupables.

La lettre crissa sur le sucre renversé sur la table lorsqu'elle la glissa sous sa tasse de café.

— Il te faudra environ deux heures pour aller là-bas, Blue. Tu constateras par toi-même l'étendue des dégâts. Installe un verrou ou un système de sécurité quelconque. Ce sera pour toi l'occasion de revivre les scènes de ton enfance, dit-elle d'une voix sarcastique tout en rejetant la fumée de sa cigarette. Ces moments heureux que tu as passés dans le grenier pendant que ton père et moi on se criait dessus dans la cuisine.

Il se rappelait le chalet – d'une propreté irréprochable, la cuisine blonde comme un rayon de lune, avec ses casseroles et ses poêles argentées suspendues à des crochets, les volets bleus, les longues spirales entrelacées du tapis tressé – si différent de l'appartement de sa mère où des vêtements criards traînaient sur les chaises, ses chaussures éparpillées ici et là pareilles à des poissons morts.

Elle croisa son regard.

— J'me demande bien comment je faisais à l'époque. La maison était impeccable. Je passais mon temps penchée sur ce satané évier aussi petit qu'une boîte de sardines. Je ne sais vraiment pas comment j'ai pu tenir le coup.

Elle lança quelques enveloppes en l'air et les laissa retomber en désordre autour d'elle.

— Quelle femme excentrique tu fais, maman, lui dit-il.

Blue était venu lui rendre visite pour lui montrer les photos de sa femme Grace et de leur fille adoptive, Bonnie. La piscine, la petite Bonnie et son poney, de même que les beaux cheveux teints et les ongles peints de Grace témoignaient de sa réussite après des années d'échecs professionnels. Blue avait refait sa vie, s'était remis sur pied grâce un stage d'affirmation de soi. Il avait appris à regarder les autres droit dans les yeux, à serrer les mains avec fermeté et à imposer sa volonté. Il avait réussi à perdre huit kilos, tout seul, et habillait sa nouvelle silhouette avec goût. Des cheveux postiches bruns et ondulés donnaient à son visage plein, à la grande bouche de mouton, un air alerte et énergique.

Il ne disposait que de deux semaines en tout et pour tout : pour le voyage, les photos, et rattraper le passé. C'était la première fois qu'il voyait sa mère depuis les funérailles de son père à Las Cruces sept ans auparavant. Elle était arrivée en retard de l'aéroport dans une limousine moka, accompagnée d'un inconnu aux chaussures basses bicolores. Après l'office, elle était allée voir Blue et l'avait serré dans ses bras en soupirant :

— Dieu merci, c'est terminé. Ton père aurait été content.

Elle était remontée dans la limousine et lui avait dit au revoir d'un signe de la main. Grace se tenait près de lui, aussi raide qu'une tringle à rideaux, horriblement vexée de n'avoir pas été présentée à sa belle-mère.

Outre les photographies, Blue avait apporté à sa mère un bouquet de gentianes, de la couleur profonde et émouvante du grand large. Elle les avait disposées dans un bocal avec un cachet d'aspirine pour les ranimer, mais elles n'avaient pas supporté le voyage. Les tiges piquaient mollement du nez, et les pétales éclatants s'étaient enroulés sur eux-mêmes. Mais au moins, il avait pris la peine de les lui apporter.

Cette nuit-là il eut du mal à s'endormir sur le canapé, car les relents de tabac froid d'un cendrier lui donnèrent mal à la tête et les vibrations de l'avion bourdonnaient encore dans son corps. Il y avait par ailleurs des choses qui lui déplaisaient dans l'appartement : une paire de longues bottes noires en caoutchouc rangées dans le placard de l'entrée, des numéros de *Boxing Roundup* sur le dessus de la cuvette des W.-C., une tasse de café où était gravée l'inscription « Play Boy ». Il prit le cendrier et partit dans la cuisine pour le vider. Mais il avait apparemment manqué de discrétion. Elle arriva à pas feutrés, aussi volumineuse qu'un matelas roulé en boule.

— Eh bien, qu'est-ce que tu fabriques ? lança-t-elle de cette voix hargneuse qu'elle réservait autrefois à son père.

Le lendemain matin, dans le miroir, son visage avait retrouvé toute sa fermeté et il prouva sa détermination en préparant le petit déjeuner. Il nettoya la gazinière et essuya les comptoirs de la cuisine tandis qu'elle était dans la salle de bains. Ils mangèrent ensemble sur la table en formica où ondoyaient des rayons de soleil épais comme du miel, les miettes de pain grillé projetant des ombres aussi longues que des crayons.

— Je pourrais aller jusqu'au chalet aujourd'hui, dit-il en souriant les lèvres serrées.

L'idée de le revoir, de partir loin des gentianes fanées et de la tasse de café dans le placard lui sembla bienvenue.

— J'espère que je ne serai plus jamais obligée de retourner là-bas, Blue.

Elle l'observa comme s'il était un voyant qui aurait déjà empoché les honoraires de la consultation.

— Blue, va inspecter les lieux et essaie de voir ce qu'on pourrait en tirer sur le marché. Il y a trois acres de terrain autour.

Il loua un sac de couchage et des raquettes, acheta du papier hygiénique et du kérosène, des allumettes et des boîtes de ragoût de bœuf Dinty Moore.

— Bon sang, lança-t-elle de sa voix mordante, il y a des magasins là-bas. Tu pars pas dans la brousse africaine.

Cependant, pour lui montrer qu'il faisait toujours les choses avec soin, il disposa en premier les objets les plus encombrants dans le coffre de sa voiture.

Quand il emprunta le chemin qui menait au chalet, c'était la fin de l'après-midi et l'ombre s'épanchait des pins comme une eau sombre ; il s'agenouilla dans la neige pour serrer les fixations de ses raquettes et aperçut du coin de l'œil quelque chose qui oscillait et virait sur la route principale. Une haute forme inclinée, une silhouette noire comme en équilibre sur un filin, se pencha dans le tournant et un homme en bicyclette apparut alors, ses genoux montant et descendant avec la régularité des rames d'une barque solitaire.

Tandis que la bicyclette se rapprochait, Blue vit les joues creuses parsemées de poils blancs, les oreilles rouges et tordues comme si on les avait trempées dans l'eau bouillante. Le cycliste grimpait la colline et les roues de son vélo se détachaient contre le ciel tel le mécanisme ingénieux d'une éolienne. De sa main nue, il approcha lentement un sac en papier en direction de sa bouche, puis disparut derrière la butte comme s'il s'enfonçait dans le bitume.

Blue connaissait bien ce genre de vieux bonhomme, pédalant sur une bicyclette d'enfant aux pneus larges, des rubans en plastique délavés accrochés au guidon, le visage cramoisi par l'alcool et l'air cinglant soulevé par les voitures qui passent.

Il fut étonné d'arriver au chalet un quart d'heure plus tard. Quand il était enfant, il lui avait semblé qu'il était situé au cœur de la forêt, dans un lieu isolé que l'on atteignait seulement après un voyage difficile au travers de sombres tunnels boisés. Maintenant, dans la lumière réfractée par la neige, le chalet avait un air abîmé comme s'il avait traversé de rudes épreuves, traîné au bout d'une corde sale. Les seuls arbres qui poussaient là étaient des épicéas et des sapins rachitiques. Tout lui semblait plus petit, plus médiocre.

A l'intérieur, il sentit la triste odeur de clous de girofle écrasés. Il y avait le canapé marron convertible, la cheminée avec un petit tas de suie et un oiseau mort dans le foyer. Quand ils arrivaient au chalet, il y avait toujours un oiseau mort dans la cheminée. Il le jeta dans la neige qui absorbait tous les bruits.

Puis il grimpa l'escalier qui menait au grenier, là où se trouvait son ancienne chambre. Des cadavres de mouches, leurs pattes aussi rigides que des coulures de cire, jonchaient les rebords de fenêtres. La clarté jaune pâle du crépuscule irradiait les vitres poussiéreuses. Son lit d'enfant se trouvait sous la fenêtre située à l'ouest, comme autrefois. C'est dans cet endroit austère qu'il avait connu ses premiers moments de solitude et le caractère inachevé de la pièce s'était accordé avec cette croyance enfantine que, dans la vie, tout est possible. Son haleine s'échappait de sa bouche en bouffées glacées tels les spectres de paroles indicibles et il redescendit.

Une fois dans la cuisine, il déballa ses provisions. Il n'y avait qu'une seule chaise et il se demanda où avaient bien pu passer les autres. Les clous de girofle et les grains de poivre renversés par les vandales éclataient sous ses pas comme la carapace dure des scarabées. Il balaya les débris d'assiettes brisées décorées de boutons de fleurs, la poignée ronde d'une tasse qui reposait tel un monocle de porcelaine sur un trou béant dans le plancher. Lorsque la flamme enveloppa la mèche noircie de la lampe, une lumière jaune se répandit sur les murs comme un sentiment de bien-être et une odeur de poussière calcinée et de métal brûlant flotta dans l'air.

Le matin suivant, il se réveilla dans un silence absolu. Ses cheveux postiches reposaient pareils à une marmotte endormie sur ses vêtements soigneusement pliés. Ses pieds reconnurent le plancher familier de la cuisine tandis que la lumière coulait sur ses mains comme une eau pure et rafraîchissante. Il réchauffa le ragoût directement dans la boîte de conserve et mangea du pain blanc, car il n'y avait ni casseroles, ni poêles, ni grille-pain dans la maison.

Dehors, il examina le chalet, les taches, les fissures, les bardeaux décollés. Il se sentait capable de réparer tout ça. Il reviendrait cet été avec Grace et Bonnie. Bonnie dormirait dans le lit dans le grenier. Il dressa la liste des tâches à accomplir dans le calepin qu'il rangeait toujours dans la poche de sa chemise.

Il y avait une petite falaise derrière le chalet. Il marcha jusqu'au bord du trou et contempla les pieds d'une chaise qui saillaient hors de la neige, une plaque en fonte qui affleurait comme une lune noire montante. Les fourchettes et les couteaux avaient tous disparu tels des serpents argentés se faufilant dans d'étroites crevasses.

Il passa la matinée à déblayer avec un râteau la neige qu'il entassait ensuite dans la fosse, découvrant au passage des plats à tarte, la vieille écuelle du chien mort, une pince à sucre. Les sillons qu'il traçait dans la neige étaient profonds et d'un bleu irréel. Il récupéra également une boîte de lait en conserve rouillée et comme il tapait dessus pour en ôter la neige, deux images lui traversèrent l'esprit comme un couple de bateaux pirates : l'homme sur la bicyclette et M. Fitzroy un pot à lait à la main.

Dans son enfance, son père se rendait chaque soir chez Fitzroy pour chercher du lait tout droit sorti de la cuve ; du liquide frissonnant s'échappait une odeur d'herbe coupée et de pluie. M. Fitzroy confiait à Blue le pot hermétiquement fermé par un capuchon métallique. En refroidissant, le métal se couvrait de minuscules gouttelettes argentées, et sur la surface humide il traçait du doigt son nom évanescent, et dessinait des montagnes, des drapeaux et des têtes triangulaires de chats.

M. Fitzroy se lavait les mains en les passant à toute vitesse sous le jet d'eau brûlant qui jaillissait du robinet de la salle de stockage du lait. Une fois sa journée de travail achevée, il s'asseyait auprès de sa femme sur la véranda et jouait « Lady of Spain » à l'accordéon tandis que Madame Fitzroy taillait des morceaux de bois. Sur le rebord des fenêtres étaient disposés ses animaux sculptés, un chien à la queue retroussée, un personnage au visage inachevé. La nuit, dans la lumière tremblotante, ils semblaient effarouchés par les papillons de nuit qui se cognaient contre le verre de la lampe. Blue et son père écoutaient, assis dans la voiture aux vitres baissées, donnant des tapes sur les moustiques qui résonnaient comme autant d'applaudissements sporadiques.

Blue supposait que la vieille femme était morte et que M. Fitzroy s'était mis à boire.

Il fit une liste : rétablir le courant, appeler Grace à Las Cruces, acheter trois panneaux de verre, du mastic, de la poudre à récurer, des éponges, du savon Murphy's Oil, un nouveau balai, des crochets pour suspendre à nouveau les poêles et les casseroles. Il remarqua le lino désagrégé et craquelé autour de l'évier et rajouta « carreaux, colle, et truelle ». Il avait suffisamment de temps pour faire toutes ces choses.

Sur la route principale, le paysage ingrat se déployait autour lui, une campagne rude et sans attrait aux arbres rigides, avec des blocs de pierre éclatés par le gel et des gorges envahies d'ombre. La route qui menait au centre commercial de Canker déroulait ses méandres et se repliait comme un intestin entre la rivière et les falaises inclinées. A son approche, des corbeaux s'envolaient de petits tas de fourrure et de chair écrasés, et revenaient une fois qu'il était hors de vue. Le ciel glacial était encombré de nuages empilés les uns sur les autres. Il traversa un pont et aperçut une bicyclette appuyée contre le parapet comme un animal fatigué.

M. Fitzroy, vêtu d'une salopette démodée au pantalon large et rustique, se tenait à plus d'un kilomètre de là. Il avait levé la main au son de la voiture de Blue. Blue s'arrêta et ouvrit la portière.

— Bonjour, M. Fitzroy. Vous avez un problème avec votre bicyclette ?

— Non. Mais j'fais toujours du stop à cet endroit. Ça monte trop dur.

Il ne parut pas surpris qu'un étranger l'appelle par son nom. Il ne jeta pas un regard à Blue mais regarda fixement la route en direction du centre commercial comme l'aiguille d'une boussole obstinément tournée vers le nord. Ils roulèrent en silence. Une fois arrivés au centre, Blue dit à Fitzroy :

— Je rentre au chalet dans une heure. Je peux vous ramener. Je laisserai la porte de la voiture ouverte.

Le vieux marmonna :

— Merci.

Et il se dirigea vers l'enseigne pivotante « Harry's Bottle-O-Rama ».

Blue s'absenta pendant plus d'une heure. L'appel au Nouveau-Mexique dura longtemps. Tout le monde avait hâte de le revoir, lui dit Grace, mais elle s'énerva quand il lui conseilla de ne pas envoyer les dessins que Bonnie faisait tout spécialement pour « Grand-mère ».

— Tu sais Grace, ce n'est pas une mamie gâteau.

Il ne lui avoua pas que les photos étaient toujours dans sa valise et que sa mère n'avait pas vu les clichés en couleur de Bonnie dans son petit maillot de bain jaune ou sur son poney pommelé. Il ne mentionna pas non plus la tasse sur l'étagère de sa mère et jugea plus prudent d'évoquer les réparations qu'il avait l'intention d'entreprendre.

— Il est comment ce chalet ?

Elle semblait s'imaginer un endroit rempli de boy-scouts fredonnant en chœur des chansons folks.

— C'est notre ancien chalet, celui où nous passions tous nos étés.

Au son de la voix tendue de Grace, il s'abstint de lui dire qu'ils pourraient très bien eux aussi y aller en été.

— C'est drôle, dit Grace, de faire toute cette route juste pour remettre en état une vieille baraque, et en plus pour une femme qui se fiche comme d'une guigne de son unique petite-fille.

Elle lui passa Bonnie. Blue promit de lui ramener deux cadeaux.

— J'aime bien quand t'es pas là, fit Bonnie, parce qu'on mange du poulet frit tous les soirs.

— Et moi du ragoût Dinty Moore, répondit-il.

La dernière chose qu'il entendit, après que Grace lui eut dit au revoir, ce fut Bonnie qui criait pour avoir de la soupe Dinty.

Il retourna vers la voiture en se frayant un chemin parmi les caddies gelés éparpillés sur le bitume comme du bétail sur la prairie hivernale. Un froid intense régnait et on aurait dit qu'une main invisible avait plaqué le ciel moucheté sur les silhouettes courbées aux manteaux matelassés, traînant des pieds dans leurs bottes en mousse.

— J'pensais que vous reviendriez plus, dit M. Fitzroy.

Ses paroles flottaient sur des volutes de vapeur aux relents d'alcool.

Blue démarra la voiture tout en pensant que s'il craquait une allumette, l'air s'enflammerait. Il était à peine plus de quatre heures, pourtant le crépuscule céda brutalement la place à la nuit avant même que les lumières du centre commercial aient disparu derrière eux.

— J'ai l'impression de connaître votre nom, mais je l'ai oublié, observa M. Fitzroy.

Blue se présenta, lui rappela le pot à lait et l'accordéon et évoqua Mme Fitzroy de cette voix triste qu'il prenait pour parler des malades et des mourants.

— Je me souviens qu'elle sculptait des figurines et des animaux en bois.

— Vous savez rien du tout, dit le vieil homme.

Il saisit une brick de jus d'orange dans le sac posé à ses pieds et en versa un peu dans la bouteille de whisky à moitié vide. Il la secoua délicatement et l'offrit à Blue, puis en but lui-même une bonne rasade.

— Aujourd'hui, je vis dans la salle où on stockait le lait, dit-il. La maison a brûlé il y a quelques années et j'me suis dit que cet endroit ferait l'affaire. Comme je n'avais plus de vaches, j'me levais tard, je regardais la télévision. Je me la suis coulée douce pendant un temps. Et vous savez quoi ? J'en ai eu marre. J'aime pas les gens d'ici. Tous ces nouveaux venus, ces gens de la ville, ils n'arrêtent pas d'aller dans le fossé et après ils veulent que vous les sortiez gratuitement de là avec le tracteur. Y croient sans doute que ça marche avec du jus de prune. Que puisque vous avez un tracteur, vous n'attendez qu'une chose : qu'ils se plantent pour qu'on aille à leur secours.

Il secoua le mélange de jus de fruits et de whisky dans la bouteille jusqu'à ce qu'il mousse et en but une gorgée.

— L'accordéon a brûlé dans l'incendie. Ça m'étonne que vous vous en souveniez. Mais j'aimerais bien que la salle soit plus grande. J'ai un compagnon depuis pas mal de temps maintenant. J'avais vu à la télé qu'ils recherchaient des hébergements pour ces gars qui sortent de prison et n'ont nulle part où aller. Je leur ai écrit une lettre pour leur expliquer que mon logement n'était pas extraordinaire mais que j'étais prêt à le partager.

Il poursuivit d'une voix forte où perçait l'autosatisfaction.

— Vous savez, je ne suis pas comme certains qui jugent les autres sur leur passé. De toute façon, ils laissent le type choisir. J'en ai accueilli quelques-uns. Et maintenant, c'est Gilbert qui habite chez moi. Lui et moi, on s'entend bien.

Il regarda Blue du coin de ses yeux injectés de sang.

— J'en voudrai jamais à quelqu'un pour des bêtises qu'il a pu faire quand il était jeune.

Blue s'arrêta sur le pont où la bicyclette de M. Fitzroy était encore appuyée contre la rambarde. Il la hissa dans le coffre et le maintint fermé avec un tendeur.

— En fait ce que j'ai envie de faire…, lança M. Fitzroy.

Il se mit à agiter doucement la bouteille en faisant tourbillonner le liquide à l'intérieur.

— C'est vendre ce qui me reste et fiche le

camp d'ici. Gilbert et moi, on veut aller vers l'ouest chercher de l'or. Regardez ça.

Il fouilla dans sa poche à la recherche de son porte-monnaie, ouvrit la boîte à gants pour profiter de la lumière d'une minuscule ampoule, et finit par mettre la main sur un bout de papier. Blue y lut les mots suivants : DEVENEZ PROPRIÉTAIRE DANS LE COLORADO POUR 39,50 $ PAR MOIS.

M. Fitzroy se pencha sur le papier et récita d'une voix monocorde ce qu'il avait déjà dû lire une centaine de fois : « Sans acompte, sans intérêt, achetez un terrain au Wild Buffalo Mesa. Partez à l'aventure. Venez dans ce pays aux ciels infinis où les chevaux sauvages courent en liberté. Venez respirer l'air pur. »

— Et les droits pour la consommation d'eau ? s'enquit Blue.

— Qui parle de droits ? Il suffit de creuser un puits profond ou de trouver une source. Ou même de suivre les chevaux sauvages pour voir où ils s'abreuvent. Voilà comment on règle le problème de l'eau là-bas.

— Hum, fit Blue, en pensant au pays pâle et desséché, aux touffes d'herbe qui poussaient ici et là comme les motifs répétitifs d'une tapisserie. Un pays où un terrain sans eau ne valait rien et là-bas, c'était monnaie courante.

De la lumière s'échappait de la pièce où vivait M. Fitzroy. Il entra à l'intérieur en laissant la porte ouverte pendant que Blue sortait la bicyclette du coffre.

— Venez dire salut à mon partenaire, cria le vieil homme.

L'énorme cuve en acier inoxydable avait disparu, remplacée par des meubles disparates, un lit qui sentait l'humidité, et une table aux pieds bulbeux. Sur la table, parmi un fatras de journaux, de canettes de bière et d'assiettes sales, trônait un grille-pain rutilant sur le côté duquel était dessinée une fleur de lys. Il le reconnut immédiatement. C'était l'ancien grille-pain du chalet.

Un jour, il avait essayé de griller un sandwich au fromage dans cet appareil et le pain avait pris feu. Des tourbillons de fumée noire et épaisse s'étaient échappés de l'appareil comme s'il y avait eu des pneus en train de brûler dans la cuisine. Ses parents hurlaient. Sa mère fouettait l'air avec un torchon en criant « Espèce d'idiot ! Quelle idée de mettre un sandwich dans un grille-pain » tandis que son père lui jetait à la figure des mots aussi durs que des mottes de terre. « C'est normal ! Cet enfant n'a jamais vu comment on faisait la cuisine. Tout ce qu'il mange c'est des corn flakes et de la soupe en boîte. » Elle avait balancé le grille-pain de toutes ses forces et son père l'avait rattrapé, brûlant et fumant, des filaments de fromage s'entrelaçant sur le sol. Blue était parti en courant dans le grenier pour pleurer sur son sandwich au fromage comme s'il ne devait plus en manger de sa vie. Les cris avaient continué, puis le canapé marron s'était mis à grincer si fort qu'il avait cru qu'ils étaient en train de le mettre en pièces. Le jour suivant, les mains de son père étaient bandées mais le grille-pain fonctionnait encore et ils avaient continué à s'en servir.

— Voici Gilbert, dit M. Fitzroy.

La lampe était posée derrière l'homme assis et il sembla un instant auréolé d'une couronne de feu, ses lunettes rondes étincelant comme des cercles d'acier. Puis Gilbert oscilla sur sa chaise et jeta un coup d'œil de côté. Ses cheveux châtains crêpés ondulaient en trois grandes vagues rigides au sommet de son crâne. Son visage figé avait la couleur et l'aspect d'un cracker qu'on aurait juste sorti du four, ses yeux ressemblaient à ceux d'une poule, jaunes et ignorants.

Gilbert tendit une main chaude et molle. Il portait des bottes de cow-boy fantaisie aux talons vert clair. C'était probablement la première chose qu'il avait achetée en sortant de prison. Blue savait immédiatement reconnaître les losers dans le genre de Gilbert.

— Pourquoi t'as mis tant de temps ? demanda Gilbert à M. Fitzroy d'une petite voix de crécelle. Je n'ai pas de bicyclette ni de voiture, et je dois rester ici à attendre, pendant que monsieur fait ce qui lui plaît.

M. Fitzroy répondit gentiment.

— Arrête de faire des histoires. Je suis revenu, non ? Qu'est-ce que tu dirais d'une petite bière ?

Gilbert tendit la main en direction de la canette mousseuse. Le vieil homme en offrit une autre à Blue, qui refusa car il devait partir. Il y avait beaucoup de travail à faire au chalet.

Blue referma la porte sur le grille-pain, content de quitter cet endroit étouffant aux stigmates sordides de vie ratée.

Pourtant cette nuit-là, il ne parvint pas à s'endormir. Le vent dans les sapins résonnait comme le souffle asthmatique d'un harmonica. Alors qu'il commençait à sombrer dans le sommeil, il entendit la course précipitée de souris dans le grenier et la pensée du grille-pain lui traversa l'esprit telle une comète étincelante ; il se dit alors qu'il devrait transformer le grenier triste et vide en un petit studio. Puis le grille-pain s'imposa à nouveau à lui. Il imaginait Gilbert jetant les assiettes sur le plancher, excité par tout ce carnage et le vol du grille-pain. C'était le genre de personne qui devait détruire des choses pour le plaisir. Dans le grenier, il pourrait aménager une chambre, un salon et une kitchenette, et des placards. Recouvrir les murs de placoplâtre, les peindre couleur crème, et installer des Velux. Il y aurait un lit en cuivre avec un couvre-lit bleu. Gilbert avait pris le grille-pain parce qu'il brillait, et non pas pour déguster des toasts, pensa Blue, qui se souvint alors de la manière dont il trônait sur la table, de la lumière qui jouait sur ses formes arrondies. Il se dit, juste avant de trouver le sommeil, que cela rappelait probablement à Gilbert les enjoliveurs qu'il chapardait dans sa jeunesse.

Le jour suivant, ses pensées amères à propos du grille-pain passèrent au second plan tandis qu'il installait les panneaux de verre et décapait les sols. Il passa des heures à frotter les casseroles noires et cabossées avec un tampon métallique. Pour finir le métal usé brilla d'un éclat mat semblable aux reflets d'étain d'un étang au crépuscule.

Quelques jours passèrent, la neige fondait au soleil pendant que Blue réparait les escaliers, peignait les volets, et clouait de nouveaux bardeaux sur le toit. Il élagua et tailla les branches basses des arbres autour de la maison.

Pourtant un léger malaise couvait en lui. De temps à autre, les clous étincelants s'enfonçaient profondément dans un nuage de poussière, comme si le bois avait été vermoulu. Les vieux volets desséchés semblaient aussi légers que du carton. Il avait raccordé les bardeaux neufs aux anciens, endommagés et fendus, qu'il faudrait peut-être bientôt remplacer. L'intérieur des branches qu'il avait sciées était noir. Toutefois, quand tout fut terminé, le chalet était transformé et il ne se lassait pas de le contempler.

Quelques jours seulement avant de reprendre l'avion pour rentrer chez lui, il entendit les journalistes répéter à la radio d'une voix monocorde qu'un ouragan balayait la côte avec des vents soufflant en rafales et de fortes précipitations neigeuses. La Caroline du Nord et du Sud étaient prises dans un étau de glace et la tempête faisait déjà rage dans le New Jersey où des trains était immobilisés par des congères. Une excitation intense et joyeuse s'empara de Blue. Cette tempête servirait de test. Elle permettrait d'évaluer la résistance du chalet en cas de danger. Il fit une liste des choses dont il aurait besoin pour attendre la fin du blizzard. « Grille-pain » fut le premier mot qu'il écrivit.

Il sentait la tempête arriver ; une odeur métallique comme du cuivre mouillé flottait dans l'air. La lumière était grise et âpre. Lorsqu'il alluma l'ampoule électrique au-dessus de l'évier, une pâle lueur surgit puis disparut petit à petit comme un filet d'eau sale dans l'évier.

Il courut sur le sentier jusqu'à sa voiture. Il voulait rentrer avant que la neige ne commence à tomber.

Il frappa à la porte de Fitzroy et attendit un long moment avant que ce dernier ne vienne ouvrir. Les yeux du vieil homme étaient aussi rouges que ceux d'un Saint-Bernard, sa bouche pendait mollement. Il portait une longue robe de chambre verte en flanelle.

— Je suis venu chercher le grille-pain, dit Blue.

Sa voix était ferme sans être dure, empreinte de cette force tranquille qu'il avait acquise lors des séminaires de développement personnel. Il essaya de planter son regard dans celui de M. Fitzroy, mais ce dernier avait les yeux fixés au loin, comme s'il avait aperçu un spectre dans les arbres.

— Je n'en parlerai pas au shérif. Je ne lui dirai pas que Gilbert a mis le chalet à sac. A condition bien sûr que je récupère le grille-pain, dit Blue.

Il allait pénétrer à l'intérieur de la pièce lorsque M. Fitzroy posa les mains des deux côtés de la porte pour lui bloquer le passage. Pendant ce temps, il continuait à regarder à l'extérieur comme si ce qu'il devait faire était inscrit dans le ciel. Blue tira sur les bras du vieil homme. Ils étaient aussi noueux et durs que des branches d'aulnes. Il souleva et tordit d'abord un bras puis le second jusqu'à ce que M. Fitzroy lâche prise.

— Gilbert, appela le vieil homme avec la voix nouée de quelqu'un qui fait un cauchemar.

Mais Gilbert dormait comme un loir sous les couvertures du lit qu'il partageait avec M. Fitzroy. Il ne bougea pas non plus quand Blue s'empara du grille-pain et l'emporta dans sa voiture. Les lèvres humides du vieil homme miroitaient dans la lumière.

Au supermarché, Blue acheta toutes les choses qu'il s'interdisait d'habitude : des marshmallows et du chocolat en poudre, des pâtisseries à la crème, des tartelettes aux amandes, une tarte au citron surgelée, du pain, du beurre et un pot de confiture pour les toasts.

Sur le chemin du retour, la neige frappait à petits coups contre la voiture, et en s'épaississant, elle bloqua les essuie-glaces. La voiture dérapait dans les virages et il tremblait lorsqu'il atteignit enfin le chemin qui menait au chalet. La neige crissait sur les aiguilles de pin et crépitait sur les sacs à commission qu'il portait dans ses bras en marchant à pas lourds vers la maison.

Dans la cuisine douillette, il brancha le grille-pain et y inséra des tartines. Puis il ranima le feu et approcha sa chaise du poêle. Le vent et la neige cinglaient les vitres tandis qu'il continuait à faire griller du pain, empilant les toasts sur une assiette. Il sortit les tartelettes aux amandes, prépara un chocolat chaud et déposa la tarte au citron près du four pour la décongeler. Pourtant, il ne s'autorisa à manger que deux tranches de pain sec tandis que des gouttes transparentes comme des larmes se formaient à la surface de la meringue tremblotante et qu'une peau opaque recouvrait le chocolat.

Les heures grises s'assombrirent au fur et à mesure que la neige changeait d'apparence, les énormes tourbillons de flocons agglutinés bientôt remplacés par des rideaux argentés de neige fondue. A la nuit tombée, la pluie ruisselait le long des fenêtres, et des rafales de vent assaillaient la maison de toutes parts. Il crut entendre des gouttes d'eau tomber bruyamment sur le plancher du grenier, comme s'il y avait une fuite dans le toit, mais quand il monta et braqua la torche sur la pièce vide, il ne vit rien, hormis la poussière sèche et des ombres sans mystère. Le chalet était parfaitement sain.

Le lendemain matin, il fit son sac à dos, balaya le plancher et suspendit avec soin le torchon sur la barre. Il empila les sucreries et les gâteaux rassis et encore intacts sur un plat et sortit. Des rayons de soleil s'échappaient au travers d'une déchirure dans l'étoffe nuageuse. La pluie avait chassé la neige à l'exception de congères au pied de la corniche et de châles gris et détrempés sous les arbres.

Il jeta les pâtisseries au bas de la falaise et regarda la tarte au citron tomber et se répandre en traînées troubles et gélatineuses à l'endroit même où le soleil enflammait la neige durcie d'un blanc éblouissant. Les tartelettes aux amandes dégringolèrent de biais comme des crabes et les tranches de pain rassis glissèrent en tournoyant sur elles-mêmes.

Dans la fosse, des barres de lumière se brisaient sur les formes arrondies d'un grille-pain chromé sur lequel étaient gravées des gerbes de blé.

L'appareil était à moitié enseveli sous la neige. C'était leur ancien grille-pain. Il lui sembla aussi brûlant et rutilant que le jour où il avait été jeté à toute volée en travers de la cuisine et il n'arrivait pas à comprendre comment il avait pu le confondre avec un autre.

L'HOMME-TRUITE

Il aura fallu un an avant que les Sauvage et les Rivers fassent enfin connaissance. Sauvage et sa femme vivent dans un mobile home à un kilomètre de distance de la maison des Rivers. Rivers aperçoit régulièrement la femme qui gravit la route au volant de sa Jeep, après avoir consulté sa boîte aux lettres au pied de la montagne. Il a remarqué sa longue tignasse brune comme le pelage d'un animal, emmêlée et hérissée sur sa tête tels de sombres fils électrifiés, son nez en forme de bec, ses lèvres exsangues, ses yeux noirs luisant pareils à des pierres mouillées. Sauvage, le mari invisible, part tôt le matin au travail et rentre tard le soir – un doux ronronnement de camion vaguement entendu une heure avant l'aube ; le retour nocturne, un clignotement rougeoyant de phares entrevu par la fenêtre de la cuisine avant que Sauvage tourne et s'enfonce dans un tunnel d'arbres. Rivers fait souvent un signe de la main à la femme, il aimerait connaître ces voisins campagnards, échanger avec eux quelques potins et peut-être même nouer des contacts plus étroits. Mais elle l'ignore superbement, ses yeux sombres braqués sur l'horizon.

Ce matin de mai, c'est à nouveau le même rituel. Rivers descend la route pour se rendre jusqu'à son magasin The March Brown, et la croise tandis qu'elle remonte la pente après avoir jeté un coup d'œil à sa boîte aux lettres. Comme il lève la main, elle détourne la tête. Il esquisse un drôle de geste, brandissant le poing avec colère comme au temps où l'on ridiculisait le nom de son père, déformé en Riverso pour malchance, revers, débine. Il lisse ses cheveux blancs et épais tout en regardant dans le rétroviseur arrière. Il ne faut pas le prendre pour un vieux gâteux. Détends-toi, reste calme, pense-t-il, et il se met à réciter un vieux poème chinois :

Sur le versant sud, des bandes de corbeaux font leurs [nids,
Sur le versant nord, des gens installent des filets pour [les attraper
Mais lorsque les oiseaux s'envolent dans le vent, inac-[cessibles,
A quoi servent les filets et les pièges ?

Espèce de cinglée, se dit-il, Madame Corbeau la Cinglée vêtue de laine noire, qui vit sur le versant sud de la montagne, évitant les rets des civilités de bon voisinage. A-t-elle remarqué son geste ? Sa femme la traite aussi de cinglée. Les mains de sa femme sont efficaces, avec des ongles pointus aussi lisses que du jade blanc. Elle brode des oiseaux sur du linge. Un musée a publié un livre sur ses créations, avec les listes de fils de soie de couleur utilisés. *Le Butor Américain* – vert pâle, ivoire, gris tourterelle, *tête de Nègre*, fauve, herbe de prairie fanée. Elle se dit spécialiste en travaux d'aiguille et prend la pose près de la fenêtre dans un large fauteuil à dossier droit sans accoudoir, tapissé de brocart. Ses aiguilles sont étalées sur sa table de travail en acajou comme un banc de poissons minuscules. Dans ses doigts, le métal argenté entraîne le fil aussi fin que des cheveux d'enfant ; pourtant une fois achevée, la broderie donne curieusement l'impression d'un travail morne et ennuyeux.

Ce jour-là, elle l'appelle plus tard dans la matinée. Il laisse une mouche bleue en équilibre sur l'étau. Dehors, les branches aux extrémités luisantes craquent comme des fouets dans le vent du sud.

— Cette folle…

Il comprend immédiatement de qui elle veut parler.

— Cette timbrée aux cheveux de rat, elle a débarqué dans la cour et a écrasé le petit pommier. Puis elle a fait demi-tour dans le jardin et est rentrée chez elle.

C'est la première floraison de leur pommier Golden Russet. Des fleurs blanches sont éparpillées ici et là sur la cime de l'arbre comme un nuage flottant d'éphémères. Sa femme lui raconte que les branches cassées au sommet du pommier touchent presque le gazon, et ne sont maintenues au tronc que par des lambeaux d'écorce. Elle peut voir le cœur de l'arbre. Les pneus de la Jeep ont creusé quatre profondes ornières.

— Quel gentil petit couple ! s'écrie-t-elle, sa voix qui vibre durement comme une corde à linge pleine de nœuds. Cette dingue et son mari qui n'est jamais là. J'ai bien vu que tu la reluquais. Nos chers voisins ! Tu ne pouvais pas trouver mieux comme coin pour s'installer. Un pêcheur alcoolique sans le sou et des voisins timbrés, on peut dire que je suis bien entourée.

Elle raccroche le combiné avec violence. Il sait au ton de sa voix que c'est fini. Cela fait longtemps qu'elle en a assez et qu'elle le lui répète, souvent.

A midi, elle le rappelle. La ligne grésille comme si la foudre avait frappé le câble téléphonique. Le moment est venu, pense-t-il. Elle lui apprend qu'elle retourne en ville, avec son matériel de broderie, sa boîte à couture, ses aquarelles de champignons sauvages et ses flacons de vitamines. Il peut garder le reste. Il connaît la chanson, il a déjà entendu ça : comment il l'a éloignée de ses amis citadins pour l'attirer dans un coin perdu où des locaux hostiles et mutiques végètent dans d'énormes mobile homes. Elle énumère ses défauts et ses vices, puis ajoute qu'elle ne rajeunit pas. Il a trouvé ce qu'il cherchait, mais pas elle. De sa voix vibrante, elle s'apitoie sur son pauvre sort. Il est furieux, même si ce qu'elle dit est juste. Lui, il est heureux au magasin, avec ses mouches faites sur mesure, ses cannes à pêche de collection, ses moulinets importés d'Angleterre et ses vieilles gravures de pêche, et aussi ses livres de poésie chinoise. Il aime le confort douillet du magasin en hiver lorsque le poêle projette des vagues de chaleur, l'éclat d'une barbe de plume de paon tombée au sol et aussi les boîtes empilées remplies de crinières d'orignal, d'ailes de dindons sauvages, de peaux de tête de lièvre et de poils de grizzly. The March Brown, la perte inexorable de son capital retraite, la fonte silencieuse de ses économies de même que les poèmes tristes et subtils sur le brouillard automnal, les feuilles emportées par le vent et les rivières, ces poèmes qui étouffent les dernières étincelles de toute ambition personnelle… Il se demande si c'est ça le bonheur ou s'il s'agit plutôt d'une inertie délétère. Qu'elle s'en aille broder ailleurs ses stupides oiseaux ! Après tout, cela revient moins cher de vivre seul.

Il revient chez lui au crépuscule. Sa voiture n'est plus là et la maison a déjà pris un aspect différent, un aspect plat et anguleux. La pelouse est labourée et striée non pas de quatre mais de centaines de profonds sillons. Le pommier écrasé n'est plus qu'un tas rabougri de branches cassées et entremêlées. Est-ce l'adieu de sa femme ou les marques de bienvenue de l'épouse de Sauvage ? Va-t-il trouver derrière la porte Madame Cinglée, agitant sa jupe noire retroussée derrière elle pareille à une femelle corbeau lubrique à la queue palpitante déployée en éventail ? Il remarque le ciel coincé comme une gorge de tourterelle entre les branches d'érable bourgeonnantes. Mais il n'y a personne à l'intérieur de la maison, aucune lettre. Les flacons de vitamines et le Breakfast Tonic du docteur Bonner ont disparu. Le plafond du salon semble plus haut, les pieds du fauteuil plus élégants, et les vitres d'une transparence étincelante retiennent pendant de longues minutes la lumière déclinante du crépuscule. Des phares rougeoyants escaladent la montagne – Sauvage rentre chez lui. Le parfum familier de sa femme imprègne encore la pièce, et pour longtemps encore. Li Bo, pense-t-il.

Malgré son odeur qui demeure
Elle ne sera plus jamais là en chair et en os
Un amour, c'est quelque chose, quelque chose qui tombe
Ou de la rosée blanche humide sur la mousse

Il laisse échapper un bref sanglot, mais il songe à Li Bo et non pas à sa femme. Les phares de Sauvage dévalent maintenant la montagne, torches jaunes brillant dans les bois de feuillus, d'abord vers l'est, puis à l'ouest au gré des virages en épingle à cheveux, et enfin sur la ligne droite qui mène jusqu'à chez lui. Il vient sans doute s'excuser pour les multiples traces creusées dans la pelouse ou peut-être pour lui transmettre un ultime message de la brodeuse disparue.

Sauvage, d'origine québécoise, a un visage long et étroit, une peau de la couleur d'un cirage neutre et un nez fait pour la musicalité nasillarde du *joual*. Autour des yeux, des cernes qui ressemblent à des meurtrissures. Il a vingt ans de moins que Rivers. Il plie et déplie une carte entre ses petits doigts.

— J'ai des problèmes à la maison. Je peux utiliser votre téléphone ?

Il porte cette casquette en laine à carreaux noirs et rouges qu'affectionnent les vieux chasseurs de cerfs, un pantalon de travail en coton marron et des bottes de chasseur garnies de feutre. Il y a une mouche Dark Cahill sale accrochée à son chapeau.

— J'ai besoin d'utiliser votre téléphone, répète-t-il. Quand je suis rentré chez moi, je suis tombé sur ma femme qui mangeait une souris. Elle ne disait rien, elle la mangeait avec la peau et tout…

Il a un haut-le-cœur, mais se reprend aussitôt.

Rivers imagine les lèvres pâles rougies par le sang. Un gravier mouillé tombe du bord de la botte de Sauvage sur le sol avec un bruit léger, presque imperceptible.

— Elle a plongé le téléphone dans l'évier rempli d'eau brûlante. Il faut que j'appelle un docteur. Elle a déjà eu ce genre de crises.

Ses phrases aux intonations montantes ont un rythme chaloupé.

Rivers montre du doigt le téléphone fixé au mur et se retire dans le salon par politesse en refermant la porte derrière lui. Il entend un murmure, un toussotement, puis la porte extérieure de la cuisine qui claque. Les phares rougeoyants remontent la colline.

Plus tard, l'ambulance gravit la montagne à toute allure, comme un feu courant dans les arbres. Rivers s'appuie contre la vitre froide, son haleine embue le verre et voile le reflet de son visage vieilli. Il a commencé à pleuvoir, une ondée de printemps, bienfaisante pour les jeunes pommiers, bienfaisante pour les jeunes truites. L'ambulance redescend, la lumière des phares étincelant sur les mares qui remplissent les ornières de sa pelouse saccagée. Sauvage la suit dans son camion, membre solitaire d'un cortège funèbre.

Rivers sent qu'il vient d'échapper de peu à un désastre, comme la victime d'un tremblement de terre qui s'aperçoit que les maisons qui jouxtent la sienne, intacte, sont ensevelies sous des gravats empanachés de poussière. Il sent qu'une puissante force divine a convoqué les deux femmes qui vivaient sur le versant sud de la montagne. N'était-ce pas à leur tour d'en baver ? Il a eu son lot de malheurs, pense-t-il, il y a des années de ça, lorsqu'il était un ivrogne bégayant dans les cavernes transparentes de bouteilles d'alcool, tellement meurtri par sa vie misérable qu'il lui semblait que les nœuds de son cœur ne pourraient être défaits, pas même avec un poinçon. Il a trouvé une solution pour abolir cette souffrance et ces angoisses ; il apprend par cœur d'anciens poèmes chinois et lance des mouches artificielles dans les cours d'eau. Les parallèles ténus entre sa vision de la vie et celle des érudits barbus et ascétiques de la dynastie Tang, le réconfortent. Comme lui, ils éprouvaient une paix mélancolique à la vue des légères éphémères posées sur la rivière sombre.

Dans son lit, il parcourt le journal. Une femme a rencontré Dieu suite à un accident de voiture : « Ce qui m'est arrivé m'a rendue profondément croyante. » En dessous, une annotation d'une seule ligne mentionne : « Certains prétendent que rêver de colombes est signe de bonheur. » Rivers a entendu sa femme dire la même chose, de manière légèrement différente toutefois. « Les rêves d'oiseaux symbolisent des rayons de soleil. » En réalité qui peut bien rêver de colombes ? Des ornithologistes ? Des politiciens belliqueux qui se réveillent en nage pleins de rancœur, malheureux ? « Mieux vaut rêver de truites » murmure Rivers dans son lit.

Il rêve d'un corbeau. Un corbeau maléfique avec un œil rouge comme celui d'un crapet de roche. Un morceau de chair humaine luit sur son bec arborant la courbure cruelle d'un sécateur. Sur le bord dur comme de l'acier, un éclat de lumière se transforme en une aiguille étincelante et le corbeau lui-même en un oiseau brodé dessiné par les impulsions électriques désordonnées de son cerveau endormi. Il se réveille, le cœur battant, affolé comme une truite emprisonnée dans un filet. La vitre est un rectangle gris contre le mur noir. Il entend le ronflement d'un moteur. C'est Sauvage qui rentre chez lui.

Il pleut encore le lendemain matin quand il se rend au magasin. Les caroubiers noirs sont adossés au ciel pommelé, l'eau chuinte sur la route. Aucun client ne vient de toute la matinée.

L'après-midi, pendant qu'il est en train de lire un récit sur le cuisinier de Yuan Mei – tombé malade suite à des hallucinations qui lui faisaient prendre la lumière du soleil pour de la neige –, Sauvage arrive. Il est plus grand qu'il ne le paraissait dans la cuisine. Il dit qu'il est venu pour remercier Rivers qui l'a laissé utiliser son téléphone la nuit dernière. Il jette un coup d'œil autour de lui. La pluie frappe toujours aux fenêtres, mais à l'intérieur, il fait chaud, la pièce sent les huiles de qualité et les plumes, le bouleau qui se consume, le bambou séché, et l'odeur entêtante de colle. Certaines émanations proviennent de l'étagère des poètes chinois – retour du bateau, eau sous la lune et algues de rivière. Sauvage a l'air calme, aussi calme que Rivers. Il regarde par-delà la fenêtre ruisselante de pluie, tout en réfléchissant à quelque affaire personnelle.

— Vous êtes déjà allé faire un tour dans les marais Yellow Bogs ? demande Sauvage en s'appuyant au comptoir, la jambe droite repliée avec désinvolture.

Aucun d'entre eux n'a envie de parler de brodeuses en fuite ou d'envies démentielles de dévorer des rongeurs.

— Ils se trouvent au nord.

Deux plis stoïques encadrent les commissures de ses lèvres. Il connaît l'endroit grâce aux histoires de son grand-père. Le vieil homme travaillait dans les marécages au nord du pays au début des années vingt. Il coupait des billots et du bois de pulpe. Sauvage n'y est jamais allé par lui-même mais les légendes sur cet endroit n'ont aucun secret pour lui et il pimente son récit d'exclamations typiquement québécoises.

Le Logger Brook, le Yellow Branch et le Black Branch, de même qu'une cinquantaine de rapides et de ruisseaux anonymes, dévalent les pentes abruptes des montagnes au travers d'un fouillis d'arbres, de branches et de zones marécageuses. Cette énorme masse d'eau se déverse ensuite dans les Yellow Bogs où elle se divise en une multitude de mares et de tourbières ; des fontaines d'eau noire sourdent de terre en jets vaporeux comme une rivière coulant en secret le long de galeries souterraines et qui jaillirait soudain à l'air libre.

Sauvage murmure et dessine des lignes invisibles sur le comptoir de ses doigts jaunis. Rivers sent le sol bouger sous ses pieds comme s'il était subitement inondé de sable.

Ouais, dit Sauvage, ce marais Yellow Bogs est un pays maléfique. Les chasseurs d'ours perdent souvent leur chien là-bas. Un jour, un attelage de chevaux a disparu dans une mare sans fond, emportant le conducteur dans la boue noire et nauséabonde. Il y fait froid, car les marais sont enveloppés de brouillards épais et de pluie et la neige d'août attaque les érables. Les branches des épicéas suintent d'humidité à leurs extrémités. Rivers entend la pluie du nord inonder les bois désertés, il l'entend crépiter sur les gros rochers ronds au bord de l'eau.

Sauvage se penche un peu plus en avant, les doigts pianotant sur le comptoir. Il ajoute que dans les rivières froides piquetées par les averses, dans les trous profonds des marais, il y a de belles truites. De très vieilles truites. Géantes. Certaines d'entre elles, dit Sauvage, pèsent parfois plus de 3,6 kg. Rivers voit intérieurement les Yellow Bogs sous la forme d'une gigantesque bouteille noire, et lui, plus petit qu'un grain de poussière, comme aspiré à l'intérieur par un courant de désir invisible.

Sauvage et Rivers rebondissent sur le siège avant du camion. La route forestière signalée sur la carte est retournée à l'état sauvage depuis le dernier levé topographique, il y a des dizaines d'années de ça. Par deux fois, ils doivent désembourber le camion avec, en guise de levier, une branche de peuplier. Sauvage pousse sur le véhicule pendant que Rivers appuie sur l'accélérateur, le camion oscille et des gerbes de boue froide et glacée giclent de dessous les roues. Il y a encore d'épaisses couches de neige dans les fossés plus au nord. La route disparaît soudain avant qu'ils n'atteignent les marais.

— On va devoir continuer à pied ! s'écrie Rivers d'une drôle de voix haut perchée.

Il est tard dans l'après-midi, l'air est frais et âpre après le confort douillet de la cabine du camion. Sauvage transporte le petit canoë comme il porterait une croix.

Rivers marche devant avec un gros sac, cet adversaire qui essaie de le faire chuter à terre. Normalement Sauvage devrait être en tête car c'est son grand-père qui a foulé cette piste soixante ans auparavant. Mais Rivers brûle d'un désir plus fort encore de pénétrer dans les marais. Il a apporté avec lui sa vieille canne à pêche en bambou Garrison. Sa préférée quand il était jeune. C'est un objet plein de souvenirs. Sauvage en a une, achetée à bas prix dans un magasin discount.

Après avoir parcouru environ huit cents mètres, ils font une pause. Sauvage fume une cigarette et Rivers aspire à pleins poumons l'odeur de feuilles en décomposition et de fougères mouillées. Un point brûlant entre ses omoplates : ce sont les bouteilles de whisky soigneusement emballées et enfouies dans son sac. Elles lui procurent le même sentiment de bien-être qu'une bouillotte et il se sent en sécurité en leur compagnie. Pourtant il n'a pas bu depuis six ans et il a jusqu'à présent réussi à se convaincre que l'alcool était une substance corrosive qui lui brûlerait le foie et tous les autres organes. La brodeuse lui avait fait prêter serment. Il se souvient de la bougie à la flamme vacillante, et de lui, nu, à genoux sur le plancher en pin, la main droite levée bien haut, jurant d'un ton farouche qu'il n'avalerait plus une seule goutte d'alcool. Plus de sherry, de rhum ou de bière et encore moins de whisky. La femme vêtue d'une chemise de nuit en satin bleu métallique, à l'ourlet brodé de faucons prêts à fondre sur leur proie, le regarde en souriant de ses dents humides et brillantes.

De la lumière filtre à travers les nuages tandis qu'ils marchent le long de la piste à moitié effacée. L'humidité des marais monte du sol et les moustiques poussent leur plainte monotone. Rivers aperçoit un bras de rivière pâle qui scintille par-delà les arbres et éprouve un agréable sentiment de solitude, l'impression de se tenir au bord d'une falaise. Ils sont arrivés à Yellow Bogs. Le ciel s'éteint en rougeoyant, un pan d'ombre recouvre soudain la surface de l'eau et les algues se teintent d'un noir profond.

Rivers se débat maintenant avec la tente. D'énormes nuages vert-de-gris s'accumulent à l'ouest. Un moustique file à toute allure au-dessus du ciel liquide, tel un bateau ailé, et de ses ailes s'échappe un vrombissement que l'on entend de loin en loin. Les flammes jaunes du feu allumé par Sauvage s'élèvent dans la nuit et Rivers articule « Et si on buvait un coup ? », mais aucun son ne sort de sa bouche. Il se parle à lui-même et il peut encore attendre un peu.

Sauvage s'écrie :

— Demain, attention, à nous les grosses truites ! J'espère que j'ai apporté une poêle suffisamment grande. Hé Rivers, ça te plaît ici ?

— Je me sens comme un poisson dans l'eau, répond Rivers.

— Moi, cet endroit me fout la trouille la nuit, répond Sauvage.

Quelques gouttes de pluie tombent comme des crachats dans le feu. Le silence pèse lourdement. Rivers a une pensée fugitive pour Wang Chi, érudit intempérant qui aimait trop le vin et en est mort. Il y a des façons de mourir pire que celle-là, songe-t-il.

Cette habitude qu'il a de s'immerger dans le passé le met en décalage par rapport à la réalité. Tout est arrivé autrefois : les enfants morts, la maison qui brûle dans la nuit, les ombres des peupliers barrant la route à la fin de l'automne, la maladie prédatrice dévorant les os fragiles, la solitude, le village mis à feu et à sang par des intrus barbus, les gens cruellement torturés, un fêtard ivre fredonnant des bribes de poèmes dans la pénombre, l'odeur d'herbe piétinée, la tasse vide, le lent battement d'aile d'un corbeau à l'agonie. Il se voit comme une éphémère luttant pour la vie, flottant pour un bref instant au-dessus de la rivière du temps. Avant de s'endormir dans la tente qui sent vaguement le renfermé, il touche quelques-unes de ses bouteilles luisant dans la nuit. La pluie se met à tomber et se déplace sur les marais et sur la tente comme une batteuse dans un champ de blé.

Sa montre indique 5 : 20. De petites pointes de buée glacée lui touchent le visage, puis se dissolvent dans la chaleur de son corps. Il sort dans le matin crépusculaire. Des branches de mélèzes se tordent comme des bras amputés dans le brouillard. Le marais est dissimulé derrière des couches de brume opaque et la terre détrempée est sillonnée de cours d'eau et de petits ruisseaux.

Il aperçoit Sauvage à genoux devant une pyramide érigée avec soin de branches mortes d'épicéas, leur cœur sec mis à nu, des rouleaux d'écorce de bouleaux tassés en dessous. Le feu prend immédiatement. Un globe de lumière orange tremble autour de lui dans la brume, son visage allongé encore marqué par le sommeil. Rivers n'est pas d'humeur conciliante ce matin-là. Il n'a pas envie de se mettre près du feu ni de prendre son petit déjeuner. Il veut aller à la recherche des mares secrètes où les truites géantes attendent, frappant doucement l'eau de leurs nageoires.

Mais Sauvage refuse de s'éloigner, il préfère rester pêcher à la lisière des marais.

— Et si on bivouaquait ici jusqu'à ce que le brouillard se lève ? propose-t-il. J'ai déjà vu ce genre de purée de pois s'installer pour toute la journée. On n'y voit rien à plus de 10 mètres.

— Mais on est juste au bord du marais. On n'attrapera rien d'intéressant ici, marmonne Rivers.

Les grosses proies, se dit-il, se cachent en profondeur dans les entrailles sinueuses des marécages, à deux jours de distance peut-être de l'endroit où ils se trouvent.

— Il faut en profiter, ajoute-t-il. Je ne vois pas l'intérêt de faire plus de 300 kilomètres pour attraper des truites minuscules.

Ils pagaient en silence, la tente humide roulée en boule entre eux deux. La rivière étroite s'élargit, puis se resserre à nouveau. Sauvage regarde à gauche puis à droite, par-dessus son épaule. Des épicéas, des bouleaux et des cèdres d'une similitude monotone, surgissent soudain le long des berges, puis s'évanouissent dans la brume.

— C'est truffé d'îles ici, remarque Sauvage.

Puis il ajoute d'un ton lugubre :

— Je parie qu'en moins d'une journée, on est complètement perdus.

— Ne t'inquiète pas, ment Rivers. Je sais exactement par où il faut aller. Il suffit de suivre le courant principal. J'ai apporté une boussole.

Il n'a qu'une seule envie en tête : aller de l'avant, au mépris du danger. Une feuille de saule tombe en tourbillonnant et le bruit assourdi d'un torrent qui dévale dans le marais leur parvient sur leur droite. Ils traînent le canoë par-dessus un barrage de castors fait de brindilles et de branches entassées et solidement imbriquées les unes aux autres. Les canaux tortueux dessinent des méandres et des douzaines de minuscules cours d'eau et ruisseaux gazouillent et clapotent dans le périmètre marécageux et tourbeux. Dans l'eau boueuse et profonde, Rivers croit voir bouger un rondin immergé, mais ce n'est sans doute que l'eau trouble qui frémit ou un gros poisson dérivant pesamment au gré du courant. Les truites sont là. Il sent leur présence. Des nymphes, pense-t-il, peut-être à l'endroit où les rapides se jettent dans le marécage, ou bien peut-être devraient-ils remonter un peu le long de ruisseaux plus importants. Mouches noyées, moucherons noirs, éphémères mouillés, sombrant sous l'eau, perdus dans la boue barattée par la queue des truites ou dans le brouillard épais comme un linceul. Sauvage pagaie avec animosité et Rivers se dit qu'il est encore trop tôt pour ça. Il les guide vers une petite langue de sable sous la branche brisée d'un cèdre.

Rivers éprouve un sentiment de réconfort, bien à l'abri sous les frondaisons. Il monte la tente en guise d'excuse silencieuse à l'attention de Sauvage : c'est lui qui a insisté pour poursuivre la route malgré le mauvais temps.

— On pourrait rester ici quelques jours si la pêche est bonne. Et attendre que le brouillard se lève, propose-t-il. L'eau est suffisamment profonde, de toute façon.

Sauvage construit sans perdre de temps un solide foyer avec une double rangée de pierres.

— Tu crois qu'on est sur une île ?

— Aucune idée. Ce serait idiot d'aller plus loin avec un brouillard pareil. Ça va se lever et en attendant nous n'avons qu'à tester l'eau.

Sauvage inspecte sa boîte à pêche bon marché en plastique tandis que Rivers observe l'étendue d'eau dormante, aplanie et lissée par la brume comme un rouleau de satin par un fer brûlant. Et c'est alors qu'ils l'entendent. Quelque part dans l'eau étale, derrière l'épaisse cape de brouillard, quelque chose de lourd plonge sous la surface liquide, dans un éclaboussement retentissant comme si un monument de granite s'écroulait dans les marais.

— Merde ! C'était quoi ce bruit ? dit Sauvage.

— Une grosse truite, probablement, dit Rivers qui devine leur présence.

— Non, non, répond Sauvage. Ça ne ferait pas un bruit pareil. Ce devait être un castor. Un gros castor mâle nous disant de foutre le camp de son territoire. C'était un claquement de queue, tu vois ?

Un autre plongeon retentit bruyamment. Cette fois, cela ne ressemble pas au claquement sec d'une queue de castor sur l'eau calme, mais plutôt à l'effondrement d'un mur d'eau dans un trou monstrueux. Rivers imagine une truite gigantesque, de la taille d'un étui à fusil, mais le bruit d'éclaboussures est suivi d'un cri et d'une quinte de toux sonore qui s'évanouit dans les roseaux.

— Bon Dieu ! s'exclame Sauvage.

— Qu'est-ce que ça peut faire ? Allons pêcher, dit Rivers.

— On ferait peut-être mieux de rester ensemble, remarque Sauvage.

Rivers comprend soudain que Sauvage a peur de l'inconnu, hanté peut-être par l'attitude incompréhensible de sa femme ou par les histoires de son grand-père canadien français sur les loups-garous, le windigo, les forêts maléfiques, les démons des marais et autres sombres énigmes superstitieuses.

Il regarde l'eau. Elle lui semble étrange. Ce n'est pas le miroir d'onyx parfaitement immobile d'une étendue marécageuse. Elle ressemble plutôt aux flots gonflés d'une rivière endiguée. Le courant principal ondoie légèrement vers l'est. Il l'a senti quand il pagayait ce matin. Devant lui s'étale une mare profonde aux légers remous à l'écart des eaux tumultueuses. Il croit voir bouger des ombres non loin du fond. Sur la rive, les pucerons noirs pullulent. Rivers choisit en hésitant une petite nymphe de moucheron noir n° 22 dans sa boîte. Le brouillard est gris et la lumière parcimonieuse – quelque chose de plus voyant serait peut-être plus approprié. Malgré tout, il fixe l'appât. Sauvage, à quelque vingt mètres de distance au-dessus de lui, pousse un cri. Rivers se retourne et voit son bras plié en un arc familier. La ligne pique du nez et une truite au ventre orangé de la taille d'une jeune perche s'enfonce dans l'eau. Sauvage est habile mais il manque de délicatesse. Il relève brusquement sa canne à pêche, coupant court au délicieux combat.

— Belle prise ! se félicite-t-il, en adressant à Rivers un sourire triomphant.

Rivers réalise que Sauvage aime la compétition. C'est un battant, agressif et poseur, pas quelqu'un à même de comprendre qu'on puisse rechercher la solitude.

River se détourne, se concentre, lance la nymphe, puis regarde la ligne. Va-t-elle s'immobiliser ou frémir en faisant un bond en avant ? Rien ne se passe. Il la remonte par petites secousses, la laisse reposer, puis un petit coup sec, presque imperceptible. Une truite mord à l'hameçon juste sous la surface de l'eau. Elle se débat, la queue à la verticale, se cabre tel un serpent de mer, tortillant son corps musculeux comme un tire-bouchon dans la rivière fluide. Puis en un clin d'œil tout est terminé. Elle s'attaque à l'appât, le détache, et s'enfonce à toute allure dans les profondeurs avec la petite nymphe noire de Rivers. Sauvage, qui le regardait, pousse un hennissement moqueur.

— Ah, on veut jouer au plus malin, lance Rivers au cercle concentrique qui s'élargit sur l'eau. Mais tu vas voir, je vais t'attraper.

A deux heures, Rivers entame sa première bouteille. Il est assis sur une souche, et boit à grandes goulées, tout en observant Sauvage cuire ses truites. Il a embroché les corps épais et mous sur des baguettes de saule écorcées, suspendues au-dessus d'une couronne de morceaux de charbon. Des débris de poisson fumant tombent dans la fine pellicule de cendres. Les truites entortillées en demi-cercle sur leur baguette donnent l'impression de vouloir se mordre le flanc, comme des chiens fourrageant leur pelage en quête de puces. Sauvage détache des gros bouts de chair cuite orangée et fumante de l'arête centrale. Rivers refuse d'en manger.

— Je n'ai rien attrapé pour l'instant. J'attendrai.

— C'est bizarre. Tu n'as rien attrapé ? Je croyais que c'était toi le roi de la pêche. Moi, j'en ai pêché… Combien ? Cinq ou six ? Et des grosses en plus. Hum… Elles sont drôlement bonnes. Qu'est-ce que tu utilises ?

— Des mouches sèches, ment Rivers.

— Ecoute, tu devrais prendre des mouches noyées ou des nymphes de ce genre. Ici, c'est pas mal d'utiliser de vrais leurres de petite taille. C'est avec ça que j'ai ferré toutes ces truites.

Il tend la main d'un geste paternaliste en direction de Rivers.

— Où as-tu acheté ça ? demande Rivers, qui est certain d'avoir reconnu la grosse tête et les ailes de guingois de la nymphe n° 22 qu'il a perdue quelques heures auparavant.

— Ça fait longtemps que je l'ai, répond Sauvage en mangeant un bout de truite comme si c'était une tranche de melon.

En une heure, Rivers a bu la moitié de la bouteille et il s'enfonce dans les bois à la recherche d'un coin tranquille. Il a l'impression de marcher sur un matelas d'herbe épaisse, mais le sol n'est recouvert que d'aiguilles d'épicéas et de touffes éparses de fougères fanées. C'est le whisky qui rend la terre si souple sous ses pas. Alors que les arbres semblent se déplacer sournoisement autour de lui, il avance d'un pas décidé à travers les monticules spongieux et les branches mouillées qui le frappent au passage, jusqu'à ce qu'il se retrouve à nouveau au bord de l'eau avec au-dessus des châles opaques d'un gris laineux. C'est un endroit solitaire à l'odeur âcre de matières en décomposition. Il est maintenant loin de Sauvage, avec sa bouteille pour seul compagnon.

Ses cuissardes et son chapeau sont restés dans la tente. Il se déshabille et ne garde que ses bottes. Puis il s'avance dans l'eau pour échapper aux aulnes noueux et les Yellow Bogs l'enveloppent comme un drap glacé. Il a noué sa chemise autour de sa tête pour se protéger des pucerons noirs. Pendant plusieurs heures d'affilée, il effectue une superbe série de lancers, expérimentant toutes les techniques de son répertoire et les différentes mouches rangées dans sa boîte en cuir marquée à ses initiales, car l'eau est changeante. Elle se métamorphose constamment sous ses yeux : mares transparentes et lisses, cascades mousseuses, courants rapides et sinueux, rubans jaunes de soie froissée sur les bancs de sable, trous profonds d'eau dormante couleur d'onyx sous les voûtes opaques des branches d'aulnes, flux crayeux aux reflets laiteux vert absinthe, miroir lunaire d'une mare de castors hérissé de souches. Les truites aux silhouettes ondoyantes le narguent. Il aperçoit un éclair argenté tapi dans le gravier, de grosses masses marron qui flottent immobiles comme des cadavres au-dessus de leur ombre, des truites arc-en-ciel friandes de nymphes dont les dos arrondis bossellent la mare, des gobeuses qui percent de trous minuscules le film fragile de la surface de l'eau, d'autres encore qui jaillissent pour saisir l'appât au vol comme des chats bondissant après des moineaux. Il n'attrape rien, pauvre fou aux cheveux blancs, tremblant de froid avec son bras fatigué et sa bouteille de whisky. Il se rhabille et retourne péniblement dans le crachin du soir vers Sauvage et la tente humide.

Sauvage a allumé un grand feu. Il est assis au milieu du cercle de lumière et il scrute les ombres rampantes sous les sombres épicéas.

— Mais où étais-tu donc passé ? Ça fait des heures que je t'attends. J'ai cru que tu étais tombé dans les marais et que tu t'étais noyé.

Sauvage déroule avec ostentation une sorte de gros cigare argenté en aluminium, découvrant deux grosses truites de ruisseau déjà cuites.

A la vue de l'une d'elles, de plus d'un mètre de long, Rivers sent son cœur se serrer. C'est lui, et non pas Sauvage, qui aurait dû la pêcher. Il va dans sa tente pour y prendre une seconde bouteille.

— Je n'ai pas faim. Tu n'as qu'à dîner seul, dit-il.

Sauvage fait la moue comme une jeune mariée délaissée tandis que la pluie dégouline sur la truite brûlante, diluant les jus. Sauvage se met à manger d'un air morose. A chaque bouchée, il jette un regard en direction de Rivers assis sur une souche, la pluie ruisselant de dessous sa bouteille levée vers son visage.

— Il y a quelqu'un d'autre dans les marais, dit soudain Sauvage. Je l'ai vu.

— Ah ouais ? C'est qui ? Un garde-pêche ?

— Non. Je ne crois pas. On dirait qu'il est timbré, que c'est un pêcheur fou. Il sévit là-bas de l'autre côté du canal. D'abord, j'ai vu une forme, une forme humaine, qui n'arrêtait pas de faire des lancers. Puis le brouillard s'est levé et j'ai alors vu le type distinctement. Il était à poil, au beau milieu de l'eau glacée qui lui arrivait aux genoux, sans cuissardes, sans veste ; le haut de sa tête était enroulé dans une sorte de tissu, et j'ai pas pu observer son visage. Lancers roulés, lancers en S, lancers arbalètes et double traction – tout y est passé, comme s'il participait à un concours. Je lui ai crié « Ça mord ? » mais il n'a pas répondu. Puis le brouillard s'est à nouveau épaissi et j'ai soudain eu l'impression que le type s'enfonçait dans l'eau profonde. On aurait dit qu'il allait tout droit sous l'eau.

— Sauvage, on est vraiment dans un sale pétrin, répond Rivers derrière sa bouteille. En fait tu viens de voir l'Homme-Truite, l'Homme-Truite des Yellow Bogs.

— Arrête, Rivers. On ne plaisante pas avec ce genre de trucs.

— Ce n'est pas une blague, Sauvage. C'est bien ça que tu as vu. Le corps d'un homme et la tête d'une truite. Sa tête était cachée pour dissimuler ses gros yeux plats, son menton fuyant et ses affreuses dents. Ne t'inquiète pas, il ne t'embêtera pas si tu ne tues pas ses femmes. Tu n'as pas pêché de truites femelles au moins ?

Le menton maculé de graisse de Sauvage luit à la lueur du feu.

— Je crois que tu as trop bu, Rivers, dit-il.

Rivers éclate d'un rire théâtral. Il sent que ses mots s'échappent aussi précis que des flocons de neige, aussi lumineux que des rayons de soleil.

— Tu te rappelles cet énorme bruit que nous avons entendu ? Tu disais que c'était un castor ? Mais non, c'était l'Homme-Truite. Heureusement moi, j'ai laissé ses amies tranquilles. Qu'est-ce que tu lui as dit déjà ? « Ça mord ? » ! Eh ben, il va salement t'en vouloir. Au fait Sauvage, si nos épouses se sont enfuies, c'est parce que l'Homme-Truite est passé par chez nous quand on était au travail. Elles ont aperçu son visage par la fenêtre et elles ont eu tellement la frousse qu'elles ont pris leurs jambes à leur cou. Eh oui, c'est pour ça que les femmes ne font pas long feu dans le pays.

— Ça suffit, Rivers. On est venus ici pour pêcher, pour oublier tous nos emmerdements. Et toi, tu pars dans ton coin, tu te saoules la gueule et tu te mets à raconter des histoires à dormir debout. Je crois qu'il vaut mieux qu'on rentre demain matin.

— T'as la trouille, mon vieux, dit Rivers en découvrant ses dents et en clignant des yeux.

Sauvage, vexé, rampe jusqu'à sa tente. Rivers reste près du feu, et souffle dans le goulot de sa bouteille. Ça fait un drôle de son, comme si on avait enfermé un coyote dans un tonneau de cidre. Peu de temps après, il remarque une petite chose qui court vers les morceaux de poisson que Sauvage a laissés tomber sur le sol. Il traque la souris avec la bouteille, le pouce enfoncé dans le goulot pour empêcher le whisky de s'écouler, et l'écrase avec une dextérité inattendue. Il la pose ensuite au centre de la poêle à frire de Sauvage. La souris reste collée dans la graisse figée et il retourne s'asseoir sur sa souche.

Quand il reprend connaissance, il est allongé près de la souche sous la pluie qui transperce ses habits. Son corps est parcouru de frissons, ses dents claquent. Il se sent tout courbaturé et frigorifié. Le feu n'est plus qu'un cercle noir de cendres boueuses à l'odeur âcre tandis qu'il se dirige à quatre pattes vers sa tente. Il espère qu'il ne va pas vomir dans son sac de couchage. Cela lui fait mal de respirer, de bouger, de vivre. Juste à côté de la souche son genou se pose sur quelque chose qui ressemble à une fine brindille. Un petit craquement sec et il comprend immédiatement de quoi il s'agit. Cela fait plus de vingt ans qu'il craint d'entendre ça. C'est un son aussi perçant que celui d'une aiguille à broder qu'on lui aurait enfoncée dans le tympan. Il vient de briser sa canne à pêche Garrison en bambou. Il la saisit dans l'obscurité, la partie supérieure pendant, inutile, comme les branches cassées de son pommier. Il a l'impression que l'âme de la Garrison s'écoule, pareille à une coulure de cire de la section hexagonale écrasée. Son pommier est mort, sa pelouse saccagée, sa femme disparue, sa canne à pêche inutilisable et il n'a attrapé et n'attrapera plus aucun poisson maintenant. Il se persuade pourtant que ces déboires sont temporaires comme des lentilles d'eau sur une mare. Lui au moins, il n'a pas de souris dans son assiette.

A l'intérieur de la tente, il allume une chandelle et sort sa dernière bouteille de whisky enveloppée dans la chemise de nuit en satin bleu de sa femme. Dans le verre incurvé qui brille dans la nuit, il aperçoit son reflet : le menton fuyant, le nez pâle épaté, les yeux vacants et comme rouillés de l'Homme-Truite.

FLÈCHES ÉLECTRIQUES

Études [illegible]

— Franchement, dit Pépa enveloppée dans sa veste bleu aux boutons [illegible]
[illegible]
[illegible]
[illegible]
[illegible]

[illegible]
[illegible]
[illegible] des [illegible]
[illegible]
[illegible]
[illegible]
[illegible]

[illegible]
[illegible] les [illegible]
[illegible] la maison en [illegible] d'un [illegible] carré de
[illegible] éclat [illegible] les ombres
de [illegible] comme des regards [illegible]

1

— Franchement, dit Reba enveloppée dans son sweater bleu aux boutons métalliques.

Elle porte à nouveau son jogging gris. Elle me regarde, la tête renversée en arrière sur son long cou en forme de colonne, ses lèvres peintes, étroites comme un fil rouge.

— Je vois vraiment pas pourquoi quelqu'un de sain d'esprit voudrait aller au bar The Chicken pour écluser des bières et regarder des gros lards se taper dessus jusqu'à minuit, continue-t-elle.

Je me dis, tout simplement pour ne pas être obligé de traîner dans la cuisine à regarder de vieilles photos.

Ma tante saisit un cliché aussi épais qu'un couvercle. J'aperçois des laiterons agités par le vent, la maison au milieu d'un maigre carré de pelouse, l'éclat dur des têtes de clou, les ombres des bardeaux comme des règles noires.

Un cheveu terne et bouclé traîne sur la manche du sweater de Reba.

— J'en revenais pas. J'ouvre la porte du bar et voilà que je tombe sur toi, dit-elle.

Le doigt de ma tante court sur le bord de la photo, sur les grands érables, sur une femme accompagnée de deux enfants, debout près d'une route blanche. Ma tante sent l'eau de Cologne citronnée et les habits portés depuis deux jours pour économiser la lessive. Les visages sur la photo ressemblent à des assiettes rondes au-dessus des épaules sombres, les sourires à des frondes de fougères. La femme tient dans ses bras un bébé flou, pour l'éternité semble-t-il. L'autre enfant ne sourit pas, petit et trapu, une mèche de cheveux noirs en travers du front. Il est mort du choléra quelques semaines plus tard.

Ma tante montre le bébé et dit :

— C'est ton père.

Sa vague silhouette est filtrée par les lointains rayons de soleil. Elle serre les paumes de ses vieilles mains calleuses.

— Je suis vraiment content de m'être trouvé là, Reba, quand tu as débarqué pour que quelqu'un t'aide à changer ton pneu crevé, je lui dis.

— Ça c'était bien envoyé, murmure-t-elle comme si elle m'accordait quelque chose dont j'aurais eu envie depuis longtemps.

Nous sommes installés à la table de la cuisine, à l'intérieur de la maison où a été prise la photo. Nous attendons que la tarte refroidisse. L'appareil photo appartenait à Leonard Pritlle, l'ouvrier qui vivait ici autrefois. Nous n'avons plus d'ouvrier aujourd'hui, ni de ferme. Il ne nous reste plus que la maison. Reba encourage ma tante à montrer d'autres photos. Et les Moon-Azure. Hé, ces maudits Moon-Azure qui croient que le passé leur appartient. Je demande à Reba :

— Tu veux que je batte la crème pour la mettre sur la tarte ?

Je vais parfois au bar The Chicken.

Les érables sur la photo ont tous disparu, coupés pour élargir la route. Ma tante est assise à la place du conducteur d'un camion Reo, les cheveux coupés au carré. Ses mains souples repliées sur le volant. Ils ont agrandi la route, mais n'ont pas pensé à supprimer les virages.

Tante prend une autre photo, puis une autre, elle ne peut plus s'arrêter. Elle les tient devant elle, ses doigts aux grosses articulations précis et méticuleux, sa petite tête Clew penchée sur le côté et ses pâles yeux Clew errant sur les images de costumes noirs et de manches ruchées, d'enfants défunts, de chevaux aux crinières nattées, un sombre nuage d'orage au-dessus de la grange. Elle dit :

— Leonard Pritlle aurait pu être un grand photographe, si on lui avait donné sa chance.

Reba découpe la tarte en triangles cramoisis et suintants. A l'époque où elle travaillait, elle organisait des réunions culinaires pour montrer aux fermières comment profiter au mieux de leurs réfrigérateurs et de leurs mixers. Maintenant, il n'y a plus que le micro-ondes et les paysannes vivent dans des appartements à Concorde.

Je fais semblant de regarder la photographie. Les girouettes pointent vers l'est. Il y a des clôtures, des ormes, un coq dans les mauvaises herbes. Hé, j'ai déjà vu ce coq une centaine de fois.

Le temps a détruit les clôtures ; il faut entendre le chasse-neige quand il projette des gerbes de neige boueuse contre les bardeaux ! On dirait qu'il va débarquer dans la cuisine. Les descendants des familles Pugley, Clew et Cuckhorn vivent dans ces maisons délabrées. Reba était une Cuckhorn.

— Toutes ces fermes vont à vau-l'eau, dit ma tante.

Elle pousse un soupir et découpe le bout pointu de son morceau de tarte avec sa fourchette.

On sait que des fils batailleurs vendent des morceaux de terrain à des professeurs de Boston, ces gens qui croient que la vie à la campagne vous rend meilleur. Lorsqu'ils s'aperçoivent qu'ils se sont trompés, ils revendent leur propriété, pleins de hargne, à des millionnaires vénézuéliens, des ingénieurs de Raytheon, des trafiquants de cocaïne et des promoteurs sans scrupules.

Reba maugrée :

— Plus on croit en quelque chose, plus on l'a mauvaise quand on est déçu.

J'imagine qu'elle veut parler de moi.

Ma tante et moi, nous possédons encore quelques acres de la propriété – la maison de l'ouvrier, où nous vivons, et la grange. L'inscription *Atlantic Ocean Farm* est peinte sur la porte de la grange car mon père, quand il était jeune, et qu'il débordait d'imagination et d'espoir, pensait avoir vu du haut d'une butte un ruban de mer qui scintillait au loin à l'est, dans une faille creusée entre les montagnes.

Reba enveloppe d'un film de plastique le reste de tarte et augmente le volume de la télévision. Je vais marcher dans l'allée avant que la nuit tombe. À travers la fenêtre de la grange, j'aperçois des boîtes en carton d'appareils ménagers vides, empilées les unes sur les autres depuis des années, molles et sans forme à cause de l'humidité.

Rien n'a changé dans la grange. Un bout de ficelle plein de nœuds et recouvert de poussière duveteuse est resté suspendu entre une poutre et le haut de l'échelle. Le squelette en bois d'un cerf-volant, croix fragile, pend toujours là-haut. Je pourrais le détacher.

Le ronflement sonore d'une voiture se fait entendre dans l'allée. Il ne fait pas suffisamment sombre pour les feux de route, seuls les feux antibrouillard, très écartés, jaunes, sont allumés. Les Moon-Azure. Ils ne m'ont pas vu près de la grange. Madame Moon-Azure ouvre sa portière et pose sur le sol des jambes aussi droites que des tiges de céleri.

Je rentre dans la maison, et laisse entrer le chat au passage. Moon-Azure dit : « Belle soirée, Mason. »

Ses lunettes scintillent comme les feux antibrouillard.

— Je voulais savoir si vous pourriez me donner un coup de main. Le vieux saule s'est effondré et il faudrait le dégager avec un tracteur.

Un coup de main ? Cela ressemble plus à une demi-journée de travail.

En jetant un coup d'œil par la fenêtre, j'aperçois le mobile home de Yogetsky avec les raquettes suspendues en croix au-dessus de la porte, l'antenne parabolique noire devant la fenêtre panoramique. Yogetsky est un vieux célibataire. Sa cuisine, loufoque et bien astiquée, est remplie de boîtes de conserve vides, de sacs de plastique pliés, de magazines empilés en pyramides de quatre couleurs différentes. Il met de la levure de pain à monter sur son poste de télévision.

De l'autre côté de la route, en face de son mobile home, se trouve la maison des Beaubien. Le camion du fils aîné, qui sert à transporter du bois et qui est plus grand que la maison, est garé dans l'allée. Un camion noir avec le mot *Scorpion* écrit en jolies lettres rondes. Pas de trace des Beaubien, peut-être qu'ils sont derrière le camion ou peut-être dans la maison en train de manger des haricots dans une boîte de conserve, avec une seule fourchette qui passe de main en main. Ils mangent vite, de peur de perdre du temps qui pourrait être consacré au travail. Sardines King Olaf, rouleaux de gelée à la spirale écarlate visible au travers de l'emballage plastique, soupe aux pois Habitant.

Yogetsky est arrivé du Massachusetts il y a environ dix ans. Il a deux boulots, l'un pour vivre, l'autre pour payer ses taxes foncières, dit-il. Son nez épais est saillant comme un bouchon. « Ce mobile home, ce terrain, dit-il en désignant du doigt la minuscule parcelle de gazon ras, c'est un investissement. Vu tous les gens qui rappliquent ici, ça vaudra une petite fortune, dans un an ou deux. »

Il possède deux acres de pâturage qui appartenaient autrefois à Pugley.

Yogetsky aime lire. Il achète *USA Today* et d'autres magazines du même genre où l'on parle de dentistes devenus trappeurs. Son jardin est clôturé avec du fil barbelé pour enclos à moutons. Les couvercles de boîtes de conserve qui y sont suspendus tintent dans le vent. Il a aussi planté un drapeau.

2

On cultivait des pommes, des Baldwin, des Tolman Sweet, des Duchess, des Snow Apple, des Russet et des Sheep's Nose. Les grosses fermes faisaient pousser des McIntosh et des Delicious. J'étais un gamin nerveux et maladif, mais je devais malgré tout aider mon père à tendre du fil barbelé autour du verger et dans les bois. C'était un travail fait à la va-vite et sans soin. Les cerfs rappliquaient à la fin du mois de juin, les jeunes cerfs, et ils dévoraient les feuilles tendres, encore froissées et repliées sur les plants Baldwin. Personne ne savait ce qui clochait chez moi. Il est trop nerveux, disait ma tante. Il grandit trop vite. Les pommiers Baldwin, déchiquetés et dénudés, poussaient de guingois.

Les pommes McIntosh nous ruinèrent. Mon père nous ruina.

Il nous disait : « Les enfants, c'est dur de gagner de l'argent avec du sucre. Mais les pommes Baldwin, c'est une affaire rentable. » Il coupa tous les érables pour vendre le bois, et acheta cinq cents jeunes plants Baldwin. Notre pomme Baldwin était d'un marron trouble et terne. C'était une variété aux tendres rhizomes, plutôt fragile.

Les gens, ce qu'ils voulaient, c'était une pomme rouge et brillante. Nos fruits ont fini dans des usines à jus. Maintenant, c'est le contraire. Toutes ces anciennes variétés que nous n'arrivions pas à écouler, Black Twig, Pinkham Pie, aujourd'hui on les vend à prix d'or.

Une fois que les érables sont coupés, c'est pour cinquante ans ou pour toujours.

Mon père vendit aussi des parcelles de son bois. Puis de son pré. Un morceau par-ci, un morceau par-là. Aucun des pommiers Baldwin ne survécut à l'hiver rigoureux d'avant-guerre.

Ma tante coupe avec ses dents le bout d'un fil emmêlé au lieu d'utiliser les ciseaux.

Papa était capable de construire un beau mur, mais il se mettait toujours à faire autre chose avant même d'avoir terminé. Il préférait installer du fil barbelé. Pourtant, il était habile pour tailler la pierre, manier le burin, seule lui manquait cette concentration obstinée nécessaire à ce genre de travail. C'était un écervelé. Son excitation, son enthousiasme facile faisaient dire à ma tante, qu'il n'était qu'un imbécile. Je n'ai jamais entendu quelqu'un rire comme lui ; il se mettait à hoqueter et à haleter comme s'il manquait d'air. C'est son frère, mort si jeune, qui était intelligent pour deux, disait ma tante.

Il laissa la ferme couler comme de l'eau entre ses doigts, jusqu'à ce qu'il ne nous reste plus dans les mains qu'une moiteur anxieuse. Son ami Diamond s'en prenait à moi, puis à Bootie, ma sœur, glissait ses pattes sales entres nos jambes et posait ses lèvres tachées de tabac sur nos nuques étroites.

— Y pense pas à mal, disait papa, arrêtez de pleurnicher.

Un jour Papa nous annonce : « Le fermier a des problèmes. »

Vous savez où se trouvent le terrain de golf, les appartements Meadowlark, ces prairies qui descendent en pente douce le long de la rivière ? Il a vendu ce terrain vingt dollars l'acre. Il l'a carrément donné, même à l'époque où ça allait si mal. Lorsque j'en avais parlé à Yogetsky, il s'était mis à gémir, à se taper le front avec le plat de la main en jurant : « Nom de Dieu. »

En fait, nous avions tous des problèmes. Il n'y avait pas d'argent pour essayer de trouver ce qui clochait chez moi, hé, on me donnait juste toutes sortes de cochonneries faites maison. Des carottes bouillies que Bootie et moi nous emportions à l'école pour le déjeuner ; les sabots de la vache faisaient un énorme bruit de succion quand nous traversions les marais et ce son me donnait le sentiment que je n'avais aucune chance de m'en sortir. On finit par s'y habituer.

Le nom magnifique donné à la ferme, les centaines d'arbres stériles dans le verger, les énormes rouleaux de fil barbelé installé dans les bois, tout cela n'avait servi à rien.

3

Qu'est-ce que je pourrais vous raconter sur les Moon-Azure ?

Monsieur et Madame Moon-Azure sont propriétaires de l'ancienne demeure familiale des Clew, aux encadrements de porte de guingois et aux escaliers usés. Le docteur Moon-Azure et sa femme de Basiltower, dans le Maryland. Je suis né dans cette maison.

Les Moon-Azure débarquent en juin et repartent en août. Ils enlèvent au grattoir neuf couches de peinture sur les panneaux de bois du petit salon et nous montrent toutes les améliorations qu'ils ont apportées. Ils évacuent les tas d'ordures et font venir une pelle rétrocaveuse pour élargir l'allée. Ils emploient quelqu'un pour poncer les parquets. Ils achètent un cheval. Les mains du docteur Moon-Azure deviennent calleuses lorsqu'il travaille sur le mur de pierre. Il les tend devant lui et dit d'un air admiratif : « Regardez ces mains ! » Ses vêtements dégagent une drôle d'odeur, l'odeur brune et familière de la vieille maison. Son mur se déforme dès les premières vagues de froid.

Les Moon-Azure ont des invités le week-end. On voit les voitures passer, des Mercedes et des Saab avec des plaques d'immatriculation d'autres Etats. Quand le vent souffle de notre côté, on entend leurs voix monotones qui se cognent les unes aux autres comme des bâtons de bois, *tot, tot-tot, tot*. Leur cheval s'échappe et se fait écraser sur la route.

Personne ne sait quel genre de docteur il est. Ils vont le voir lorsqu'une femme du Massachusetts tombe dans la carrière de cailloux en faisant marche arrière. Quelqu'un va chez Moon-Azure et lui demande de venir, mais il refuse. « Je ne pratique plus », dit-il. « Appelez l'ambulance. » Il leur propose d'utiliser son téléphone.

Les Moon-Azure marchent beaucoup. Lorsque vous allez quelque part en voiture, vous êtes sûrs de les rencontrer, trébuchant dans les épilobes, les mains pleines de branches desséchées.

D'après Tolman, le garagiste, Moon Azure est un psychiatre en semi-retraite, mais ma tante pense que c'est un chirurgien cardiologue qui a perdu son sang-froid au beau milieu d'une opération. Il a de belles dents.

Moon-Azure dit : « Je ne m'habituerai jamais à la manière dont les gens d'ici laissent tomber en ruine ces vieilles maisons pleines de charme. »

Il a déniché la pile de tuiles cassées provenant de l'ancien toit. La maison a un toit en tôle depuis 1925 environ.

Madame Moon-Azure, elle, pose toujours des questions. Où est l'ouest ? C'est quand la saison des mûres ? Oh, les lampes à kérosène marchent au kérosène ? Elle pensait que c'était avec de l'essence. J'aimerais bien voir ça. En hiver, quand ils sont en Floride, les porcs-épics rentrent dans la maison, et laissent des cartes de visite sur le plancher. « Regardez, dit-elle, des lapins sont passés par là. » Elle note tout. « C'est pour mon livre sur la vie à la campagne », dit-elle en riant.

Pour plaisanter, elle dit « sirop d'orable ».

— Ça avance la moisson ? demande Moon-Azure.

Ils arrivent un samedi matin en souriant et demandent à Reba si elle peut nettoyer la maison. Mais elle répond « Non ». On entend une tasse de thé heurter durement la soucoupe.

Ils vont voir Marie Beaubien. Ils la paient plus pour essuyer leurs tables et faire leurs lits qu'un type qui travaille avec une tronçonneuse.

— Et les foins ? Tout se passe bien, Lucien ? demande Moon-Azure.

— Ça va, répond Beaubien.

On aurait bien eu besoin de cet argent.

Marie Beaubien nous raconte. « Il y a des téléphones blancs dans chaque chambre et une salle de bains avec des carreaux bleu pâle avec des orchidées peintes dessus. Ils ont des casseroles en cuivre qui coûtent cent dollars pièce et ils en ont plein. Il y a de vieux paniers suspendus aux murs, et des tapis partout. »

Je n'aime pas ce genre-là.

J'ai des goûts plus simples.

Par exemple, j'aime bien les planchers nus sans rien dessus.

Dès le départ, les Moon-Azure se sont passionnés pour tous les anciens documents et les cartes concernant la ferme. Ils s'intéressent à la généalogie des Clew comme s'ils avaient acheté nos ancêtres en même temps que les terres. Les Clew étaient des fermiers, et ça leur plaît. Il dit :

« Mason, on dirait que ça va être une bonne année pour les foins. »

Et comment je suis censé savoir ça, moi ?

Ils vont rendre visite à l'employé de mairie pour se renseigner sur les motifs utilisés par les Clew il y a 150 ans quand ils marquaient les oreilles de leurs moutons au fer rouge. Ils veulent savoir si la famille Clew a fait des choses importantes. Un jour ils nous ont demandé d'écrire le nom de toutes les variétés de pommiers qu'on avait plantés. Les vergers, rangées noires d'arbres pourris, leur appartiennent.

Ce qui les fascine le plus ce sont les ancêtres Clew. Les Clew qui sont encore vivants, tout comme les Beaubien, sont uniquement là pour leur rendre service. Les Clew qui sont morts appartiennent à la propriété et la propriété appartient aux Moon-Azure.

Ils embauchent Lucien pour débroussailler les taillis et remettre en place les pierres tombées. Quand parfois j'emmène Reba et ma tante faire un tour en voiture le week-end, on voit les Moon-Azure et leurs invités revenir du cimetière, la tête un peu penchée comme s'ils pensaient, non pas *sic transit gloria mundi*, mais *tout ça, c'est à nous.*

Ils installent dans tout le pays de grands panneaux blancs fixés à des carrés de contreplaqué et cloués sur des poteaux situés à 30 mètres les uns des autres. Ils mettent des clôtures partout, le long de la route, de l'allée, autour de la maison, dans les bois ; ce sont toutes des clôtures en rondins de bois. Pas un pouce de fil barbelé. Mais dans les bois, les arbres ont des cicatrices comme des bouches tordues à cause du fil de fer qu'on a installé pour empêcher les cerfs de pénétrer dans les vergers.

Les Moon-Azure sont toujours après nous, après les Beaubien, et même après Yogetsky pour qu'on les aide : à faire démarrer leur voiture, à dégager la source obstruée, à retrouver leur chien aux poils roux. Ils ont besoin de savoir comment les choses sont arrivées et ce qui s'est passé. Tous les ans, ils rentrent en ville à la fin de l'été. Et puis ça aussi, ça change.

Madame Beaubien polit sa cuiller avec la serviette en papier et saupoudre son café de sucre. « Le docteur est à la retraite », dit-elle. Ils vont rester ici jusqu'à Noël et puis ils s'en iront quelque part où il fait chaud. Ils reviendront ici après la saison des pluies. « Ce sera comme ça tous les ans à partir de maintenant. »

Ma tante dit : « Ils ont de la chance d'avoir assez d'argent en poche pour courir après le beau temps. »

— En général, ces gens-là ne s'éternisent pas dans le coin, dit Madame Beaubien. J'attends de voir la tête qu'ils feront quand ils devront gratter leur pare-brise pour ôter la neige. Lucien ne se déplacera pas pour ça, vous pouvez me croire.

Je mettrais ma main à couper qu'il le fera.

Les Moon-Azure marchent sans arrêt. Qu'est-ce qu'ils pourraient bien faire d'autre après les premières gelées ? Quand les journées raccourcissent, leurs amis ne viennent plus leur rendre visite et ils se retrouvent tous les deux : il n'y a plus personne à part l'autre, pour écouter leurs exclamations étonnées à propos des feuilles mortes à l'odeur amère ou de la terre durcie hérissée de pics de glace blanchâtres. Ils viennent nous voir, parlent mal à l'aise de tout et de rien, et nous font perdre notre temps. Beaubien et son fils leur apportent du bois et l'empilent. L'automne se racornit : novembre est arrivé.

Un mois avant Thanksgiving, Madame Moon-Azure nous rend visite à nouveau en marchant à travers champs. Elle frappe à la fenêtre et se penche pour regarder ma tante. Des bardanes sont accrochées à ses chevilles. Ses vêtements ont la couleur de l'orge. Ses yeux sont gris. Le réfrigérateur se met en marche juste au moment où elle se met à parler, ce qui l'oblige à répéter d'une voix plus forte :

— On m'a dit que vous aviez des photographies remarquables !

— Peut-être bien. En tout cas nous, elles nous intéressent, dit ma tante.

Elle a de la farine sur les mains et pour s'en débarrasser, elle tapote ses paumes contre ses hanches. Elle lui montre quelques photos en les posant sur la tranche tout en expliquant :

— M. Galloon Heyscape en train de danser une *jig* irlandaise, le bœuf de Denman Thompson, la radio des deux tourtereaux, Kiley Druge et sa fille maboule.

— Ces photos sont des témoignages uniques, remarque Madame Moon-Azure du même ton qu'elle avait employé lorsqu'elle avait dit à Clyde Cuckhorn : « Vous avez écrasé mon cheval. » Ça se voit qu'elle a vraiment envie de les avoir.

Hé, elle peut toujours attendre.

— Ils seraient capables de revenir et de nous demander carrément de les acheter, dit ma tante une fois qu'elle est partie. Elle serait prête à tout pour mettre la main sur ces photos. Mais elles appartiennent à la famille Clew et elles ont été prises par quelqu'un qui avait beaucoup de talent. Elles ne quitteront pas cette maison.

Leonard Pritlle, notre ouvrier, prenait ses photos sous un grand manteau noir qui appartenait à mon arrière-grand-mère, dit ma tante.

Comment elle sait ça ?

Ce qui fait peur à ma tante, c'est que les Moon-Azure montrent les photos à leurs invités du week-end, puis qu'elles se retrouvent dans des livres et des journaux et qu'un jour on voie le corps de notre grand-père dans son cercueil fait maison installé sur deux tréteaux, aplati entre les pages d'une revue, avec un commentaire malveillant sous la photo.

4

Peut-être que papa se voyait passer le reste de sa vie à liquider ses terres, perdu dans des rêves absurdes de pommes et de vergers, et puis, il a trouvé un emploi alors qu'il était vraiment dans le pétrin. Et pourtant, c'était une époque où il n'y avait pas de travail ; en plus, il n'en cherchait pas. Et ce n'était même pas dans la maçonnerie.

L'ami de papa, Diamond Ward, était un de ces types grisonnants et pas commodes, qui mangeaient du cerf en toute saison et pouvaient réparer n'importe quoi. Parfois, à force d'être traficotée, il ne restait plus rien de la machine d'origine à part sa fonction. Diamond faisait partie du Grange Electric and Gas Department et il était au courant de tout. Il a été l'un des premiers dans le pays à avoir un travail grâce au Rural Electrification Act. Et c'est grâce à lui que papa a été embauché dans l'Ironworks County Electric Power Cooperative. Aujourd'hui ça s'appelle Northern Nuclear. Dans la cuisine, on a une alarme. Normalement, elle se déclenche en cas d'accident à l'usine. Tout le monde doit alors évacuer les lieux aussi vite que possible.

Mais pour aller où ?

Tous les deux ils roulaient toute la journée dans un camion vert foncé. Sur le côté il y avait un cercle peint avec au milieu les lettres ICEPC et trois éclairs. Tout le monde l'appelait « Le pic à glace ». Diamond chiquait et il y avait des taches marron sur sa portière. Bootie s'enfermait dans le placard quand elle entendait le camion de Diamond dans l'allée.

Le papier du cerf-volant a disparu, brûlé par le soleil d'août à travers l'une des fentes du toit de la grange.

Il y avait quelque chose chez mon père qui le poussait toujours à en rajouter. Il avait bien aimé jouer le rôle du Fermier solitaire défiant le gang McIntosh. Et maintenant il avait l'occasion d'être L'homme qui apporte la lumière dans les campagnes. Il s'en donnait à cœur joie en blaguant et en rigolant avec tout le monde.

— Pour cinq dollars d'acompte, le prix d'une paire de chaussures, nous vous installons l'électricité. Vous pourrez écouter la radio, écouter Amos et Andy.

Il imitait Amos et éclatait de rire.

— Débarrassez-vous de vos tristes fers. Vous n'avez qu'à vous en servir comme butoir de porte. Avec l'électricité, vous travaillerez deux fois mieux, car vous pourrez voir la vache par les deux bouts. Et il s'esclaffait bruyamment.

Pour s'amuser, il avait même simulé un enterrement à l'usine ; cela l'avait fait marrer pendant des semaines. Il n'arrêtait pas d'en parler. Les hommes avaient marché dans le hall d'entrée de l'usine avec un cercueil, puis l'avaient transporté dehors pour l'enterrer. Il était rempli de lampes à huile et de cheminées noircies.

Je ne vous raconte pas de blagues, ça c'est vraiment passé comme ça.

La télévision, ça n'existait pas avant 1938.

Il énumérait toutes les choses dont on allait être débarrassé grâce à l'électricité. Plus de toilettes nauséabondes. Plus d'yeux larmoyants et fatigués à force de lire à la flamme des lampes à huile. Fini les longs hivers solitaires pour les veufs et les veuves qui pourraient écouter des pièces de théâtre ou de la musique à la radio. Plus de familles mortes d'empoisonnement car maman pourrait conserver la salade de pommes de terre dans un réfrigérateur blanc et glacé. Plus la peine de chauffer les fers sur un poêle brûlant en août. Les enfants n'auraient plus envie de quitter la ferme.

Il regardait les gens de ses yeux ronds et clairs et leur disait :

— De la lumière dans toutes les fermes, c'est de la lumière dans tous les cœurs.

Il ne rata jamais un jour de travail en quatre ans, jusqu'à cet après-midi où Diamond s'est tué en essayant d'ôter un cerf-volant emmêlé dans les lignes électriques.

Papa quittait toujours la maison à cinq heures du matin, son déjeuner dans une boîte noire bosselée. Une thermos à café était rangée à l'intérieur du couvercle, maintenue en place par une charnière métallique. Diamond et lui installaient des poteaux et tiraient les lignes électriques jusqu'à de vieilles granges de guingois et des maisons posées sur leurs fondations comme de vieux chiens endormis sur les marches d'une véranda.

Il s'était mis dans la tête qu'ils devraient toujours avoir une radio dans leur camion. A l'époque, les fermiers mettaient eux-mêmes en place le circuit électrique, puis quand tout était prêt, ils appelaient Le pic à glace. Parfois il y avait une machine à laver cachée sous des sacs en toile de jute que l'on prévoyait d'offrir en cadeau d'anniversaire à la maîtresse de maison. Mais habituellement, il s'agissait juste d'alimenter des plafonniers ou des prises.

Avant de mettre le courant, papa sortait la radio du camion et la nettoyait un peu quand elle était poussiéreuse. Puis il la branchait. Le fermier, sa femme et leurs enfants, regardaient tous en ouvrant de grands yeux.

— Ceci va changer votre vie, annonçait papa.

Il s'approchait de la fenêtre et faisait signe à Diamond de mettre le jus. Tandis que les beuglements d'un présentateur ou un air de fox-trot se déversaient en grésillant dans la pièce, il regardait les visages de la famille, contemplait leurs bouches s'entrouvrir comme pour avaler le son. Le fermier lui serrait la main, la femme tamponnait ses yeux fatigués et larmoyants tout en s'exclamant : « C'est un miracle. » C'était comme si mon père était personnellement responsable de ce prodige. Pourtant, ça se voyait qu'en même temps ils le méprisaient de leur rendre la vie aussi facile.

Je n'ai jamais compris comment on pouvait aimer la lumière dure qui sortait de ces ampoules transparentes en forme de tétine.

Après la mort de Diamond, papa avait décidé de se lancer dans la vente d'appareils ménagers. Après j'ai pris la relève. Je n'ai jamais été très costaud. Nous vendons encore quelques machines à laver et des poêles électriques. Reba m'aide à les porter de la grange dans le camion. Mais ça ne marche pas très fort. Aujourd'hui, il n'y a que les ordinateurs et les systèmes audio qui comptent. Et des machines à laver, on en trouve partout.

A midi, en été, quand ils n'étaient pas partis trop loin, papa et Diamond revenaient à la ferme. Ils roulaient jusque dans le champ du haut et se garaient sous les arbres. Ils restaient là une bonne heure. C'était leur endroit favori. Ils étalaient une vieille bâche goudronnée à l'ombre. Il y avait une source pas loin et un grand rocher plat. Parfois, Bootie et moi on leur apportait leur dîner. On passait au large de Diamond et il se moquait de nous en faisant des bruits de baisers avec sa bouche humide et tachée par le tabac.

Ça faisait rire papa.

Parfois, Diamond dormait, la chemise étalée sur le visage pour se protéger des mouches, pendant que papa, agenouillé, tapait sur le rocher avec un burin et un marteau pour s'occuper. Bootie et moi, on entendait les *toc, toc-toc*, en grimpant le sentier. Papa sculptait la roche, il sculptait un énorme bas-relief qui le représentait en tenue d'ouvrier de ligne. Ma sœur et moi, on inventait une sorte de jeu de marelle sur le dessin grandiose.

— Regarde papa, disait Bootie. Je suis debout sur tes yeux.

En hiver, papa et Diamond restaient dans le camion, le moteur allumé.

Le vieux caveau de famille, qui n'a pas servi depuis environ quatre-vingts ans, se trouve derrière la maison. Diamond Ward est enterré dans le cimetière baptiste à Ironworks. *Agneau de Dieu rappelé auprès du Tout-Puissant, que ton âme repose en paix.* Hé, je la connais par cœur, cette prière.

J'ai vu dans son regard qu'il avait réalisé sa terrible erreur, nous avait dit mon père. « Il m'a regardé droit dans les yeux, la bouche ouverte, et j'ai vu un filet sombre en sortir. J'ai cru que c'était du sang mais c'était du jus de tabac. Il était mort, là, sur le poteau, les yeux fixés sur moi. Je suis la dernière chose qu'il ait vue. »

Après la mort de Diamond, Bootie et moi on a trouvé un jeu formidable. On n'en avait jamais inventé d'aussi bien. Nous y avons joué sans nous lasser pendant deux ans environ. C'est Bootie qui a eu l'idée de la mélasse.

Ce n'était pas vraiment un jeu, mais plutôt

une sorte de pièce de théâtre, ou peut-être tout simplement l'envie de revivre un événement qui nous avait rendus fous de joie. On versait de la mélasse dans une tasse et on allait ensuite dans la grange où tout était préparé. Un morceau de ficelle pendait entre l'échelle qui menait au grenier à foin et une poutre. On se disputait pour savoir qui jouerait le rôle de Diamond en premier.

Cette fois, c'était Bootie qui avait gagné.

Je disais : « Je suis papa. »

Et Bootie : « Je suis Diamond. »

Elle faisait une grimace, grattait son pantalon en velours et tapait le sol du pied.

— Hé, Diamond, il y a un cerf-volant accroché aux lignes.

On levait les yeux vers la pénombre poussiéreuse et bruissante. Un cerf-volant pendait là, aussi vivant qu'un oiseau blessé qui attend qu'on vienne le délivrer.

— Je vais enlever ce foutu machin, disait Diamond en prenant un long bâton étroit.

Il grimpait lentement à l'échelle, le bâton heurtant le bois avec un bruit sec. Une fois en haut, Diamond se tournait vers le cerf-volant.

— Sois prudent, disais-je.

Le bâton s'approchait du cerf-volant et le touchait.

5

Des flocons de neige tombent, aussi fins que de la poussière. Les voitures des visiteurs roulent à nouveau à toute allure sur la route, soulevant de pâles nuages.

— Ils ont dû organiser une fête, dit ma tante.

— Une fête d'adieu j'espère, remarque Reba.

Le petit visage renfrogné de Madame Beaubien surgit derrière sa fenêtre à chaque fois qu'une voiture passe devant chez elle.

Reba, ma tante et moi, on monte dans le camion et on part se promener en roulant avec prudence. Il y a huit boîtes de café remplies de soucis flétris sur la véranda de Yogetsky. Nous apercevons les Moon-Azure dans le champ du haut où affleure un bloc de granite lisse et légèrement en pente. On les voit à travers les peupliers qui se sont tellement multipliés depuis que j'étais petit, qu'ils forment aujourd'hui un grand bosquet. Tous ces arbres perdent leurs feuilles le même jour en automne.

— Il y a une source là-bas. Papa montait là-haut avec le vieux Diamond. Ils se mettaient sous l'érable qui s'est effondré.

— Ce n'est tout de même pas la source qui les excite comme ça, dit ma tante.

On les voit se courber, une femme est agenouillée. Elle écrit ou elle dessine sur un bloc de papier. Le docteur Moon-Azure est penché en avant, un appareil photo vissé sur l'œil.

— Ils ont trouvé un corps, dit ma tante.

Je sens une vague odeur citronnée d'eau de Cologne, la touffeur épaisse des cheveux. Le chauffage est allumé.

— Ou plutôt un porc-épic mort – c'est probablement la première fois qu'ils en voient un, dit Reba.

Nous faisons demi-tour et rentrons à la maison pour regarder *Le Monde secret des insectes*. Nos cuillères tintent et grattent la crème et la gelée au fond des bols en verre épais ciselé. Il n'y a que le champ, la source et le rocher. Hé, je suis allé là-bas une centaine de fois.

Le téléphone sonne.

— Qu'est-ce que vous pensez de tout ça ? demande Marie Beaubien.

— Je crois qu'ils ont trouvé un corps dans les taillis, une de ces pauvres filles qui montent avec le premier venu pourvu qu'il ait une belle voiture rouge, dit ma tante.

— Non, on aurait aperçu ce petit maigrichon. Comment s'appelle-t-il déjà ? Il habite là-bas à Rose of Sharon. Le médecin légiste.

— Winwell. Avery Winwell. Sa mère était une Richardson.

— C'est ça. Winwell. Oui, et la police et tous les autres. Non, je ne sais pas ce qu'ils ont trouvé, mais ce n'est pas un cadavre.

— Eh bien, c'est quoi alors ?

— Quelque chose.

Le jour suivant je vais à pied jusque chez Yogetsky pour fuir le bruit de l'aspirateur. Reba sait que ça me tape sur les nerfs.

Yogetsky est en train de retirer les soucis morts des boîtes à café. Des mottes de terre marron gisent sur le sol.

— Nos voisins ont découvert une sculpture indienne, dit-il.

— Où ça ?

— J'ai lu ça dans le journal, réplique-t-il.

Je le suis dans la cuisine. Il se lave les mains dans l'évier propre. Le journal est plié sur l'accoudoir d'une chaise. Je regarde par la fenêtre et j'aperçois notre maison, les traînées brunes qui dégoulinent des clous en fer sur les bardeaux gris, le panneau APPAREILS MÉNAGERS CLEW.

Yogetsky feuillette le journal à la recherche de la bonne page. Il lit à travers ses lunettes qui lui glissent sur le nez, son doigt à l'ongle coupé ras parcourt le texte et il se met à lire à voix haute :

— « Les pétroglyphes complexes tels que le Dieu Tonnerre dont on voit la photo ci-contre, sont rares chez les tribus des territoires de l'Est. » Dans le journal ils disent que « ce sont des propriétaires d'une ferme du Comté d'Ironworks qui l'ont découvert ».

Yogetsky me dévisage :

— Je ne savais pas qu'il y avait eu des Indiens par ici.

Il me montre la photo dans le journal. Je vois le portrait de mon père gravé dans la pierre. Dans une main, il serre ce qui ressemble à trois éclairs. Autour de la taille, il porte sa ceinture d'ouvrier de ligne. Ses cheveux volent en arrière et il vous fixe du regard.

— Papa, je suis debout sur tes yeux, crie Bootie.

Dans notre jeu, le bâton touchait le cerf-volant et aussitôt tombait à terre. Diamond perdait l'équilibre et vacillait. Dans sa chute il se raccrochait à la ligne électrique. Sa colonne vertébrale s'arc-boutait, et il serrait à pleine main le fil électrifié. Il me regardait, la bouche ouverte et du coin de ses lèvres s'écoulait la mélasse noire comme des coulures incontrôlables de jus de tabac.

Je ris. Je trouve ça drôle de voir dans le journal ce personnage taillé avec soin par mon père pendant ses longues pauses déjeuner, l'été, il y a maintenant un demi-siècle de ça. Mais Yogetsky, il peut pas comprendre.

MEURTRE À LA CAMPAGNE

Deux témoins de Jéhovah, suant dans leurs habits trop chauds, trouvèrent les corps, juste avant le déluge. Ils sortirent de la voiture et l'homme mince au teint cireux et maladif resta un instant sous les arbres taillés à la scie. Il contempla les nuages qui approchaient, sombres comme des prunes, puis le mobile home dans la clairière. L'homme, une flèche de sueur imprimée au dos de la veste de son costume, ajusta sa cravate et suivit la femme sur le sentier. La femme avait de l'expérience. Ils lui avaient conseillé de rester en retrait pour observer la manière dont elle s'y prenait.

La femme frappa à la porte. L'homme, debout derrière elle, serrait sa bible brûlante contre sa jambe, respirant l'air aussi lourd que du feutre mouillé. Elle se protégea les yeux d'une main sans apprêt, aux ongles coupés court, et jeta un coup d'œil à travers la porte vitrée. Elle aperçut Rose étalée sur le dos devant le poêle, son énorme poitrine dans un soutien-gorge sale XXL, le visage semblable à un masque de raton laveur réduit en une bouillie sanglante. Warren gisait non loin d'elle. Mais seuls un pied écarlate et son menton étaient visibles car le poêle dissimulait le reste de son corps. Il s'était écroulé contre les étagères encombrées de bocaux vides, de sacs en papier pliés, de bobines de ficelle. L'odeur de poulet grillé graissait l'air moite. La femme ne put s'empêcher de jeter un coup d'œil en direction du poêle, et vit que le bouton du four était positionné sur 350. L'homme regardait fixement le duvet clair sur le pubis de Rose, sa peau de la couleur des cheveux de bébé.

— Bonjour, dit la femme. Ça va ?

— Ils sont morts. Raides morts comme des maquereaux.

La femme fit volte-face et bondit au bas des escaliers. Dans sa précipitation elle manqua de tomber par terre, mais se redressa juste à temps avec l'homme qui clopinait derrière elle tout en tapotant sa cuisse à la recherche des clés de voiture, la main crispée sur la bible et quelques pages imprimées à la va-vite qui parlaient de l'avenir du monde et de ses habitants. Des décharges électriques crépitaient et jaillissaient des cumulonimbus en fine chevelure.

La voiture tanguait sur la route et avant même de prendre le virage en épingle à cheveux, des gouttes d'eau aussi grosses que des œufs d'oiseaux sauvages frappèrent le pare-brise. Les arbres rugissaient au-dessus d'eux, projetant avec violence des brindilles et des branches. L'homme se fraya un chemin dans la pluie battante et les grêlons bleus lumineux qui tombaient comme une avalanche de graviers, la voix plaintive de la femme engloutie sous le martèlement de l'averse et les coups de tonnerre.

Lorsqu'ils atteignirent la route principale, une gigantesque mare leur en barrait l'accès. Ils aperçurent de l'autre côté le magasin Sweet's Country Store. Le pare-brise embué brillait comme un écran de télévision, des baguettes de grêle et de pluie heurtaient le macadam et rebondissaient à la verticale. En face, les lettres tremblotantes du mot BIÈRE s'éteignirent et au même instant le magasin fut plongé dans la pénombre. L'homme appuya alors à fond sur l'accélérateur : la voiture fit un bond en avant et atterrit sur le bitume avant de caler.

— On ferait mieux de se garer sur le bas-côté.

Il sortit, poussa la voiture et la femme poussait aussi tandis que l'eau recouvrait leurs chaussures. Les cheveux de la femme s'enroulaient comme de petits serpents et une odeur de teinture s'échappait de leurs habits trempés. Les images de braise de l'horrible scène dont ils avaient été témoins commençaient déjà à se recouvrir d'une croûte cendreuse, à perdre de leur brûlante intensité : elles ne seraient bientôt plus qu'un mauvais souvenir. Ils coururent vers le magasin dans un halo d'éclaboussures.

A l'intérieur, la femme se mit à crier avec excitation tandis que Simone Sweet, debout près du comptoir, allumait une lampe à gaz.

— Il faut appeler la police. Il y a des morts là-haut. Dans un mobile home. Sur cette route, un peu plus loin.

Elle parlait du pas de la porte, l'eau ruisselant de sa jupe trempée. La lumière du plafonnier vacilla et l'enseigne de bière se mit à scintiller à nouveau. Simone pointa du doigt. La femme crut qu'elle leur ordonnait de sortir à cause de leurs habits dégoulinant de pluie. Mais en se retournant elle aperçut le téléphone payant et l'homme qui fouillait dans ses poches à la recherche d'une pièce de monnaie.

Le magasin se trouvait dans une vallée, au milieu des champs de maïs qui ondulaient et se brisaient en gerbes vertes contre les falaises abruptes. La route courait le long de la rivière et s'enfonçait vers le nord dans une forêt d'épicéas en direction du Québec. Parce qu'elle allait vers le Canada, cette route avait l'atmosphère mélancolique des longs voyages en solitaire et des trajets nocturnes.

Au printemps, des blocs de glace obstruèrent la rivière et la route fut submergée. L'eau chargée de branches et de feuilles mortes envahit le magasin, luisante comme de la cire, noyant les sacs de pommes de terre et décollant les étiquettes des boîtes de conserve rangées sur les étagères du bas. Pendant quelques jours, les fermiers se garèrent au bord de la route inondée ; assis dans les cabines de leurs camions, ils fumaient et buvaient de la bière et contemplaient les flots gargouillants. Quelqu'un lança qu'un porc-épic mort bouchait peut-être le caniveau. Pour finir, un jeune lycéen osa franchir le courant, un bras agrippé au montant supérieur de sa vitre ouverte, tandis que des queues de coq giclaient de dessous les pneus de sa voiture. Tout rentra dans l'ordre. Un par un les curieux s'en allèrent et lorsqu'ils faisaient demi-tour, des arcs boueux s'imprimaient sur le bitume. La brume enveloppait le sommet des falaises baigné de pluie, les arbres ruisselaient aussi brouillés que la photographie d'un journal au grain grossier.

Les Sweet vivaient dans un énorme mobile home muni d'auvents et d'une fenêtre panoramique. Une clôture construite à la hâte et deux canards en contreplaqué faisaient office de décoration. La cuisine s'ouvrait sur le magasin. La pelouse avait pris une couleur brune à force d'être coupée ras, car Albro faisait marcher sa tondeuse tous les jours, comme un cheval qui aurait eu besoin d'exercice pour rester en forme. Au centre de la pelouse étaient installés cinq rochers et une baignoire dressée à la verticale, d'un bleu électrique comme celui d'un bocal Noxema. Une sainte-vierge se tenait sous l'arc arrondi du bord de la baignoire. En hiver, son menton recouvert d'une croûte de glace reposait sur la neige et les rochers ressemblaient à des pénitents bossus.

Simone, aux bras ronds comme des chevilles en bois et aux cheveux frisés couleur thé, travaillait toute la journée dans le magasin sous les néons bourdonnants, entourée de paquets de chips, de bonbons, de papier toilette, de bombes de gaz sec, de vidéos de films d'aventures et de la machine à loterie. Elle confectionnait elle-même les brownies. Une odeur corsée et alléchante s'échappait de la cafetière près de la caisse enregistreuse. Sous le comptoir, elle conservait une boîte métallique avec des rouleaux de monnaie et une tenaille dont l'une des branches était cassée.

— Pourquoi tu gardes ce truc qui ne sert plus à rien ? lui demanda Albro.

— A rien ? Ça peut encore servir à donner un bon coup derrière l'oreille.

En trente et quelques années, le physique avantageux d'Albro avait cédé la place à une touffe de cheveux colorés gris acier, un regard figé, et des mains tachées d'huile sans cesse occupées à fouiller dans un fatras de pièces métalliques. Une cicatrice argentée de la taille d'une capsule de bière marquait l'une de ses cuisses. Cela remontait au temps où il vivait avec sa première femme. Il s'était effondré ivre mort sur la clôture en fil de fer barbelé après une dispute où elle l'accusait, jalouse, de la tromper. Malgré tout, son ancienne souplesse et son ardeur d'autrefois habitaient encore son corps raidi, même s'il n'en faisait plus guère usage.

Il adorait conduire la nuit. Une centaine de fois dans l'année, incapable de trouver le sommeil, il ouvrait délicatement la porte de la pièce située à l'arrière de la maison, le bureau comme ils l'appelaient – où s'entassaient une table de travail croulant sous les factures et les reçus, un lit pliant, un amas de couvertures –, pendant que Simone dormait dans le grand lit de la chambre de devant baignée par la lumière blafarde du jardin, ses chaussures jetées en travers du tapis en face de la commode comme des poissons morts échoués sur un banc de sable.

Parfois il ne revenait qu'au petit matin. Simone entendait la dépanneuse qui débarquait à grand fracas dans un bruit de ferraille, et elle se levait pour préparer du café. Albro, puant la cigarette, posait son coude sur la table. Il lui racontait ce qu'il avait vu, alors qu'il roulait en seconde, bercé par le doux ronronnement du moteur, sur les routes éclairées par la lune, obscures et criblées de nids-de-poule.

— Je suis tombé sur deux pumas en train de se battre ou de baiser dans un fossé, l'un d'entre eux, je sais pas lequel, avait du sang sur sa fourrure.

Des chansons plaintives à la radio. Dans les phares ruisselant de pluie, les routes de traverse luisaient comme des toits en zinc. Il tombait sur des voitures en détresse embourbées dans la neige ou sur des ivrognes inconscients au volant de leur véhicule. Pour un remorquage, il demandait 35 $. Il remarqua un jour quelque chose qui brillait dans les aulnes au bord de la route. C'était une bague suspendue à une brindille, une bague sertie d'éclats de diamant. Des années auparavant, il y avait eu cette voiture immatriculée dans l'Arizona, immobilisée sur la chaussée nettoyée au chasse-neige, le nez pointé en direction des bois et l'intérieur des vitres tapissé par le souffle givré de l'homme mort – à peine visible à travers la mousseline nacrée de ses dernières exhalaisons. Sa veste éclaboussée de fragments de dents pareils à des miettes écarlates.

— Dire qu'il a fait tout ce chemin pour faire ça, avait dit Albro.

Simone l'écoutait tout en étalant un journal sur le sol en béton ; puis elle s'était mise à quatre pattes et avait commencé à triturer la machine à friandises avec un portemanteau dont elle avait déplié la poignée.

— On m'avait assuré que les rongeurs ne pouvaient pas entrer dans cette foutue machine, mais il y a une souris là-dedans. Elle doit bien peser près d'1, 5 kg avec tous les bonbons qu'elle a mangés. Tu ne devrais pas t'occuper des voitures qui sont dans le fossé. Tu pourrais avoir des ennuis. Tu ne sais pas qui est à l'intérieur.

Tu ferais mieux de te soucier des souris et des rats qui dévorent tout ici.

— Et si c'est quelqu'un qui a besoin d'être remorqué ?

— Tu veux que je te dise ? C'est plutôt toi qui aurais bien besoin d'un coup de main.

Combien de fois était-il allé à Trussel Hill par la route qui dessinait un coude abrupt comme une paille tordue avant de déboucher au milieu de nulle part ? Onze ou treize kilomètres de colline boisée qui prenaient fin dans le jardin de Warren Trussel avec son mobile home d'un blanc crayeux incliné sur des parpaings creux, un mobile home minable, avec un chauffage électrique entre la chambre et la porte. C'était le genre d'habitation que les vendeurs, dans leur bureau en contreplaqué, appelaient en riant des rôtissoires à poulet. A travers les arbres, la rôtissoire de Warren ressemblait à un bateau en train de sombrer. Parfois, lorsque Albro débarquait, un visage blême surgissait dans l'encadrement de la porte et le pinceau lumineux d'une torche trébuchait sur les rondins empilés. Albro prenait tout son temps pour faire demi-tour.

Le mobile home baignait dans une mer de pièces automobiles inutiles, de bottes de foin moisies, de bobines de câbles, de pelles cassées et de vieux sièges de tracteurs, de chaînes destinées au transport de troncs d'arbres. Il y avait aussi la partie avant d'un bus sans fenêtres ni moteur et une épave de voiture dernier cri pliée comme un portefeuille. Des marches en contreplaqué de guingois, une porte en aluminium surmontée d'une lettre curviligne en métal toute tordue.

— C'est sûrement Warren qui a fait ça, avait-il dit à Simone. Il devait en avoir marre de voir ce B chaque fois qu'il ouvrait sa porte. B comme bon à rien. B comme beatnik. C'est lui qui a installé ces marches. Il a fait un travail de cochon. C'est le seul mobile home au monde sans chien. B comme barjo.

— J'sais pas comment on peut vivre comme ça, remarqua Simone en essuyant la table tout en jetant un coup d'œil dans la tasse d'Albro pour voir s'il avait fini.

Elle connaissait bien Warren. Quand elle faisait l'ouverture tous les vendredis matin, il était là, aussi grand qu'un poteau de poulailler, dans une salopette marron qui flottait sur ses jambes comme des rouleaux de toile goudronnée, hochant sa grosse tête large et plate coiffée d'une casquette graisseuse. Venu pour acheter de la nourriture hard discount et son ticket de loterie. Il fouillait parmi les boîtes de conserve sans étiquettes, les plats pour four micro-ondes vendus moitié prix.

— Comment tu peux savoir combien de temps il faudra pour réchauffer ça au micro-ondes, Warren ? demandait Simone de sa voix haut perchée. C'est impossible de le savoir vu qu'il n'y a plus d'étiquettes.

— Je fais ça au pif. Tant que j'ai pas essayé, je peux pas le savoir. Haricots. Soupe. Bouffe chinoise. Je préfère les boîtes de conserve. Tu sais ce qui est vraiment bon ? C'est la nourriture pour chiens. C'est fait avec de la viande de kangourou. Ça, c'est de la bonne viande. Trop bon pour ces foutus clébards.

Il avait des lèvres épaisses ourlées d'une frise de boutons de fièvre, des poils incarnés purulents sur les joues et au bas du cou.

En hiver, il débitait du bois lorsque quelqu'un avait besoin de renfort, et en été, il rangeait les planches à la scierie et ramassait des bouteilles sur le bord de la route en compagnie d'Archie Noury. Il gardait parfois un cheval à la lisière de la forêt pendant quelques semaines, un cheval dont on lui avait confié la garde.

— Des chevaux ?

Le fermier regarde Simone, sa grosse main jaune posée sur le comptoir devant un litre de glace, trois bananes trop mûres et un succédané de crème en pot.

— Je vais vous raconter une petite histoire à propos de Warren et des chevaux. Vous avez déjà vu sa vieille Dodge, n'est-ce pas ? Elle est tellement basse que ses nichons traînent par terre et on pourrait passer le poing au travers des portes. Un jour, un type a eu la mauvaise idée de lui confier les poneys de ses deux enfants pendant qu'il s'absentait avec sa petite famille. Warren va les chercher et aménage son camion sur place en installant une barre à l'arrière pour séparer les bêtes. Il les fait monter, puis y s'en va. Sur l'autoroute, il fait à tout casser du 85 km/h. Il y a plein de gros camions qui transportent du papier en direction du Québec et des semi-remorques qui roulent à 105 ou 112 km/h. Ces énormes monstres passent à 5 mètres de distance des poneys. Warren arrive sur un pont. Ils sont au-dessus de l'eau et les poneys ont le nez sur les rambardes. Deux semi-remorques dépassent Warren. Warren prétend que l'un d'entre eux a klaxonné. Les poneys prennent peur, se cabrent et l'un des deux donne un coup dans le hayon. La porte arrière s'ouvre et les poneys s'échappent sur la route. Ils heurtent le bitume et les camions qui foncent comme des bolides derrière eux. C'est arrivé il y a trois ans. Voilà l'histoire de Warren et des chevaux.

— Mon Dieu ! s'exclame Simone qui connaît cette histoire par cœur. Ont-ils été blessés ?

— Blessés ? Et comment. Morts. Ils sont morts. C'était une vraie bouillie de chair et de sang sur la route. Il y a eu un embouteillage monstre. La police a dû achever les bêtes pour mettre fin à leurs souffrances.

— J'en connais un qui va se régaler avec des banana splits au dessert, remarque-t-elle.

Elle aussi savait des choses au sujet du fermier. Quelqu'un l'avait vu sortir des toilettes pour hommes dans une autre ville, torse nu, écarlate du bas du ventre jusqu'à la racine des cheveux. La chemise roulée en boule sous le bras. Qu'est-ce qu'il fabriquait donc dans cette tenue ?

Le jour de la fête des pères, Albro rendait visite à ses fils nés d'un premier mariage, Arsenio et Oland, 28 et 26 ans, qui vivaient encore au centre d'apprentissage Homer B. Bake. On ne leur apprenait rien en particulier, excepté à ratisser les feuilles ou à balayer les longs couloirs au sol luisant, leurs bras poilus fauchant les années.

Arsenio ne le reconnaissait jamais, mais Oland s'écriait « papa, papa, papa » dans un roucoulement funèbre tout en frappant dans ses mains molles. Ils passaient leur temps sur la pelouse, sauf en cas de pluie. Des bancs en bois étaient installés en vis-à-vis comme des catcheurs. Arsenio serrait avec force son balai dans ses doigts cireux. Albro restait seul, à l'écart.

— Eh bien, votre père est venu vous dire un p'tit bonjour et voir comment ça va, dit-il.

Le visage d'Arsenio se crispa comme si son père avait hurlé dans un haut-parleur. Il se mit à balayer le trottoir et Oland l'imita avec un balai fantôme. Albro marchait à leurs côtés sur la pelouse et s'obstinait à leur donner les nouvelles.

— Il y a eu un cambriolage au magasin. Au début nous avons cru que rien ne manquait.

Mais un jour ou deux plus tard, Simone s'est aperçue que tous les lacets de chaussures avaient disparu. Quelqu'un avait volé nos lacets de chaussures. C'est incroyable, hein ! Et puis, il y a eu une inondation. On avait les pieds dans l'eau jusqu'aux chevilles dans le magasin. Elgood Peckox, tu te souviens de lui, Oland, il te donnait des pommes quant tu étais petit, eh bien il est mort. Il avait soixante-douze ans. Cancer de l'estomac.

— Papomme, murmura Oland.

Au bout d'une demi-heure, Albro offrit à chacun de ces deux hommes qui étaient ses fils une boîte contenant un kilo de chocolats, emballée dans un film plastique rouge. Arsenio, emporté par sa passion du balayage, laissa tomber la boîte, mais Oland déchira l'emballage cramoisi et fourra les sombres friandises dans sa bouche. Il ferma les yeux et son visage à la beauté dévastée frissonna comme le pelage d'un cheval agacé par les mouches. Malgré ses efforts pour le contenir, un élan d'affection désespéré palpita dans le cœur d'Albro, pareil à un tic nerveux.

Avant que Rose ne se mette en ménage avec Warren Trussel, ce dernier passait son temps avec Archie Noury. Simone les voyait souvent passer devant le magasin dans le vieux camion de Warren, collectant des bouteilles vides le long de la route pour récupérer l'argent de la consigne.

— Ça doit pas leur rapporter grand-chose, disait Simone. Qu'est-ce qu'ils gagnent ? Douze, quatorze dollars maximum, et ça, après avoir traîné toute la journée. En plus ils dépensent presque tout leur argent en essence. Au bout du compte, ils ont de quoi s'acheter deux cartons de six bières et un paquet de cigarettes génériques. Pas plus. Six bières et dix cigarettes pour une journée de travail. Ça me fait penser que tu devrais combler les nids-de-poule dans le parking au lieu de perdre ton temps à tondre la pelouse.

— J'me demande bien comment on peut supporter une vie pareille, marmonna Albro.

L'un des membres de la famille Noury était chef pâtissier, un autre directeur d'une école primaire dans le Massachusetts. Quant au reste, c'étaient des bagarreurs, des fous du couteau, des chauffeurs de camion spécialisés dans le transport du bois, complètement cinglés, bien connus pour rouler à toute allure dans les virages, perdre leur cargaison au passage et s'en sortir indemnes en sautant du camion juste avant qu'il ne verse dans le fossé.

— Ça grouille de Noury dans les bleds à l'est du pays, disait un fermier. Il suffit de regarder les noms dans les cimetières des deux côtés de la frontière, c'est bourré de Noury. La plupart d'entre eux en ont bavé avant d'atterrir là.

Archie Noury, aux cheveux roux, aux yeux injectés de sang, avec une cicatrice au milieu du nez qui le fait aboyer : « Qu'est-ce que t'as à m'regarder comme ça ? » D'une beauté rude en dépit de cette cicatrice et d'un tempérament colérique. Il se regarde dans les vitres et les miroirs, non par vanité, mais pour voir à qui il ressemble, car ses origines sont incertaines. Un médaillon accroché à une chaîne ternie est suspendu à son cou, enfoui dans les poils de son torse. Personne ne sait quel genre de photos il conserve à l'intérieur. Peut-être des photos de Rose, peut-être qu'elle, elle est au courant.

Dans la pénombre étouffante de l'été, la vitre baissée pour se rafraîchir, Albro débarque dans la cour de Warren pour y faire demi-tour et rentrer chez lui. Mais un camion garé là lui barre la route. Il l'examine dans la lumière des phares criblée de papillons de nuit ; sur la lunette arrière il y a un vieux seau avec un panneau verni portant l'inscription CHEVY aux lettres fabriquées avec des bâtonnets de glace, un râtelier en érable brut et deux autocollants sur le pare-chocs, Lui du côté conducteur et Elle du côté passager. Tout à coup, quelqu'un surgit près de lui et enfonce le canon d'un fusil à double canon calibre .12 dans la chair molle de son cou. Il sent une odeur de vanille, ses yeux pivotent et il aperçoit une énorme femme aux cheveux gonflés autour de la tête comme de la soie froissée.

— C'est toi l'emmerdeur qui vient faire demi-tour dans l'allée ? Warren en a marre. Alors tu ferais mieux de te casser. C'est une propriété privée, ici.

Un faisceau lumineux se faufile par la porte entrebâillée du mobile home, et glisse sur eux, éclairant les cheveux blancs ébouriffés de la femme, les mains surprises d'Albro agrippées au volant. Au départ il est incapable d'articuler le moindre mot, puis il recouvre la parole lorsqu'elle abaisse son fusil.

— Je ne savais pas que quelqu'un habitait là. Je croyais que le mobile home était vide. Il aurait pu dire quelque chose. C'est une impasse ici, y a pas d'autre endroit pour faire demi-tour.

— Y en a un maintenant. Il a débroussaillé là-bas.

Elle montre l'autre côté de la route d'un signe du menton.

Albro fait marche arrière dans un espace étroit parsemé de souches et de graviers qui égratignent ses pneus, tourne, puis repasse devant le mobile home. Elle est debout sur les marches tandis que Warren tient la porte en aluminium ouverte avec son pied, la lumière de sa lampe torche tressautant dans la nuit. Les autocollants sont soudain violemment éclairés et il aperçoit l'endroit où elle a essayé d'enlever l'inscription Lui.

A environ deux kilomètres en contrebas de la route, il bifurque sur un chemin de halage, roule au travers des branches souples des jeunes frênes et allume une cigarette. Ses mains tremblent. Il ne peut s'empêcher de penser à la bouche pourpre aux contours brouillés comme un trait de pastel mal fixé, aux cheveux jaunes ; il sent encore le canon dur du fusil sur sa nuque.

A la première heure, il boit du café dans la cuisine pendant que Simone prépare des brownies pour le magasin. La fenêtre encadre un ciel laiteux. Elle incline une bouteille au-dessus du saladier et un parfum agréable s'en échappe.

— Ça sent quoi ?

— La vanille, j'en mets toujours.

Elle le regarde.

— Quand est-ce que tu vas réparer la tondeuse de Robichaud ? Elle traîne là depuis des semaines. Ils sont déjà passés deux fois pour voir si elle était prête.

Le vendredi matin, Albro se mit à tondre la pelouse dans la chaleur moite. Il démarrait à partir d'un point central connu de lui seul, puis s'en s'écartait en décrivant une spirale. La rivière s'étalait entre les berges comme du plomb fondu, les champs de maïs étaient aussi plats et monotones qu'un morceau de tapisserie. Un camion de ferme passa en bringuebalant dans un bruit de ferraille brûlante. Aux environs de onze heures, le Chevy avec le râtelier se gara devant le magasin.

Warren Trussel sortit du côté passager, sauta à terre et pénétra à l'intérieur. La grosse femme le suivit, ses cheveux cascadant comme des flammes sur son ample robe magenta évasée dans le bas. Le temps de faire deux tours de pelouse sur la tondeuse trépidante, et Albro les vit émerger du magasin. Warren portait un carton rempli de ses boîtes de conserve bon marché. La femme lui dit quelque chose et il fit demi-tour. Elle se dirigea vers Warren, s'arrêta au bord de la pelouse et attendit qu'il vienne de son côté.

Il arrêta la tondeuse, mais laissa le moteur tourner. Les vibrations faisaient tressauter son corps. Elle s'approcha. L'odeur de vanille se mélangea à celle des gaz d'échappement. Il regarda fixement la pelouse comme s'il était fasciné par le gazon. Warren ressortit, monta dans le camion et se pencha tout en buvant une canette.

— On savait pas que t'étais le mari de la proprio du magasin, dit-elle. On croyait que tu cherchais juste des ennuis. Warren dit que tu peux faire demi-tour dans la cour. Y a pas de problèmes. Fais comme ça te chante.

Du coin de l'œil, il vit Warren qui finissait sa canette et se tournait vers eux, la tête encadrée par la fenêtre de la portière passager. Albro s'éclaircit la gorge. D'un geste rapide, la femme posa sa main chaude et nue sur son entrejambe et pressa son pantalon. Elle retourna vers le camion, des pans de sa chevelure scintillant dans le soleil comme un appel. Il se remit au travail et finit de tondre avant d'aller au magasin. Simone nettoyait le bac du réfrigérateur.

— T'as vu ça ?

— Quoi ? fit Albro.

— T'as vu qui était avec Warren ? Elle est allée te parler. Tu la connais, pas vrai ?

— Non. Elle voulait juste savoir quelle heure il était.

Il leva son bras gauche avec sa montre en acier inoxydable.

— C'est la femme d'Archie Noury. Rose Noury. Elle a plaqué Archie pour vivre avec Warren. Je sais pas combien de temps ça va durer, mais c'est ce que j'appelle chercher les ennuis. Ça va faire des histoires, c'est sûr. Archie Noury va pas rester les bras croisés sans rien faire. Je me rappelle de Rose à l'école. A l'époque elle était déjà grosse, c'était une vraie souillon. J'aimerais bien qu'il pleuve. Ça nous rafraîchirait.

— La pluie finira bien par tomber, dit-il.

Il plongea la main dans sa poche et en ressortit un billet d'un dollar et vingt-cinq cents, et les posa sur le comptoir. Il prit un brownie. Pour l'odeur de vanille. Ce n'était pas suffisant. Plus tard, il subtilisa un flacon sur l'étagère et le glissa dans sa poche.

A des kilomètres de là, Archie Noury était occupé à aiguiser une baleine de parapluie. Il affûta ensuite les pointes de ses flèches de chasse, tira à blanc avec son fusil calé sur l'épaule et s'exerça au lancer de couteau sur un poteau. Pour finir, il se mit à balancer le poing en direction de son reflet dans le miroir et à tourner sur lui-même en frappant l'air incrédule.

— Faut pas prendre Archie Noury pour un con, criait-il. Tu m'entends ? hurlait-il en direction du poteau tailladé.

Les jours passaient, vides, accablants de chaleur. La nuit, il y avait du tonnerre, mais pas de pluie. Albro traînait, désœuvré, dans le jardin et tondait la pelouse à ras. Il errait dans la maison et le soir il regardait tard la télévision en compagnie de Simone ou bien dormait ou veillait dans la chambre à l'arrière de la maison.

Le mercredi suivant, l'air chauffé à blanc vibrait de chaleur et les champs de maïs vaporeux ondulaient au loin. Simone avait mis un ventilateur en marche et le souffle d'air brûlant froissait les pages de guides immobiliers posés sur le comptoir. Albro allait et venait entre le magasin et le garage. Il n'était pas dans son assiette – un serpent qui se mord la queue. La main chaude et nue, les hanches larges sous la robe l'obsédaient. Il n'en pouvait plus d'attendre la nuit qui peut-être serait plus fraîche.

Après le dernier bulletin d'informations, Simone partit se coucher. Elle resta éveillée à écouter le grondement des camions sur la route, le bruit de l'eau qui coulait dans la baignoire. Elle ne dormait pas encore lorsqu'il s'en alla.

Il tourna dans la trouée parsemée de souches, passa devant le mobile home et aperçut Rose, adossée contre un tas de planches. Sa main moite glissa sur le volant. Son menton était rasé de près, ses cheveux encore humides. Il portait des sous-vêtements propres, le slip boxer jaune pastel que Simone lui avait acheté chez Ames en triple exemplaire. Rose s'avança vers lui dans la pénombre.

— Fait rudement chaud, hein ? Pourquoi tu viens si tard ? J'croyais que tu serais là plus tôt.

Elle était assise sur le siège près de lui, l'éclat fugitif du plafonnier sur son visage, son énorme bras drapé dans sa chevelure étincelante.

— Où tu veux qu'on aille ? demanda-t-il.

Il écoutait le moteur qui cognait et ronronnait.

— Nulle part. Gare-toi derrière mon Chevy.

— Ici ? fit-il consterné. Avec Warren juste à côté ?

— Warren ? C'est pas son affaire. Gare-toi là, y a pas de problèmes.

Mais il avait envie d'aller sur le vieux chemin de halage, de se cacher derrière les jeunes frênes. Pas question, dit-il, il n'allait pas rester dans la cour de Warren. Parmi ces détritus et cette saleté.

— Allez, répéta-t-elle en cherchant à l'amadouer. Ça prendra pas plus d'une minute.

Une minute ? Ce n'était pas précisément ce qu'il avait en tête. Mais il ne fit aucun commentaire.

— Bon, eh bien, je rentre, dit-elle.

Cet événement auquel il songeait depuis des jours et qui aurait dû être une rencontre sensuelle et secrète au milieu des bois, se putréfia dans la bouche cramoisie de la femme. Tout allait de travers.

— Ok. C'est d'accord, dit-il.

Il se gara brutalement derrière le Chevy. LUI. ELLE. Il coupa le moteur, éteignit les lumières et appuya sur la pédale de frein. Elle fut aussitôt sur lui, d'une agilité surprenante pour une femme d'une telle corpulence. Cela ne prit pas plus d'une minute, et s'acheva dans une explosion de lumière, ses yeux grands ouverts apercevant une lueur soudaine qui illumina un tas de bois, des os de poulet et quelques coquilles d'œufs émergeant d'un sac-poubelle éclaté.

— Qu'est-ce qui se passe ? marmonna-t-il les lèvres engourdies.

Elle éclata de rire.

— Oh, c'était probablement Warren avec sa torche. Ou un éclair de chaleur.

Elle était déjà dehors.

— Ou une voiture qui grimpait la colline. Quelqu'un qui venait faire demi-tour dans notre cour.

— Archie Noury, peut-être bien, remarqua-t-il méchamment.

Sept minutes après son arrivée, il repartit. Il s'en voulait d'avoir gaspillé de l'eau chaude pour prendre un bain.

Une fois arrivé au bas de la colline, il n'eut plus aucun doute : cette lueur, c'était bien Warren Trussel, allongé sur l'un des tas de bois avec un appareil photo muni d'un flash qu'il avait volé Dieu sait où. La pensée de Warren lui donnait la nausée. Bon à rien dégénéré. Warren et Rose. Il eut un haut-le-cœur.

Le jour suivant, Archie Noury commença à boire de bon matin. Il démarra en finissant d'un seul trait la bouteille à moitié vide de Old Duke dans ses chiottes étouffantes, passa à la bière chaude à 7 : 30, puis dénicha un petit flacon de tequila bon marché dans la boîte à gants de son véhicule. A midi, il se rendit au centre commercial, encaissa l'argent des bouteilles consignées et acheta de la vodka Popov. Le thermomètre de la banque indiquait 33° C. Il roula avec la bouteille coincée entre ses jambes, le goulot transparent saillait entre ses cuisses comme une érection. Il se regarda dans le rétroviseur arrière. « Bam », dit-il. « Bam, bam. Merci, m'dame. »

Albro n'arrivait pas à faire démarrer la tondeuse. Il avait du mal à respirer dans la touffeur de l'air. Vers une heure, il retourna au magasin.

— Je dois changer une pièce, dit-il.

— Cette chaleur, ça ne peut pas durer, fit Simone.

Elle contempla la route miroitante, les silhouettes déformées des voitures et des camions qui passaient. Elle commença à dire autre chose, mais Albro était déjà dehors, la main tendue vers la poignée de la porte du camion.

Il revint tard dans l'après-midi sous le ciel chargé de cumulonimbus bleus, palpitant d'éclairs. Son visage était gris et suant, il s'essuya la bouche comme s'il avait mangé de la viande frite.

— Qu'est-ce que t'as ? s'enquit Simone. C'est la chaleur ?

— C'est rien.

— On dirait que ça va exploser.

Il s'en alla dans le garage pour réparer la tondeuse.

Le témoin de Jéhovah n'arrivait pas à composer le numéro de la police, car ses mains tremblaient trop violemment. Il avait cru qu'il maîtrisait la situation et puis voilà qu'il s'était mis à trembler. La femme lui prit les vingt-cinq cents des mains, fit le numéro et se chargea des explications. Après avoir raccroché, elle acheta une boisson gazeuse à Simone.

— La voiture de police arrive, annonça la femme et elle raconta à nouveau ce qu'elle avait vu, l'énorme corps nu, le pied sanglant, le poulet rôti – carbonisé à cette heure –, la chaleur, la route inondée.

— On devrait prier, dit-elle en regardant l'homme qui se tenait à l'écart, à contempler la pluie.

Elle baissa le menton et croisa les mains.

— Je crois en l'amour de Jéhovah et en son pouvoir de… Allez, prie avec moi.

— Je crois en l'amour…, répéta l'homme.

Simone leur dit qu'elle s'absentait une minute pour aller jusqu'au garage. Un sac en papier plié au-dessus de sa tête, elle se faufila sous la pluie torrentielle.

Albro était adossé contre l'établi au fond du garage, les doigts graisseux de sa main droite tirant sur ceux de sa main gauche. L'établi était recouvert d'outils et de flacons de vanille marron vides.

— Ecoute, dit Simone. Il y a deux illuminés qui reviennent juste de la maison de Warren Trussel. Ils disent qu'ils sont morts tous les deux. Ils ont appelé la police.

Elle plissa les yeux et reconnut la baignoire bleue et sa madone ruisselante à travers la vitre derrière lui.

— C'est le déluge, on dirait.

Sa robe de coton pendait, humide, sur son corps osseux.

— Ouais, fit-il.

Elle soupira, se dirigea vers la porte et l'ouvrit.

— Voilà les flics. Ils n'ont pas perdu de temps.

Elle tenait le journal mouillé au-dessus de sa tête, prête à repartir sous la pluie.

— Maintenant, écoute-moi bien. Tu la fermes. Tu m'entends, tu la fermes !

Pour qui le prenait-elle ? Il n'était quand même pas si bête !

NÉGATIFS

Chaque année, des gens riches venaient s'installer à la montagne et construisaient des maisons en verre sur les hauteurs. Au coucher du soleil, quand une ombre épaisse enveloppait les vallées, les demeures diamantines lançaient de durs éclats telle une armada donnant le signal d'attaque. La plus récente de ces propriétés appartenait à Buck B., une vedette de télévision mise de force à la retraite, attirée par les paysages montagnards. Une équipe de charpentiers venus de l'extérieur avait débarqué en automne et travaillé là jusqu'au printemps ; des camions chargés de grandes feuilles en verre trempé roulaient avec précaution sur les routes de terre. Le propriétaire se faisait rare, mais au mois de juin, il avait garé sa Mercedes poussiéreuse, avec un vélo accroché à l'envers sur le toit, devant le magasin du village. Buck B., une carte serrée dans la main, avait demandé la direction qu'il fallait prendre pour se rendre jusque chez lui.

Quelques semaines plus tard un taxi jaune fit

pour la première fois son apparition au village et déposa Walter Welter au même endroit. Walter, qui en avait fait du chemin depuis son départ de Coma au Texas dix ans auparavant, appela Buck depuis une cabine téléphonique. Il lui indiqua où il se trouvait et lui dit qu'il pouvait venir le chercher. Pendant ce temps, le chauffeur de taxi acheta une canette de jus d'ananas ainsi qu'un sandwich au fromage et attendit dans son véhicule.

— Je leur donne une année, dit le propriétaire du magasin en jetant un œil entre les panneaux publicitaires pour regarder Walter transporter ses trépieds, ses portfolios, ses appareils photo et ses six valises du taxi à la Mercedes.

— Je vais te dire ce que je leur donnerai, répondit le client belliqueux. Et ce que j'aimerais bien leur faire.

Mais Buck et Walter s'en allèrent avant les premières chutes de neige et personne n'eut le temps de faire quoi que ce soit.

— Pourquoi tu laisses cette traînée venir ici ? demanda Buck en jetant un regard sombre à Walter agenouillé près de la baignoire de la salle de bains du sous-sol.

Les mains de Buck, recouvertes d'une croûte d'argile, se tenaient toutes raides devant son tablier noir. Walter, qui avait enfilé des gants en caoutchouc jaunes, nettoyait l'auréole de crasse laissée par Albina Muth. Buck avait un visage allongé et de grandes dents qui faisaient penser à Fernandel dans les vieilles comédies françaises ; ses cheveux ondulaient comme de l'eau argentée.

— Tu crois que tu as trouvé un bon filon, n'est-ce pas ? Qu'elle va te fournir un sujet en or sur le quart-monde rural. Et puis après, les photos s'entasseront. Personne à part toi ne comprend de quoi il s'agit. Le bord d'une oreille, un pied sale. En tout cas, ne l'amène pas en haut.

Il attendit, mais Walter ne répondit pas. Après dix ou onze secondes, Buck ferma la porte d'un coup de pied et retourna d'un pas furieux à ses poteries, les mains allongées devant lui comme ces couteaux de cérémonie qu'on utilise pour l'enlèvement des viscères.

Les doigts des deux mains n'auraient pas suffi à faire le compte des dîners que Walter Welter avait gâchés en débitant ses histoires sur Albina Muth. Des amis de Buck, venus de la ville pour se changer les idées le temps d'un week-end, se voyaient contraints d'écouter ses récits sordides : Albina avait quitté son horrible mari pour vivre avec un écologiste fou qui dissimulait des couteaux sous des boîtes de conserve cachées dans les bois. Elle avait aussi vécu avec un vieux vendeur de tringles à rideau, si pervers à force de vivre isolé à la campagne, qu'Albina avait dû par deux fois être conduite aux urgences. Elle était poursuivie pour avoir touché illégalement l'aide sociale ; ses enfants étaient infestés de poux ; et la rumeur courait qu'elle possédait un embryon de queue.

Ils l'apercevaient au centre commercial, à la caisse, ses enfants agglutinés comme des mouches sur le chariot, ou transportant des sacs remplis de bière et de chips vers le camion garé sur le parking. Ses enfants, aux paupières épaisses et aux bouches reptiliennes, assis sur un lit dans le camion jonché d'écorces, s'amusaient à faire rouler des bouteilles de soda vides. Albina, les cheveux plaqués contre la tête, grimpait sur le siège passager de la cabine et fumait des cigarettes en attendant quelqu'un qui arriverait sans doute plus tard.

Un jour Walter la croisa qui marchait sur le bas-côté boueux de la route, les enfants trébuchant et hurlant derrière elle. Il s'arrêta et lui demanda si elle voulait qu'il la ramène chez elle.

— Et comment !

Elle avait une voix rauque de fumeuse. Elle fourra les gosses aux visages sales et gercés sur le siège arrière et monta à côté de lui. Elle était maigre, à peu près de la taille d'une fillette de douze ans. On aurait dit qu'elle avait coupé elle-même ses cheveux rêches avec un couteau de poche, son visage livide ressemblait à une tranche de pain de mie repliée. Il remarqua, non pas la couleur de ses yeux, mais la chair meurtrie autour d'eux.

— Vous savez où se trouve Bullgut Road ? C'est la prochaine. Vous nous laisserez là.

Le ton était plein d'assurance. Elle mordait ses ongles et en crachait les fragments du bout de la langue.

La route était une piste labourée par les traces de pneus d'une débusqueuse. Elle sortit les enfants à moitié endormis comme des sacs, en leur disant « Allez, on y va », et partit sur le chemin boueux. L'un des mômes sauta sur sa hanche tandis que les deux autres suivaient à leur rythme en pleurant. Il fit un signe, mais elle ne se retourna pas.

Au dîner, il imita la manière dont elle s'essuyait le nez du revers de la main. Buck B. écoutait, ses cheveux ternis par la poussière d'argile, tout en mangeant son yaourt et ses noix, le regard fixé sur la montagne que l'on apercevait à travers le mur de verre.

— Bon sang, comme c'est beau ! Pourquoi est-ce que tu ne t'intéresses pas à la montagne ? Pourquoi ne prends-tu pas des photos de belles choses ?

Puis Walter annonça qu'il avait bien peur que les enfants d'Albina Muth n'aient semé des lentes sur le siège arrière de la Mercedes. Ils commençaient juste à se disputer lorsque le téléphone sonna et c'est Walter qui eut ainsi le dernier mot :

— Je ne suis pas là si c'est l'un de tes stupides amis qui demande une photo d'arbre.

Il faisait allusion à Barb Cigar qui un jour avait appelé pour annoncer que ses arbres étaient couverts de feuilles merveilleuses aux formes parfaites. Est-ce que Walter ne voudrait pas venir avec son appareil photo ? Non, merci. C'était encore Barb Cigar aux lèvres pendantes comme des babines de chien qui avait offert à Buck B. un sabre ancien qui aurait appartenu à Casimir Pulaski lors de la bataille de Savannah (un cadeau d'adieu de son ex-beau-père collectionneur d'armes blanches). C'était elle aussi qui avait expédié un enfant déguisé en panda pour chanter Joyeux Anniversaire sous la fenêtre de Buck, et encore elle qui avait baptisé son chiot rottweiler « Mister B. ».

Les photographies de Walter étaient compactes, dépouillées, légèrement floues, avec des lignes d'horizon inclinées, des objets méconnaissables surgissant au premier plan, et des visages dont on n'apercevait que le quart ou la moitié. Celle qu'il préférait représentait une petite maison en forme de caisse à savon avec une tonnelle et une balancelle. L'herbe était haute. Les invités qui regardaient les photos ne pouvaient s'empêcher de revenir vers ce paysage sinistre, et petit à petit la maison révélait son hostilité secrète, la tonnelle se teintait de malveillance et d'inhumanité, l'herbe dense semblait courbée par la rage. La force de la photographie émergeait graduellement comme si l'œil de l'observateur avait lui-même procédé au développement du cliché. Ce serait bien plus clair, disait Buck, si Walter écrivait sous la photo la légende suivante : « Maison où Ernest et Lora Cool ont été battus à mort par leur fils, Buxton Cool ».

— Si tu es obligé d'expliquer de quoi il s'agit, répondait Walter, ton travail n'a plus de sens excepté celui que tu cherches à imposer.

— Je t'en prie, répondait Buck, épargne-moi tes profondes réflexions philosophiques.

Les amis de Walter lui envoyaient des clichés : des intestins de mouton sur une plaque de verre rétroéclairée, un wallaby mort dans un trou d'eau, un homme – menton relevé – en train d'avaler un tentacule de pieuvre qui se précipitait hors d'un ascenseur en feu, des femmes musulmanes emmaillotées dans des rideaux de sang. L'un de ses amis l'avait appelé de Toronto ; il avait passé l'été avec des archéologues partis en avion dans les régions du Grand Nord à la recherche de vestiges de campements inuits.

— On a trouvé une cache inuit sur la péninsule de Boothia.

La distance déformait sa voix en un mince filet à peine audible.

La boîte en bois, expliqua-t-il, s'était brisée lorsqu'on l'avait soulevée de terre. A l'intérieur, ils avaient trouvé des couteaux, des racloirs, deux disques de musique religieuse intacts, un moule à balles, une paire de lunettes aux verres fêlés, un récipient pour faire la cuisine estampillé *Reo*, des aiguilles et une boîte à tabac. Ils avaient découvert dans celle-ci une dizaine de négatifs craquelés par l'âge. Les clichés avaient été expédiés à Walter.

Lorsque ces derniers lui parvinrent, il fut déçu. On voyait des missionnaires aux yeux plissés sur toutes les photographies, à l'exception d'une seule. Sur cette dernière, il y avait une petite fille inuit debout devant un bâtiment blanchi par les intempéries. Elle portait un anorak à chevrons et à l'arrière-plan de la photo abîmée, on apercevait un bateau à voile. Son visage avait la forme d'une noisette et ses sourcils arboraient la courbure délicate des feuilles de saule. Elle était adossée contre des bardeaux endommagés, les bras croisés sur la poitrine, les lèvres serrées en un sourire figé et les yeux perdus dans leurs orbites.

C'est Walter qui remarqua l'anomalie. La lumière se faufilait entre les semelles des bottes de l'enfant et le sol car elle se tenait debout sur les talons. On l'avait appuyée contre le bâtiment.

— C'est un cadavre, dit-il, réjoui. Elle est toute raide.

Buck, qui faisait griller des galettes d'avoine, se demandait ce que pouvait bien signifier cette mise en scène.

— Comme Nanook l'Esquimau, peut-être ? Morte de faim ? Ou de tuberculose ? Quelque chose dans ce goût-là ?

Walter répondit qu'il ne servait à rien de rechercher la signification de tout ça.

— Pour nous, ça n'a pas de sens. Cela n'en a un que pour celui qui a mis ce négatif dans la boîte à tabac.

Buck, qui portait un tricot en laine rugueuse à même la peau, grommela entre ses dents.

Une ou deux fois par semaine, ils allaient jusqu'au centre commercial avec ses grands magasins, ses stands à pizza, ses boutiques spécialisées dans la vente d'alcool ou le développement de photos en soixante minutes, son opticien While-U-Wait et ses succursales House of Shoes, Bargain Carpet et Universal Herbals.

— Je t'avais dit d'apporter l'autre carte de crédit, dit Buck. Je t'avais prévenu que la Visa ne fonctionnait plus depuis que tu l'as écrasée en reculant le siège de la voiture.

Walter fouilla dans ses poches. Il sursauta lorsque Albina Muth frappa d'un coup sec sur la vitre passager avec une bouteille de bière. Elle souriait, penchée à la fenêtre d'un camion poubelle garé près d'eux, un nuage de fumée s'échappant de sa bouche, ses cheveux bruns et rêches comme la fourrure d'un animal. Elle portait le même pull sale en acrylique tout déformé.

— Joli camion, cria Walter. Il est gros.

— C'est pas l'mien. C'est à un ami à moi. Je l'attends.

Elle regarda de l'autre côté de l'autoroute où étaient alignés trois bars de plain-pied. Le 74, le Horseshoe et Skippy's.

Walter plaisanta avec elle. Sur le siège conducteur, Buck se recroquevilla imperceptiblement sur lui-même et s'immergea dans un tourbillon de sentiments contradictoires. Il avait trouvé l'autre carte de crédit dans sa propre poche. Albina renversa la tête pour boire de la bière et Walter remarqua les plis granuleux de saleté sur sa gorge.

— Tu es photographe ?

— Ouais.

— Peut-être qu'un jour tu prendras une photo de moi ?

— Bon sang, siffla Buck. On s'en va.

Mais Walter voulait la photographier, comme elle lui était apparue ce jour-là au bord de la route, dans la lumière éblouissante et mobile.

Au mois d'octobre, Albina Muth prit l'habitude de dormir dans la Mercedes. Ce dimanche-là Walter, qui sortait pour aller chercher les journaux, la trouva dans la voiture, si transie de froid qu'il lui était impossible de se mettre assise. Il l'aida à se relever. Yeux cernés et vides d'expression, mains tremblantes. Elle fut incapable de lui expliquer ce qu'elle faisait dans la voiture. Il devina pourtant qu'il s'agissait sans doute d'une histoire de beuverie et de bagarre du samedi soir et qu'elle s'était enfuie et cachée là. Elle avait dû marcher pendant plus de trois kilomètres depuis la route principale avant de trouver refuge dans la Mercedes, tout ça dans la nuit noire.

Il la conduisit dans la maison. Le mur de la façade sud, en verre du sol au plafond, faisait face à la montagne – énorme masse verticale de roches aux aplats mats rouges et bruns, aux flancs percés de sources d'où s'échappaient en tournoyant des langues vaporeuses. La montagne s'imposait brutalement dans la pièce, menaçante comme un mauvais présage. Des particules de neige poudreuse constellaient l'air tout autour de la maison. Le vent faisait trembler les murs et des gouttes d'eau frissonnaient sur le verre.

Dans cette maison sophistiquée, Albina Muth avait un air épouvantable, avec son visage livide marqué par la trame du tissu de la voiture, ses mains comme des racines et ses vêtements dépenaillés nauséabonds. Elle suivit Walter dans la cuisine où Buck, absorbé par un sudoku, buvait du thé aux algues, ses paupières baissées aussi lisses que de la porcelaine, tandis qu'il battait l'air d'un pied nu monacal.

— Quoi ? dit-il en se relevant d'un bond comme un parapluie qui s'ouvre sans crier gare, si bien qu'il heurta sa tasse et éclaboussa son journal.

Il partit en claudiquant, le plâtre de sa jambe droite frappant le sol.

— Qu'est-ce qui lui est arrivé ? demanda Albina.

Elle était fascinée par les plaies et les blessures.

Walter lui versa du café.

— Il a foncé dans un cerf.

— La voiture est même pas abîmée !

— Il ne conduisait pas. Il roulait à bicyclette.

Albina éclata de rire la bouche pleine de café.

— Comment il a fait pour foncer à vélo dans un cerf !

— Il y avait un cerf qui lui barrait la route. Buck a cru qu'il s'enfuirait et il ne s'est pas arrêté. Mais le cerf n'a pas bougé et Buck n'a pas réussi à l'éviter. Il s'est retrouvé avec une cheville cassée et un vélo en accordéon.

Elle s'essuya la bouche et regarda autour d'elle.

— C'est beau ici. Mais c'est pas à toi, c'est à lui.

— Ouais.

— Doit être riche.

— Il a travaillé à la télévision. Il y a longtemps. Autrefois. Dans une émission pour enfants intitulée *M.B.'s Playhouse*. Tu n'étais pas encore née. Maintenant il fait de la poterie. Tu bois dans l'une de ses tasses. Cette coupe avec des pommes, c'est de lui aussi.

Elle pencha la tête de côté et regarda la table, le carrelage en argile, le bulldog en fonte, le portemanteau en forme de cactus fait main. Elle but le reste de son café avec un bruit de siphon et fit un clin d'œil à Walter par-dessus sa tasse bleue.

— Il est riche, répéta-t-elle. Je peux prendre un bain ?

Qu'est-ce qu'elle dirait, pensa Walter, si elle voyait la salle de bains de Buck B. à l'étage, avec la baignoire François Lalanne en forme d'hippopotame bleu ? Il la conduisit dans la salle d'eau du sous-sol.

Elle revint plusieurs fois. Elle marchait dans le noir sur la route privée, et rampait dans la voiture qu'elle remplissait de son haleine fétide. Walter jeta un sac de couchage sur le siège arrière. Elle y ajouta un sac-poubelle en plastique rempli de pulls usés, de pantalons en polyester froissés, d'une brosse couverte de cheveux, d'une paire de chaussures en plastique rose avec un motif de papillon gravé à l'emplacement de l'orteil. Il se demandait ce qu'étaient devenus les enfants, mais il ne posa aucune question.

Le matin, elle attendait dehors près de la porte de la cuisine qu'il vienne lui ouvrir. Il la regardait tremper des miettes de pain dans son café, l'écoutait débiter sans fin ses radotages pareils à un coquillage qui se rétrécit en s'enroulant sur lui-même. Et à midi, lorsque les bars ouvraient, il la conduisait au centre commercial.

— Allez, prends-moi en photo. Personne ne m'a prise en photo depuis que je suis petite.

— Un autre jour.

— Walter, elle habite dans ma voiture, lui dit Buck B.

Il avait du mal à articuler.

Walter lui lança un sourire arrogant.

L'automne s'installa rapidement. Des chats et des chiens abandonnés rôdaient le long des routes. Les feuilles avaient perdu leurs couleurs flamboyantes, la montagne avait une teinte gris brun comme un oiseau au plumage terne. Une atmosphère de destruction fit irruption le jour où un taureau se détacha à la foire aux bestiaux et piétina un vieux fermier, puis lorsqu'une voiture atterrit dans le fossé à cause de jeunes voyous boutonneux qui lui lançaient des citrouilles. Les chasseurs étaient venus pour les cerfs, et du sang dégoulinait des pare-chocs de leurs camions. Walter prit des photos d'eux adossés contre leurs pick-up. Avec ses jumelles, Buck regardait les bûcherons faire des coupes claires dans la montagne, et Albina Muth dormait toutes les nuits dans la Mercedes.

Walter aimait bien emprunter la route appelée Mud Pitch car il y avait là un vieil hospice délabré devant lequel il passait deux ou trois fois par semaine. Ce jour-là, il eut l'impression d'apercevoir un nu soviétique au grain épais, nimbé de jaune d'or. Tandis qu'il contemplait cette vision, la lumière disparut et le bâtiment en ruine retrouva sa véritable nature. Il se dit qu'il reviendrait prendre des photos. Le lendemain. Ou le surlendemain.

Pendant la nuit, une vague de froid s'abattit sur le pays. Au matin, une lumière aux éclats discordants perçait au travers des déchirures des nuages et des tourbillons de vent bousculaient le ciel entre la maison et la montagne. La lanière de l'appareil photo sciait le cou de Walter tandis qu'il descendait en courant les terrasses pour rejoindre sa voiture. Il entendit le grondement des bulldozers dans la montagne. Albina Muth était lovée sur le siège arrière.

— Je travaille aujourd'hui. Je te ramène tout de suite.

Sous l'ombre des nuages, la montagne tavelée s'assombrissait. Aucune couleur dans les champs, à l'exception de quelques profondes griffures rougeâtres et d'un blanc crayeux. Albina s'assit, le visage bouffi de sommeil.

— J'te dérangerai pas. Je resterai allongée dans la voiture. J'me sens pas bien.

— Ecoute. Je vais travailler toute la journée. Il va faire froid dans la voiture.

— J'peux pas retourner dans le mobile home, tu comprends ? J'peux pas aller au centre commercial. Il m'attend.

— Ça ne me regarde pas.

Il recula trop en arrière et écrasa les parterres de lys de Buck.

— Tes disputes avec ton mec, ça m'intéresse pas.

Dans la clarté changeante, l'hospice était une ruine battue par les vents, tour à tour éblouissante et sombre comme l'extrémité d'une bobine de film qui tressaute et crachote des chiffres et des éclats de lumière brute. Albina le suivit à travers les touffes de bardanes.

— Je croyais que tu voulais rester dans la voiture pour dormir.

— Oh, j'vais juste jeter un coup d'œil.

A l'intérieur, les pièces n'étaient pas plus grandes que des celliers et des placards. De longues bandes de plâtre couleur argile s'étaient décollées mettant les lattes à nu ; le sol était hérissé de débris de verre et des détritus, des bouteilles, des plumes et des chiffons dégringolaient des escaliers.

— Tu vas retaper cette baraque ? demanda-t-elle.

Elle donna un coup de pied dans des écales de noix et tira sur les cordons rattachés aux ampoules grillées.

— Je suis venu prendre des photos, répondit Walter.

— Hé, tu me prends en photo, d'accord ?

Il l'ignora et pénétra dans une petite chambre : panneaux de porte éclatés, essaims de mouches dans les coins, peinture craquelée comme de la boue séchée. Il l'entendit dans une autre pièce, ses pas crissant sur le sol jonché d'ordures.

— Viens ici. Mets-toi près de la fenêtre, cria-t-il.

La complexité de la lumière l'étonna. De la fenêtre s'échappait une vague de gris abrasif qui pâlissait et s'assombrissait au gré des boursouflures et des cloques du plâtre humide. Elle mit son bras en haut de l'encadrement de la fenêtre basse, enlaça le cadre en bois brut et reposa sa tête sur son épaule.

— Parfait, dit Walter.

La lumière faiblit et elle sembla soudain faire partie intégrante du chambranle.

— Bon sang, retire ce pull infect.

Son petit sourire entendu disparut sous le pull tandis qu'elle le faisait passer par-dessus sa tête. Elle pensait avoir compris ce qui allait se passer entre eux. La bouche plissée, debout sur un pied puis sur l'autre, elle ôta son pantalon. Longiligne, dos incliné, bras étroits et jambes comme des baguettes de bois, un vide à la place de l'un de ses mamelons effacé par la lumière, l'autre minuscule lueur dans l'ombre parcimonieuse de son corps. Elle attendait que Walter lui morde les bras ou la pousse contre le mur souillé. Mais il lui ordonna simplement de marcher dans la pièce.

— Maintenant près de la porte – mets ta main sur le bouton de la porte.

Ses doigts violets à moitié repliés sur le bouton de porcelaine. La chair passive prenait la lumière, elle toussa, se pencha contre la porte et la peinture s'effrita en fines particules. Il y avait dans son épaule penchée et dans son dos osseux une grâce vulgaire qui le stimula.

— Derrière la porte. Faufile-toi derrière ce panneau cassé. Ne souris pas.

Son visage apparut dans la fente, transfiguré par l'intensité trompeuse que confère un appareil photo.

Le regard perçant de Walter balaya la pièce de l'autre côté du hall d'entrée. Il aperçut sur le sol un monticule de débris de verre dont les éclats et les morceaux tranchants incurvés s'entassaient en forme de cône au sommet tronqué. La lumière perçait au travers d'un volet cassé.

— Mets-toi accroupie au-dessus de cette pile de verre.

Une émotion intense le traversa. Cela ferait une photographie magnifique. Il le savait.

— Mais j'vais me couper.

— Mais non. Il suffit de faire attention.

Soumise, elle se baissa au-dessus du tas de verre, ses doigts rongés, tendus, posés sur le sol sale pour ne pas tomber. Des taches de lumière ondoyaient sur son visage et sur son cou au gré de la course erratique des nuages. On ne voyait qu'elle dans le viseur.

A nouveau les membres anguleux, les ombres duveteuses et les flexions chatoyantes de son corps.

— Je peux me rhabiller ? J'ai froid.

— Pas encore. J'en fais quelques autres.

— T'as dû en prendre des centaines ! cria-t-elle.

— Allez, sois gentille.

Elle le suivit et ils allèrent au fond de la grande bâtisse, là où des étagères vertes s'affaissaient, jusqu'à la porte effondrée qui menait telle une rampe à l'extérieur. Il se dirigea vers un vieux poêle de cuisine avec un réservoir d'eau qui rouillait parmi les mauvaises herbes. La porte du four se détacha lorsqu'il saisit la poignée. Albina recula, le corps contracté et secoué de frissons.

— Albina, fais semblant de monter dans le four.

— Je veux me rhabiller.

— Juste après cette photo. C'est la dernière.

— Je t'attends dans la voiture.

— Albina. Tu m'as cassé les pieds pour que je te prenne en photo. Alors ne fais pas d'histoires. Grimpe dans le four.

Elle s'avança entre les mauvaises herbes et se pencha vers le trou en fonte. Ses mains, sa tête et ses épaules pénétrèrent à l'intérieur.

— Va aussi loin que tu peux.

Le dessous des pieds incurvé et noir, les fesses et les cuisses tendues, la fente duveteuse du sexe apparurent dans le viseur. Pas de trace d'embryon de queue. Elle commença à reculer tandis qu'il actionnait l'obturateur.

— J'voulais que tu prennes des photos de moi en train de sourire, dit-elle. J'pensais que ce serait de jolies photos. Que je pourrais les mettre dans un petit cadre doré. Ou alors des photos sexy, que j'aurais pu coller dans un petit album noir. J'aurais pas imaginé de grimper dans un poêle, le derrière à l'air.

— Albina, ma chérie, ce sont de jolies photos. Et certaines sont vraiment sexy. Allez encore quelques-unes. Viens, mets-toi debout dans le réservoir qui est sur le côté, là.

Elle monta sur le haut du poêle, en marmonnant quelque chose qu'il n'entendit pas, et enjamba le rebord du bac. Dans un nuage de rouille, ses pieds s'enfoncèrent dans le métal pourri. Le haut du réservoir lui arrivait au niveau de la taille et on aurait dit qu'elle était sur le point d'être immolée pour célébrer quelque horrible rite. Du sang coulait le long de son pied.

Un rire malsain et irrépressible jaillit de la bouche de Walter et Albina éclata en sanglots tout en le maudissant. Mais, maintenant, oui, il pouvait serrer ses cuisses maigres et dures, pincer ses mamelons jusqu'à ce qu'elle en ait le souffle coupé. Plus tard, lorsqu'il la laissa au bar, il lui donna deux billets de vingt dollars, et lui dit de ne plus jamais dormir dans la Mercedes. Elle ne répondit rien, fourra l'argent dans sa poche et sortit de la voiture. Puis elle s'éloigna, son sac en plastique rempli de vêtements cognant contre ses jambes.

Une lumière laiteuse coulait à flots hors de la maison. L'ombre boiteuse de Buck arpentait la pièce, se penchait, se relevait, sa silhouette déformée par l'humidité qui ruisselait sur les fenêtres. Walter entra par la porte latérale, et descendit les escaliers jusqu'à la chambre noire au sous-sol.

Le film crissa tandis qu'il l'enroulait sur la bobine. Il secoua la cuve à développement dans la pénombre imprégnée d'une odeur acide. Il écoutait le va-et-vient de l'eau tout en observant l'aiguille lumineuse de l'horloge. Lorsque l'eau s'écoula, il alluma la lumière. Au-dessus, Buck allait et venait. Walter plissa les yeux pour regarder les négatifs humides. La fente claire des yeux et les lèvres brûlantes, la chair sombre aux ombres vacantes, oui, un bras maigre tordu incliné vers le sol, les doigts tournés vers l'extérieur et le cône de verre pareil à des charbons ardents. Cette fois, il tenait vraiment quelque chose. Il monta à l'étage.

Buck était debout contre le mur, les mains derrière le dos. Son pied valide arborait une chaussure Oxford de couleur marron à la semelle épaisse. Toutes les valises de Walter étaient alignées près de la porte.

— Il commence à faire trop froid ici, dit Buck B., sa voix grinçant comme une roue à rochet qui s'immobilise.

— Trop froid ?

— Trop froid pour rester ici. Je ferme la maison. Ce soir. Maintenant, en fait.

Il possédait une autre maison à Boca Raton, mais Walter ne l'avait jamais vue.

— Je croyais qu'on partirait quand il se mettrait à neiger.

— Je vends la maison. Elle est déjà sur le marché.

— Ecoute, j'ai des négatifs qui sèchent. Qu'est-ce que je vais en faire ?

Il essayait de garder une voix égale contrairement à celle de Buck qui dérapait.

— Fais ce qui te chante. Mais va le faire ailleurs. Va voir Albina Muth.

— Ecoute…

— J'en ai marre d'avoir une locataire dans ma voiture. Cette Mercedes sent mauvais, elle pue. Tu n'as rien remarqué ? Cette voiture est fichue. Et puis je ne supporte plus d'entendre Albina Muth siroter mon café. Et puis, à vrai dire, j'en ai aussi marre de toi. Tu peux prendre la voiture, cette voiture infecte bousillée par ta faute. Prends-la et fiche le camp. Tout de suite.

— C'est quand même drôle. Albina Muth ne reviendra plus ici. Elle a pris toutes ses affaires.

C'est fini. Depuis aujourd'hui. J'ai pris des photos et maintenant, c'est terminé.

Buck B. regarda par la fenêtre en direction de la montagne engloutie dans la nuit profonde. Dans l'obscurité il distinguait encore la pente dépouillée de ses arbres, jonchée de débris et de branches cassées et, au-delà du versant dénudé, une autre colline et le champ où l'hospice était pour la première fois visible avec des jumelles.

— Sors d'ici, dit-il en soufflant par le nez.

Il s'approcha de Walter en boitant, le sabre de l'ex-beau-père de Barb Cigar brandi au-dessus de lui.

— Fous le camp.

Walter faillit éclater de rire en voyant ce vieux Buck B. au visage cramoisi qui agitait son sabre polonais. La Mercedes n'était pas un si mauvais prix de consolation. Il pourrait toujours faire nettoyer les sièges à la vapeur ou les faire asperger de désodorisant ou quelque chose dans ce goût-là. Il ne lui restait plus qu'à descendre à toute vitesse au sous-sol pour récupérer les négatifs, puis partir par la porte latérale pour rejoindre la Mercedes. C'est du moins ce qu'il tenta de faire.

Table

Annie Proulx dans Le Livre de Poche

C'est très bien comme ça n° 31799

Prises au piège de leur propre destin, victimes des caprices de la nature, les populations rurales d'Amérique du Nord se sentent impuissantes, mais à leur résignation se mêle toujours l'orgueil, une fierté qui ne veut pas s'avouer vaincue. Elles continuent de clamer : « C'est très bien comme ça ! »

Les Crimes de l'accordéon n° 30599

A la fin du XIXe siècle, un Sicilien débarque à La Nouvelle-Orléans, accompagné de son fils et d'un magnifique accordéon de sa fabrication. Passant de main en main, l'instrument accompagne les aventures et tribulations des émigrants, ces miséreux de l'Europe gagnés par le rêve du Nouveau Monde, et dont les descendants, oubliant peu à peu leurs racines, forment l'Amérique d'aujourd'hui.

Nouvelles histoires du Wyoming n° 31402

Une fois encore, Annie Proulx nous plonge au cœur de l'Ouest américain, âpre désert de beautés et de dangers, à la rencontre de personnages isolés, tourmentés, qui avancent coûte que coûte sur une route dont ils sont à la fois les héros et les prisonniers.

Les Pieds dans la boue n° 31399

L'histoire d'amour de deux cow-boys, brutalement brisée par l'intolérance, l'obsession viscérale d'un garçon mal aimé pour le rodéo, l'obstination d'un vieux bonhomme qui veut revoir le ranch de son enfance, la solitude d'une jeune fille qui parle aux tracteurs... Des histoires, où chacun lutte pour survivre envers et contre tout, dans un paysage « qu'on ne quitte que mort ».

Du même auteur :

CARTES POSTALES, Rivages, 1999 ; Grasset, coll. « Les Cahiers Rouges », 2007.
LES PIEDS DANS LA BOUE, Rivages, 2001.
LES CRIMES DE L'ACCORDÉON, Grasset, 2004.
NŒUDS ET DÉNOUEMENT, Grasset, « Les Cahiers Rouges », 2005.
UN AS DANS LA MANCHE, Grasset, 2005.
BROKEBACK MOUNTAIN, extrait du recueil *Les Pieds dans la boue*, 2006.
NOUVELLES HISTOIRES DU WYOMING, Grasset, 2006.
C'EST TRÈS BIEN COMME ÇA, Grasset, 2008.

Composition réalisée par PCA

Achevé d'imprimer en août 2012 en France par
CPI BRODARD ET TAUPIN
La Flèche (Sarthe)
N° d'impression : 69715
Dépôt légal 1re publication : septembre 2012
LIBRAIRIE GÉNÉRALE FRANÇAISE
31, rue de Fleurus – 75278 Paris Cedex 06

31/6214/6